"神话学文库"编委会

主　编

叶舒宪

编　委

（以姓氏笔画为序）

马昌仪	王孝廉	王明珂	王宪昭
户晓辉	邓　微	田兆元	冯晓立
吕　微	刘东风	齐　红	纪　盛
苏永前	李永平	李继凯	杨庆存
杨利慧	陈岗龙	陈建宪	顾　锋
徐新建	高有鹏	高莉芬	唐启翠
萧　兵	彭兆荣	朝戈金	谭　佳

"神话学文库"学术支持

上海交通大学文学人类学研究中心
上海交通大学神话学研究院
中国社会科学院比较文学研究中心
陕西师范大学人文社会科学高等研究院
上海市社会科学创新研究基地——中华创世神话研究

"十二五""十三五"国家重点图书出版规划项目
第五届、第八届中华优秀出版物奖获奖作品

神话学文库
叶舒宪 主编

原型与跨文化阐释

ARCHETYPES AND INTERCULTURAL INTERPRETATION

叶舒宪 著

陕西师范大学出版总社

图书代号　SK23N1162

图书在版编目(CIP)数据

原型与跨文化阐释／叶舒宪著. — 西安：陕西师范大学出版总社有限公司，2023.10
(神话学文库／叶舒宪主编)
ISBN 978－7－5695－3658－4

Ⅰ.①原… Ⅱ.①叶… Ⅲ.①文学理论—文集 Ⅳ.①I0－53

中国国家版本馆 CIP 数据核字(2023)第 106451 号

原型与跨文化阐释
YUANXING YU KUAWENHUA CHANSHI

叶舒宪　著

出 版 人	刘东风
责任编辑	刘存龙
责任校对	庄婧卿
出版发行	陕西师范大学出版总社
	（西安市长安南路 199 号　邮编　710062）
网　　址	http://www.snupg.com
印　　刷	中煤地西安地图制印有限公司
开　　本	720 mm×1020 mm　1/16
印　　张	14.75
插　　页	4
字　　数	215 千
版　　次	2023 年 10 月第 1 版
印　　次	2023 年 10 月第 1 次印刷
书　　号	ISBN 978－7－5695－3658－4
定　　价	88.00 元

读者购书、书店添货或发现印刷装订问题，影响阅读，请与营销部联系、调换。
电话:(029)85307864　85303635　传真:(029)85303879

"神话学文库"总序

叶舒宪

神话是文学和文化的源头，也是人类群体的梦。

神话学是研究神话的新兴边缘学科，近一个世纪以来，获得了长足发展，并与哲学、文学、美学、民俗学、文化人类学、宗教学、心理学、精神分析、文化创意产业等领域形成了密切的互动关系。当代思想家中精研神话学知识的学者，如詹姆斯·乔治·弗雷泽、爱德华·泰勒、西格蒙德·弗洛伊德、卡尔·古斯塔夫·荣格、恩斯特·卡西尔、克劳德-列维-斯特劳斯、罗兰·巴特、约瑟夫·坎贝尔等，都对20世纪以来的世界人文学术产生了巨大影响，其研究著述给现代读者带来了深刻的启迪。

进入21世纪，自然资源逐渐枯竭，环境危机日益加剧，人类生活和思想正面临前所未有的大转型。在全球知识精英寻求转变发展方式的探索中，对文化资本的认识和开发正在形成一种国际新潮流。作为文化资本的神话思维和神话题材，成为当今的学术研究和文化产业共同关注的热点。经过《指环王》《哈利·波特》《达·芬奇密码》《纳尼亚传奇》《阿凡达》等一系列新神话作品的"洗礼"，越来越多的当代作家、编剧和导演意识到神话原型的巨大文化号召力和影响力。我们从学术上给这一方兴未艾的创作潮流起名叫"新神话主义"，将其思想背景概括为全球"文化寻根运动"。目前，"新神话主义"和"文化寻根运动"已经成为当代生活中不可缺少的内容，影响到文学艺术、影视、动漫、网络游戏、主题公园、品牌策划、物语营销等各个方面。现代人终于重新发现：在前现代乃至原始时代所产生的神话，原来就是人类生存不可或缺的文化之根和精神本源，是人之所以为人的独特遗产。

可以预期的是，神话在未来社会中还将发挥日益明显的积极作用。大体上讲，在学术价值之外，神话有两大方面的社会作用：

一是让精神紧张、心灵困顿的现代人重新体验灵性的召唤和幻想飞扬的奇妙乐趣；二是为符号经济时代的到来提供深层的文化资本矿藏。

前一方面的作用，可由约瑟夫·坎贝尔一部书的名字精辟概括——"我们赖以生存的神话"（Myths to live by）；后一方面的作用，可以套用布迪厄的一个书名，称为"文化炼金术"。

在21世纪迎接神话复兴大潮，首先需要了解世界范围神话学的发展及优秀成果，参悟神话资源在新的知识经济浪潮中所起到的重要符号催化剂作用。在这方面，现行的教育体制和教学内容并没有提供及时的系统知识。本着建设和发展中国神话学的初衷，以及引进神话学著述，拓展中国神话研究视野和领域，传承学术精品，积累丰富的文化成果之目标，上海交通大学文学人类学研究中心、中国社会科学院比较文学研究中心、中国民间文艺家协会神话学专业委员会（简称"中国神话学会"）、中国比较文学学会，与陕西师范大学出版总社达成合作意向，共同编辑出版"神话学文库"。

本文库内容包括：译介国际著名神话学研究成果（包括修订再版者）；推出中国神话学研究的新成果。尤其注重具有跨学科视角的前沿性神话学探索，希望给过去一个世纪中大体局限在民间文学范畴的中国神话研究带来变革和拓展，鼓励将神话作为思想资源和文化的原型编码，促进研究格局的转变，即从寻找和界定"中国神话"，到重新认识和解读"神话中国"的学术范式转变。同时让文献记载之外的材料，如考古文物的图像叙事和民间活态神话传承等，发挥重要作用。

本文库的编辑出版得到编委会同人的鼎力协助，也得到上述机构的大力支持，谨在此鸣谢。

是为序。

自 序

只有从知识饥荒的环境中挣扎出来的人,才容易理解20世纪70年代末、80年代初的大学师生们的求知欲有多么强烈。初留校的几年,为了备课,也为了求知,自己阅读的范围大得惊人,诸如苏美尔、埃及的考古发现史,圣经《旧约》的资料来源和编撰方式,《吠陀》与雅利安人的由来及迁徙路线,日本的太阳女神神话与大和国的建立,等等。如此漫无边际的阅读也许足以培养起一种宽泛的兴趣吧。为了弄明白《圣经》洪水神话的性质,我在北图借到了弗雷泽的大著《旧约的民俗》,这位人类学家俯视全球的学术气魄和详瞻的资料收集功夫,给了我很大的震动。这也就是促动我在20世纪80年代中期醉心于译介原型批评的潜在因素。当我看到加拿大批评家弗莱在《批评的解剖》中称赞弗雷泽的《金枝》为伟大的文学批评著作时,一种打通人类学与文学研究的意愿就萌发了。

一部人类学的经典著作,竟然被文学理论家视为本学科的珍宝,这是否可以提示人们,学科的藩篱是人为的,而事物的存在是不分学科和专业的。从那以后,我就迷上了人类学。如今回想起来,它也许是人文社会科学中最能使人心胸开阔、眼界开阔的一门学科了。文学理论家弗莱之所以能够创立他的原型批评理论体系,显然同人类学的强烈影响密不可分。由于同样出身于文学专业,我对神话学、人类学的兴趣使我很自然地选择了弗莱的理论取向,从翻译、介绍到尝试应用原型批评(以及结构主义、精神分析等)的眼光重新审视中国文学现象。本书中的多数文章,如《中国神话宇宙观的原型模式》《日出扶桑:中国上古英雄史诗发掘报告》《孝与鞋:中国文学中的俄狄浦斯主题》《中国少数民族英雄史诗类型及文化生态》《中国"鬼"的原型》《原型与汉字》等,就是在上述学术思想大背景中相继完成的。现在重审这些不免稚嫩的文字,依稀还能回想起那为新的学术观点而激动不已的探索年代。

跨文化阐释也是我多年来从事学术研究的焦点问题。按照美国哲学家威尔赖特的看法,原型可以是属于某一文化的,也可以是具有跨文化普遍性的。我习作《原型与汉字》《中国"鬼"的原型》等文章时,希望处理的是富有本民族文化特色的原型;而在撰写《日出扶桑:中国上古英雄史诗发掘报告》《性与火:文学原型的跨文化通观》《诗可以兴:孔子诗学的人类学阐释》等篇时,却实际上关注的是跨文化普遍性的原型和文学功能。比如,当我读到非洲尼日利亚阿朗人社会中,引用谚语作为理性判断和法庭裁决的依据时,自然想到我国春秋战国时期朝廷上引诗说理的现象,以及《周易》卦辞中的以民谣为占,从而对孔子"兴于诗"的命题做出跨文化的解析和全景的观照。对这种突破单一文化范围的视野和方法,我在《〈诗经〉的文化阐释》一书自序中概括为继"二重证据法"(王国维)之后的"三重证据法"。

我所谓的"三重证据法",指的是在纸上的文献材料和地下挖掘出的考古材料以外,利用跨文化的民族学与民俗学材料作为参照性的旁证,来阐释本土的文学和文化现象的研究方法。这里牵涉到跨文化比较和跨文化阐释的复杂方法论问题。已有的文学理论和人文学理论中比较缺乏这方面的指导,而现实的发展却迫切需要解决这方面的难题。于是,我希望用寻根溯源的方式把问题凸显出来。

大体说来,我们中国的传统学术以人文学为主,既没有西方意义上的哲学,也没有西方意义上的自然科学。两千多年以来,占据我们学术中心地位的一直是经学。经学既是我们的学术强项,也是导致我们的学术格局偏狭局限的主导因素。考据也好,义理和词章也好,总是局限在自己的单

一、封闭的文化格局之内。一代又一代的人文知识分子皓首穷经、寻章摘句,把精力和智慧大都倾注在解经注经的接力赛中了。

近代西学东渐以来,情况有所改变,我们在原有国学之外,又多了西学这个新的维度。现代学坛上成就突出的学人,几乎没有例外都是靠国学与西学两条腿走路的。如果只靠单腿的话,那路途的艰辛也就可想而知。西学与国学的一大差别是,它是外向的和相对开放的学问,它并不总是局限在单一的语言、社会和文化的共同体之内。换言之,西学在构成上本来就有跨文化倾向。如何利用外向的、跨文化的西学,来改造和更新我们的内向的、相对封闭的国学,使之在后现代的知识大重组中获得新生,这是我20世纪90年代以来尝试探索的一个方法论方向。本书中收入的《跨文化阐释的有效性》《"文化"概念的破学科效应》《再论"文化"概念的破学科效应》《三重证据法与跨文化阐释——知识全球化时代的古典文学研究》等一组文章,便是我以文化人类学为基点(因为它是全部西学中最能体现跨文化取向的一个学科),在文学和国学,乃至整个人文学的研究方法方面的一些思考的结果。除了跨文化取向,我还特别强调打破原有学科界限的研究取向。之所以采用激进"破学科"的措辞来替代"跨学科"的通常说法,或许多少透露出个人潜意识中对学术封闭与知识禁区的深层恐惧与反叛冲动。

目 录

跨文化阐释的有效性 …………………………………… 001
"文化"概念的破学科效应 ……………………………… 015
再论"文化"概念的破学科效应 ………………………… 019
三重证据法与跨文化阐释
　　——知识全球化时代的古典文学研究 …………… 030
道家伦理与后现代精神 ………………………………… 041
中国神话宇宙观的原型模式 …………………………… 056
日出扶桑:中国上古英雄史诗发掘报告 ……………… 069
素女为我师:中国文学中性爱主题的升华形式 ……… 097
孝与鞋:中国文学中的俄狄浦斯主题 ………………… 114
中国少数民族英雄史诗的类型及文化生态 …………… 129
中国"鬼"的原型 ………………………………………… 140
原型与汉字 ……………………………………………… 152
"大荒"意象的文化分析 ………………………………… 162
性与火:文学原型的跨文化通观 ……………………… 176
原型与科普写作 ………………………………………… 191

- 诗可以兴:孔子诗学的人类学阐释 …………………………………… 194
- 文学与人类学相遇:《马桥词典》的认知价值 ……………………… 214

跨文化阐释的有效性

本文从人类学与哲学解释学的发展历程及相互作用着眼,提出跨文化解释学的理论课题,集中探讨跨文化解释的可能性、有效性及限度,以期为多元文化时代的文化研究和人文学科转型与拓展提供参照,也为正在形成的文学人类学提供某种认识论的依据。

一、文化人类学:从"科学"到"阐释"

以科学技术的突飞猛进为显赫外观的近代自然科学的进展已经从根本上改变了人类生存状态和思想风貌,强有力地促进着社会变革乃至大笔改写着世界文明史。然而,人类认识和控制自然能力的空前增长同人类认识自身行为和处理社会人生问题的能力的停滞不前,恰恰形成鲜明的反差,其强烈程度似不亚于任何一种龟兔赛跑。从泰勒士仰观星象诱发的探索欲望至今不过两千余年,人类的旗帜已经不可思议地飘扬在外星之上,而我们对人性和社会历史的探讨却比柏拉图、亚里士多德时代并未进步多少。欧洲知识界的几代精英为了在纷纭万变的人文历史领域中摸索着总结出哪怕近似于古典物理学或古生物学的法则和规律的东西,殚精竭虑,绞尽了脑汁,结果仍不免失败,只是孕育出了一些争议颇多的"早产儿"、一些半是推理半是想象的准科学怪胎。如斯宾格勒的巨著《西方的没落》被柯林武德氏讥讽为神智不健全的产物,"甚至19世纪的实证主义思想家们,在他们错误地试图把历史转化为一门科学时,也都没有更进一步地不顾一切和肆无忌惮地篡改事实"。① 不管这一批评中肯还是过激,我们在此所体验到的只是人文学者莫大的悲哀:难道人文知识分子中的最杰出天才都注定要在"科学性"上败给任何一个平庸的自然科学家吗?难道除了接受奥特迦的如下告诫,彻底打消龟追兔式的游戏幻想,就别无选择了吗?"我们必须使自己摆脱对人文因素的物理的或自然的研究途径。"

在这里有没有指望一场像哥白尼革命那样的壮丽的科学革命景观呢?就在柯林武德氏指斥历史学家照搬自然科学的种种恶果时,一位名不见经传的美国人类学家却跃跃欲试地要向世人宣告人文领域中一场哥白尼式的发现。这个人就是克鲁伯(Alfred L. Kroeber,1876—1960),他的发现乃是人们早已司空见惯的一个词——文化。

把文化确认为科学术语的一门新兴学科便是19世纪后期形成的人类学。

自从被称为"人类学之父"的英国学者泰勒(E. B. Tylor)在1871年的《原始文化》一书中提出文化的定义,并在第一章"关于文化的科学"中为这门学科规划轮廓,几代学者都怀抱着如下雄心壮志:可以通过对文化的研究认识人类普遍生存条件和进化规律,从而创建出解答人文社会方面问题的新的科学构架。受此鼓舞,大家都希望晚出的人类学能够效法自然科学并且后来居上,在人类文化领域发现和确认普遍规律,使之成为类似自然规律那样可以验证的东西。早期人类学家的这种希望和抱负反映着自启蒙时代以来西方理性精神至上的乐观主义态度,以及达尔文进化论给困惑中的人文社会科学带来的追赶自然科学的热情和理想。

古典进化论派的人类学家们分别写出大部头著作(仅 J. G. Frazer《金枝》全本就有十二卷之多)。从今天的立场看,这些著作对现代主义文学

---

① R. G. 柯林武德:《历史的观念》,何兆武、张文杰译,中国社会科学出版社1986年版,第207页。

的影响要大于它们在人类学专业领域的影响。这主要是因为当年的学术理念——使人类学变成"科学"——并未得到后起人类学家的普遍认同和继承。在他们看来,关于人类文化进化的普遍规则与阶段划分,似乎属于大而无当的理论假设,也就是今日的后现代主义者所要消解的那种"宏大叙述"。

为什么这样看呢？美国人类学家阿伦斯(William Arens)解释说:从学科史角度看,"以前视为重要的问题一个也没解决,这一点姑且不论。且说把这门科学和定义继承到 20 世纪的后裔者们,他们大大缩小了兴致的范围,把注意力集中到比较精确定义的问题方面。……他们认为学说的创始者们沉醉于漫无边际的理性冒险……他们认为不是轻易地下结论,而是只有规规矩矩进行实地考察搜集资料,才能够明确问题的实质"[1]。当普遍的理论假设不能甚至也无助于实际问题的解决时,寻找规律的宏大理论热情就渐渐消退了,"代之而起的是人类学家走向遥远的岛屿和偏僻的内地村落,成为居住在那里的人类集团的解释者"[2]。当然,每当对具体的、特殊的文化群体的解释积累到一定程度时,在此基础上重建理论假说的尝试还会再度出现,这也就是 20 世纪中期以降的结构人类学、新进化论和生态人类学的用武之地。

在结构人类学的代表人物列维-斯特劳斯看来,人类学的首要任务还是追求客观性的知识:"客观性(objectivity)不仅能使观察者摆脱个人的信仰、爱好和偏见的限制,而且那种客观性也是所有社会科学的特性,没有这一特性,它们就不成其为科学了。"[3]不过,这种使人类学朝向科学发展的意向,在 20 世纪后期已渐渐失去了普遍的号召力。一种引人注目的新倾向使这门学科转向较为相对化的"软科学"方向。

"文化超有机观"首倡者克鲁伯在 20 世纪 20 年代就提出,与其说让人

---

[1] William Arens, *The Man-Eating Myth*, New York: Oxford University Press, 1979, p. 2.
[2] William Arens, *The Man-Eating Myth*, New York: Oxford University Press, 1979, p. 3.
[3] Claude Levi-Strauss, "The Place of Anthropology in the Social Sciences and Problems Raised in Teaching It," *Struaural Anthropology*, vol. 1, translated by C. Jacobsonand B. G. Schoepf, New York: Basic Books, Inc., 1963, pp. 363 – 364.

类学倾向于自然科学或历史科学,不如在二者的结合部寻找新学科的生长点。从这一立场出发,他反驳了那种把人类学叫作"达尔文的宠儿"的说法,指出达尔文对有机界的进化机制做出的理论推测不能照搬到复杂得多的人类历史中来。纯粹达尔文式的人类学只能是一种误用的生物学。这种效法自然科学的机械尝试或许还会派生出诸如"哥白尼式人类学或牛顿式人类学"。①

美国人类学家吉尔兹(Clifford Geertz)在20世纪60年代发表《文化概念对人的概念之影响》一文,揭示自人类学开辟文化研究以来,西方思想中起源于启蒙时代的关于人的概念已经发生重要改变。由于文化的深层整合作用日益清晰地得到证实和确认,那种认为人类可以分层次考察的旧见解已经过时,即在人的生物本性之上加上社会本性的通行观点。吉尔兹认为,"文化不是覆盖在人的生物性之上的外层包裹物",只有把生物性和文化视为人类系统中的统一部分才有助于对人类的理解。"生物性使文化成为可能,然而文化反作用于人类生物进化的过程"②,必须在两方面的综合之基础上方可把握完整的人性。

吉尔兹在20世纪70年代为自己的一本人类学论文集命名时采用"文化的阐释"(the interpretation of culture)的提法,并在其中明确提出人类学究竟是"科学"还是"解释学"的方向问题,引起人类学界和整个人文社会科学界的广泛关注。他认为,文化概念实质上是一个符号学的概念:

> 马克斯·韦伯确信人是悬挂在他自己编织的意义之网上的一种动物,我则把文化看作是那些网,因而对文化的分析就不是一种寻求规律的实验科学,而是一门寻求意义的解释学。③

文化解释的核心问题实际上是跨文化理解的合理性问题:究竟应该用

---

① Alfied L. Kroeber, *Anthropology*, New York: Harcourt, Brace and Com., 1923, p.8.
② C. Geertz, *The Impact of the Concept of Culture on the Concept of Man*, Issues in Cultural Anthropology, ed. by D. W. McCurdy, Boston: Little Brown and Com., 1979, pp.35-48.
③ C. Geertz, *The Interpretation of Culture*, New York: Basic Books, Inc., p.5.

西方科学理性的观点去分析土著部落的文化呢,还是从土著文化的内部去理解它呢?吉尔兹倾向于后一种选择。由此引发的认识论差异表现为一系列的二元对立项:

内部视角/外部视角

第一人称/第三人称

现象学的/客观主义的

认知的/行为的

贴近的体验/距离的体验

设身处地/冷眼旁观[①]

相当一批人类学家认同吉尔兹的立场,给人类学理论方法带来了大转型的契机。20世纪80年代以来在美国人类学界形成了关注文化主体方面的"人类学诗学"(anthropological poetics)一派,将文学和审美的方法引入人类学的研究和表达[②];而文学研究方面则出现了深受文化解释学影响的新历史主义、文化研究、形象学研究等新理论和新领域。新历史主义代表人物葛林伯雷在阐述他的"文化诗学"构想时写道:"我在本书中企图实践一种更为文化的(cultural)或人类学的批评——说它是'人类学的',我们是指类似于吉尔兹……的文化阐释研究。……他们确实认同一个信念,即认为人天生是一种'未经加工琢磨的动物',生活现实并不像它们看上去那样缺少艺术性,而那些特殊的文化及其研究者都不可避免地走向一种对于现实的隐喻性把握,并且还认为,人类学阐释工作应当较多地关心某一社会中的成员在经验中所应用的阐释性构造,而不是去研究习俗与机构的制动关系。与此类工作有着亲缘关系的文学批评,因而也必须意识到自己作为阐释者的身份,同时有目的地把文学理解为构成某一特定文化的符号系统的一部分;这种批评的正规目标,无论多么难以实现,都应当称之为

[①] C. Geetz, "From the Native Ponint of View: On the Nature of Anthropological Understanding," *Bulletin of the American Anthropology*, October, 1974.

[②] 叶舒宪:《西方文学人类学研究述评》(下),载《文艺研究》1995年第4期。

一种文化诗学。"①文化诗学的提出意味着文学批评界正式接受了20世纪的文化人类学为全球一体化进程而提前准备的思想礼物——文化相对主义。博克(Philip K. Bock)在《文化震撼》一书导言中精辟地指出:

> 既然文化震撼总是让人感到不适应和不愉快,那么,为什么世界上的人还应当去寻找此种体验呢?对这一问题的答案已如前述:直接面对一个陌生的社会是学习相异的生活方式和反观自己文化的最佳途径。这正是为什么对每一个文化人类学家的训练都少不了至少一年的"田野作业"之缘故。②

受人类学的这一启示,文学批评家和文学史家开始改变自古以来的"党同伐异"的思维定式。在人文研究领域寻求与异文化的对话成为20世纪以来学术创新发展的一个重要源泉,而且越来越趋向于普遍的自觉选择。批评家詹姆逊的下述说法便体现着跨文化阐释原则的启发作用:"为研究某一种文化,我们必须具有一种超越了这种文化本身的观点。"③中国古诗"不识庐山真面目,只缘身在此山中"可以借来为此作注。

人类学从科学走向解释学,在知识形态上意味着它不再盲目认同自然科学的准则和目标,追求普遍而客观的知识,而是转向对人类生活意义的理解。从理论上看,现象学和解释学已成功地表明,科学研究的对象并不是给定的事实世界,而是在渗透了历史-文化色彩的生活世界的基础上建构出来的非实体性世界。就此而言,"所有的科学都是人文科学"④,"而人种学还在最初'汲取'、筛选、加工材料的时候,就已经活动在关于人的

---

① 中国社会科学院外文所《世界文论》编委会:《文艺学和新历史主义》,社会科学文献出版社1993年版,第79—80页。
② Philip K. Bock, *Cultural Shock*, Alfred Knof, 1970, p. 5.
③ 詹姆逊:《后现代主义与文化理论》,唐小兵译,陕西师范大学出版社1986年版,第11页。
④ D. 佛克马、E. 蚁布思:《文学研究与文化参与》,俞国强译,北京大学出版社1996年版,第14页。

一般存在的确定的先行概念与确定解释中了"①,不带任何价值先见的客观性纯粹是一种一厢情愿的理想。实际上,今天的人类学家已不甘于在既定的文化现象面前保持逆来顺受的客观主义立场,提出了"作为文化批判的人类学"②的新定向目标,并且迅即在文化研究中获得共鸣。而人类学要承担起文化批判的伦理责任,则必须持有在不同的文化主体之间都普遍有效的伦理规范,重新诉诸某种普遍主义的立场。然而,普遍主义在人类学研究中已声名狼藉,而且为人类学新的知识形态提供了合法性的解释学理论,本身却又无法为某种伦理规范的主体间有效性提供合法性。

如何面对这一困境？我们认为,拓展解释学的理论视域,是满足跨文化认识的现实需求的唯一可能的选择。

二、拓展解释学：从主体间互动到文化间互动

在知识形态方面,我们看到,人类学研究的新倾向接受的是海德格尔的本体论解释学和伽达默尔的哲学解释学立场,这同时意味着解释学向跨文化解释拓展其原有空间的可能性。无论是海氏还是伽氏,处理的实际上都只是同一历史文化语域中的文本与理解者之间的对话问题,解释学循环和前理解的合法性,都是建立在文本和理解者之间的共同的历史性存在这一不言自明的潜在话语前提之上的,故而才有"一切理解都是自我的理解"这一根本性命题。按照这一潜在话语,文化间的对话与理解在理论上似不可能成立,而在实际操作中也最终难以摆脱文化帝国主义的立场。或许正是意识到了这一点,伽达默尔才一再强调"他的目标是要去分析出理解实际上是怎样进行的,而不是去说明理解应当如何进行"。③ 这种关注

---

① 马丁·海德格尔：《存在与时间》,陈嘉映、王庆节译,生活·读书·新知三联书店 1987 年版,第 63 页。
② G. E. Marcus, M. M. J. Fisher, *Anthropology as Cultural Critique*, Chicago: the University of Chicago Press, 1986, p. 111.
③ D. C. 霍埃：《批评的循环——文史哲解释学》,兰金仁译,辽宁人民出版社 1987 年版,第 133 页。

"理解"而回避"评价"的立场,同文学批评家弗莱有关"重认知而轻判断"的主张相呼应,实际上表明了其解释学理论所认同的仍然是科学主义的伦理规范:客观的价值中立。总而言之,海氏和伽氏的解释学理论满足了人类学对新的知识形态的要求之时,又在伦理关怀方面陷入了困境。对于人类学而言,这一困境实际上是普遍主义与相对主义的一种新形式:普遍主义保持了批判性的伦理关怀却摆脱不了文化帝国主义的立场,相对主义摆脱了文化帝国主义的立场,但在知识形态上却又进入了决定论和独断论的死胡同,在实际运作中则往往因缺乏批判性的伦理关怀而成为地区极权主义的文化修辞术。这意味着人类学在走向解释学时面临的知识形态要求与伦理关怀之间的冲突无法在人类学自身内部得到解决;相反地,只要解释学在"理解"与"评价"之间建立起某种平衡,那么人类学在跨文化对话时所面临的相对主义与普遍主义这一老问题就可以被克服,从而获得更为开阔而积极的理论视域。

实际上,相对主义的对立面是绝对主义而不是普遍主义,所以相对主义和普遍主义在文化研究中并不构成非此即彼的对立;相反,文化相对主义在实践中暴露出来的问题表明,若无普遍主义作为必要的限定和补充,相对主义就会走向极端,演化成绝对主义的另一种形态。普遍主义在人类学中之所以受到长期的冷落,一个重要原因就在于我们错误地把以普遍主义面目出现的绝对主义当成了普遍主义本身,这种误解是如此根深蒂固,以至于出现下述情况:

甚至今天,普遍性还经常是这样一种观点:它宣称某一部分人的知识和实践具有一种放之四海而皆准的价值而大力加以推广。[①]

正是出于这种深入人心的误解,相对主义在反对绝对主义的同时,也抛弃了普遍主义的立场,从而使自己在实践中陷入困境。按荷兰学者易布斯的概括,文化相对主义的问题集中体现在如下三个方面:

(1)文化框架的相对主义具有决定性作用。某人若属于某个特定的

---

① 阿兰·莱伊:《从文化的多样性到人类的普遍性》,见乐黛云、勒·比雄主编:《独角兽与龙——在寻找中西文化普遍性中的误读》,北京大学出版社1995年版,第23页。

人群,他或她就再也无法脱离出来。

(2)横亘于不同诠释框架之间的鸿沟,导致相互隔绝。

(3)极端地看,如果我们认可了多样性,就有可能认为侵犯他人的行为在道德上是可以接受的。①

不难看出,这三个方面其实是一体的:肯定了某种文化对生活于其中的文化主体的决定性作用,也就否定了文化他者的诠释权,进而保证了自我理解的唯一性和绝对有效性。这样一来,相对主义实际上是从承认一切文化都只具有相对的意义和价值这一正确的立场滑向了它的反面:一切文化在其特定的历史－地域范围都具有内在的意义和价值,这些意义和价值只能用它本身所从属的价值体系来做评价,而不能从外在于它的立场来进行批评,因而在这一特定的历史－地域范围内具有绝对性、唯一性。对于那些认定自己的文化传统具有内在的纯真性(authenticity)和自足性(autonomy)而又在批评实践中不能将文化、国家和民族三者区分开来的文化相对主义者来说,他们的文化活动注定了无法逃脱沦为地区极权主义的文化修辞术的命运。显然,相对主义之所以走向这一极端形态,关键性的失误就在于它将某一具体的文化形态所标举的普遍性当成了普遍性本身,从而在否定文化他者的批评和诠释的同时又否定了普遍性本身:否定了普遍性,任何一种文化的相对性都变成了文化间的相对性,文化间的相对性意味着彼此无法批评,而批评的缺失保证了任何一种文化都拥有内在的绝对合理性。

审视相对主义的缺陷,我们认为,只有从普遍主义的立场来对相对主义进行必要的限制和定位,才能保证相对主义的积极作用,发挥其自身的合理性。但是,相对主义的失误也提醒我们,在重新确立普遍主义的时候,"构成一切宗教、一切道德、一切哲学和一切科学的根本原则的普遍性的意向和建立于某一特定的文化之上的实践在此必须区分开来"②。显然,

---

① 安洛特·易布斯:《绝对主义·相对主义·多元主义——论文化多元社会中的阅读活动》,龚刚译,载《文艺理论研究》1996年第2期。
② 阿兰·莱伊:《从文化的多样性到人类的普遍性》,见乐黛云、勒·比雄主编:《独角兽与龙——在寻找中西文化普遍性中的误读》,北京大学出版社1995年版,第23页。

这样的普遍主义是先验性的认知人类学意义上的普遍主义。就我们所关心的问题而言,它包含这样两个要求:其一,保证文化间理解的可能;其二,使文化间的批判成为可能,即提供主体间一种有效的"普遍伦理学"。前者不仅可以避免相对主义走向极端化之弊,而且对伽达默尔和海德格尔的解释学理论在跨文化对话与交流中面临的知识困境也是一种解脱,后者则为相应的伦理学困境提供了出路。显而易见,这种普遍主义实际上是摆脱人类学在转向解释学之后,面对跨文化对话之时遭遇到的知识形态和伦理关怀之间的冲突的有效途径。

三、文学人类学:跨文化解释的有效性

后殖民时代的文化对话格局的到来,向比较文学工作者提出了继19世纪的"世界文学"、20世纪初的"总体文学"之后又一个具有前瞻性的理论目标——"文学人类学"。文学研究本身获得了发掘文学艺术的人类学价值,促进人类文学经验的会通和重新整合的重大使命。而文学经验的世界性整合将成为先期破除国族的和地域的疆界,培养具有世界主义人文素质的新时代国际公民的最佳教育手段。[①]

文学人类学的真正建立有待于全人类各民族文化的文学经验之整合与会通,在这方面要走的路还相当长远。现有的文学批评和文学史因受到各种形式的沙文主义、我族中心主义和权力话语的宰制,充满着历史偏见和文化盲点,在所谓的世界文学的版图上还存在大片的受压抑的沉默区域。借助于人类学研究和解构主义、后现代主义消解中心的功绩,当今各种边缘的声音和非主流话语第一次受到学界的重视,而后殖民主义的批判潮流正以空前的广度在世界范围内唤起"弱势话语""少数文学"和"第三世界文学"的众声喧哗新局面。只有经过这一番风雨之洗礼,文化的多元主义才有可能从有限的多元走向真正的多元,平等和民主的目标才能在文

---

① 叶舒宪:《文化对话与文学人类学的可能性》,载《北京大学学报》(哲学社会科学版) 1996 年第 3 期。

学话语世界得到相对的认可,从而为文学人类学的构想开启大门。这一进程对于每一种文学传统而言,都提供了对本土传统进行再阐释的广阔空间。

赫施在《解释的有效性》中指出,当一个解释过程很难再继续下去或必须做修正的时候,范型概念在解释中所起的作用就尤其明显。"当完全非期待的语词类型或表达类型出现时,一个解释者要么去修正从自身到所理解事物的所有东西并接受一个新的、异样的含义类型,要么就得出这样的结论,他并没有理解也属于这种新类型的含义。"[1]中国式的解经传统在20世纪的文化交流和变迁之中的确已到了很难再继续下去或必须做修正的时候。西方人文科学的理论和阐释方法作为"完全非期待的语词类型或表达类型",已经将一整套与我们的传统迥异的意义的范型摆在我们面前,在两个"要么"之间做出抉择已迫在眉睫而且无法避免。

从普遍主义的角度看,相对是指有条件的、暂时的、有限的。文化的相对性意味着任何一种文化都没有固定不变的内在本质,因而不是单子式的"封闭的个体,而是不断变化着的符号体系"[2],所以它实际上只能以在不断的阐释中向无限可能的未来敞开的方式存在。在这个意义上看,任何一种文化都没有本质主义式的纯真性和自足性,因而也没有拒绝"再阐释"与"价值重估"的权利。海德格尔和伽达默尔的解释学理论,已经使这一点成了人文科学中的常识。其次,承认认知人类学意义上的普遍主义,还意味着任何一种文化在认可自我理解的同时,也应该认可由无限交往共同体保证的文化他者的诠释的合理性和有效性。这种他者的理解不仅是可能的,而且在本质上与自我理解是相一致的,是对自我理解的积极补充。从文化主体面看,"人之所以成其为人恰恰就在于他们具有判断力以及在某些情况下摆脱由其阶段、种族、性别、文化或语言所决定的成规性角色的能力"[3],因此生活于某一特定文化传统中的人类,完全能够从不属于他们

---

[1] 赫施:《解释的有效性》,王才勇译,生活·读书·新知三联书店1991年版,第84页。
[2] 吉列斯比:《文化相对主义的意义与局限》,载《中国比较文学通讯》1995年第3期。
[3] D.佛克马、E.蚁布思等:《文学研究与文化参与》,俞国强译,北京大学出版社1996年版,第129页。

自己的文化中获得新的文化因素,丰富和扩张自身的视域,从而使自我理解中包含了他者的理解的因素。尤其是在全球性交往日趋活跃、交往形式日趋多样化和信息资源共享已经成为现实的今天,那种在自我与他者之间做出明确划分的文化决定论已经没有多大的说服力了。就连曾经持绝对的文化决定论立场的萨义德(E. W. Said)也不得不承认:"文化决不是一个所有权的问题,一个有着绝对的借贷双方的借和贷的问题,而是转换、共同经历以及不同文化间的所有种类的相互依赖性。这是一条普遍性的标准。"[1]就具体的文化形态而言,任何文化间都有相互重叠的边界,这正是构成超越自身限制、与异文化交流的出发点。以这种共同性为参照,文化间的差异性才得以显现出来,也使"自我"和"他者"的位置在相互对峙的情况下被暂时界定下来,因为任何一种文化都没有固定不变的内在本质,"只有从他人那里我才能获得我的自我"。同时,以这种共同性为起点,文化间的理解以运用已知部分去为那更多的异己部分进行命名的形式而演化成了文化的自我理解,因为一种文化用来理解和命名异己性的部分,实际上乃是自身的一部分。在这个意义上讲,对他者的理解,实际上就成了不断扩张自身,为异己和陌生的世界命名的过程和使自身的能在不断转化为已在的过程。

总之,从普遍主义的立场看,任何文化都没有固定不变的内在本质。所以文化间的差异性并不构成文化间的理解与对话的阻碍,"他者"实际上是对"自我"的发现和补充,而"他者"的眼光实际上是一种文化调整自身的"已在",发现和激活自身的"潜在",不断向无限的能在领域敞开的积极的参照维度,而非敌对的不可理解的异己之物。

不过,正如我们反复指证的那样,这种由认知人类学意义的普遍主义保证的文化间的理解,在事实上却又是以文化间的共同性为基础进行的,所以它实际上是以异己文化为参照而进行的自我理解,而不是真正的对异己文化的理解。任何一种文化的"已在"既构成了理解异己文化的事实性基础,但也由此限定了我们只能根据这一基础蕴含着的意向和可能而将异

---

[1] E. W. Said, *Cultural Imperialism*, London: Routledge, 1994, pp.261–262.

己文化理解为"自我"的存在形态。显而易见,既然将"他者"理解为"自我"的实质乃是自我理解,所以当它以对"他者"的理解的面目出现时,实际上就在自我扩张中越过其有效范围而变成了对"他者"的侵犯,走上了文化帝国主义的道路。在这个意义上讲,作为对在自我理解中包含着的自我扩张的一种必要的限制,文化相对主义以文化间的差异性为根据提出的文化间的不可理解性,既有经验事实方面的依据,又包含着积极的伦理关怀。文化间的对话和理解,其目的在于获取更为丰富多样的文化资源,而不是为着消除异己的文化经验而获得同一性,所以文化间的差异性和不可理解性乃是维系对话和理解的前提。而这种由文化间的差异性导致的不可理解性,反过来又保证了差异性的存在,既维系着对话和理解的进行,又相互限制着双方的自我扩张,指认着双方的相对性和有限性。如果说就普遍主义而言的一切文化的相对性是相对主义的第一个层面的话,那么,这种由文化间的差异性标示出来的文化间的相对性则是相对主义的第二个层面。第一个层面上的相对性针对着文化的自我封闭和绝对化而言,肯定自我理解是文化存在的基本方式,并且进而肯定了从他者的角度进行诠释的权利和现实可能。第二个层面上的相对性则从他者的角度限定了自我理解的有效限度和范围,限制了文化的自我扩张。这两个层面上的相对性,虽然有着相互补充和相互为用的相通的一面,但这种划分本身就说明了二者有着各自的有效范围,不能逾越各自受到的限定,更不能相互代替。有限性和有效性,在这里其实是相通的。当第一个层面上的相对性及其要求进入第二个层面,我们已经指出,自我理解的合理性就演变成了文化帝国主义的自我扩张。同理,当文化间的相对性及其要求的文化间的不可理解性脱离了限制文化的自我扩张这一维度,将这种不可理解性变成了否定从他者的角度进行自我理解的合理性的理由时,虽然表面上还保有抵制异己文化自我扩张的合理性,但实际上一旦否定了从他者的角度进行诠释的权利,自我理解在特定的时空中同样会成为压制内部异己性的专制行为。正是在这个角度上,两种相对性构成了必要的补充:持普遍主义的立场,以一切文化的相对性来要求文化内的自我理解和敞开;持相对主义的立场,以文化间的相对性来限制文化自满和自我扩张。这两种相对性的互补,其实质乃是普遍主义和相对主义的互补,这种互补不仅从理论上说是可能的,而且在实践中有着现实必要性。

面对当前文化相对主义的扩张带来的文化交流与对话的理论阻碍和地区性的文化专制实践,重新为遭受误解而被长期抛弃的普遍主义恢复其应有的权利和合理性,建立起良好的普遍主义和相对主义的互补关系,对于发展跨文化的文学阐释和建构文学人类学理论而言,都是一项重要的基础工作。

"文化"概念的破学科效应

学界人人都希望自己所从事的学科兴旺发达。还有不少人为弘扬和捍卫本学科而奋斗不止。我却斗胆要主张"破学科"之说，好像故意跟大家过不去，引来一片抗议在所难免。可是我还要坚持这个立场。

学科有没有"破"的可能呢？当下现实中的学科界限当然不会被个别人的主张破掉，即使能够破，也是破不完的。我的意思是在学科划分既定格局尚难改变的情况下，我们认识事物、思考问题的眼界和知识储备不应受学科领域之限，必要时"背叛"本学科专业投身另外的学科也未尝不可。物理学博士马林诺夫斯基成了人类学大师，早年研究蜗牛的皮亚杰成了发生认识论的创始人。他们的学术创新之道不在于"跨"学科，而在于敢"破"。

我之所以建议用"破学科"（或称为"反学科"）这个更具攻击性的词去替代以往的"跨学科"或"超学科"之说，并不是有意要耸人听闻、制造某种广告效应，而是旨在彰显这样一个历史事实：学科的建立和破散同样是不以人的意志为转移的必然过程。没有一个学科是从来就有的，也不会有一个学科亘古不变地长存下去。学科的设置是人类认识发展到特定阶段的需要，是权宜之策，而非一劳永逸。学科之间的互动、渗透，旧学科的瓦解和新的边缘性学科的重构体现着人类认识向更高层次迈进的又一层需求,是自然而然的。死抱住自己的学科或专业的固定地盘,不准许跨越雷池一步的做法,当然主要出于职业饭碗的考虑较多,久而久之陷入学科本位主义而不能自拔。自己无法自拔,也还值得同情;还不允许别人自拔,这就显得专横无理了。

旁顾一下20世纪文、史、哲领域成就最显赫的学者和学派,几乎无一不是冲破了学科本位的自我中心幻觉,不同程度地受到文化概念的整合性视野的启示。仅以历史学方面的情形为例,20世纪史学中最耀眼的新星是法国的年鉴学派。该学派最突出的学术贡献,一是打破了传统史学的学科界限,实现了史学的全面开放和交流;二是创立了总体史的研究思路。这一破一立,前者是后者的前提条件。从这一意义上看,破比立难度更大,阻力更重。在19世纪和20世纪初,传统史学把政治、军事的重大事件和杰出人物奉为正宗的研究对象,超出这一范围便难免被视为旁门左道。年鉴学派彻底打破了这种禁忌,把经济、社会、文化、心理、语言、习俗乃至地理、气候、生态等一切可能的维度统统纳入了历史研究的范围,使史学变成综合人文社会科学各门学科的"人的科学"。该派代表人物布罗代尔提出,确认文化的全部价值应是史学的任务。

> 历史学家单独不足以承担这项任务。必须集合所有的人文科学,从传统科学到新兴科学,从哲学到人口学和统计学,共同进行"会商"。……我们历史学其实应该与人文科学的每个部门进行一系列对话。[①]

同法国当代史学家的这种自觉和这种魄力相比,在文学研究领域进行跨学科的尝试还显得羞羞答答、瞻前顾后。即便是公开倡导跨学科研究的比较文学界,虽然早在年鉴学派之前就已提出了与"总体史"类似的"总体文学"目标,可是一个世纪以来在总体文学方面几乎没有什么引人注目的

[①] 费尔南·布罗代尔:《资本主义论丛》,顾良、张慧君译,中央编译出版社1997年版,第157页。

建树,使之沦为某种远不可及的空洞口号。而史学方面后起的"总体史"研究却名家辈出、硕果累累,成为世界史学世纪性大转折的最佳见证。

受此影响,文学批评界在20世纪80年代兴起的"新历史主义",90年代以来成蔓延之势的"文化研究"(cultural studies),也都先后从人类学的文化概念获取灵感。新历史主义的代表葛林伯雷提出"走向文化诗学"的目标,将文学文本的概念拓展为文化文本,这可以说是布罗代尔把历史拓展为文化史的变相重演,而不同于几十年前弗莱从原型批评方法论角度提出的"文学人类学",更不同于伊瑟尔从文学想象的虚构作用出发而提出的"文学人类学"。

我个人之所以对"文学人类学"的提法感兴趣,主要是想借助于文化人类学的宽广视野来拓展我们文学研究者鼠目寸光的专业领地,从更具有整合性的文化总体中获得重新审视文学现象的新契机。但这并不意味着它作为新学科的设立会一劳永逸地长存下去。学科本身不是目的,而应视为认识事物的手段,相当于庄子所说的"筌"。只要能捕到"鱼",不必计较"筌"的得失存亡。迄今为止,我们还没有发现比人类学的文化概念更具有整合性和包容性的人文研究工具。唯其如此,马林诺夫斯基才提出文化人类学应当成为整个社会科学的基础。[①] 年鉴学派之所以醉心于追求"总体史",也是希望从包括物质生活和精神生活在内的文化整体上把握历史,而不是像以往那样仅仅关注作为历史之代表的帝王将相和杰出人物。同理,过去我们把文学单纯当作文学来研究,只强调其独立自足的特性一面,这当然有其合理的一面。但由此而导致的偏执使我们对文学的认识产生盲点,从人类学的观点出发恰好可以纠正这种短视与盲视:

> 整体观的意义在于寻求格式塔或对社会的全景观照,这要求把文化视为各个组成部分在功能上相互联系的统一体。虽然人类学家也会从事非常专门化的研究,如民间故事,但是他们知道

[①] 马林诺夫斯基:《人类学作为社会科学之基础》,见卡特尔编:《人类之事》(*Human Affairs*),麦克兰公司1938年版,第199页。

除非他们从整体上掌握了全部生活,否则文化的这一方面是无法得到透彻理解的。①

人类学家的这种文化整体意识正在得到越来越多的文学批评家的认同。除了以文学人类学为研究方向的尝试以外,法国比较文学界近年来兴起的形象学研究也是借鉴了人类学视野的产物。让马克·莫哈指出:异国形象属于对一种文学或一个社会的想象,它在各方面都超出了文学本来的范畴,而成为人类学或史学的研究对象。正因为文学作品是在这个广阔的背景上形成的,形象学研究就必须跨越既定的学科疆界,这总是要令文学纯粹主义者不满的。②另一位形象学理论家巴柔也借来"文化"概念,将形象学从比较文学领域引出来,走向了文化人类学。③此种"背叛"本行的举动,难免会招致"文学纯粹主义者"和学科本位主义者的尖锐攻击,以及种种强烈的"卫道"反应。不过这些敢于破学科的人当然不会在乎。

针对学科间隔膜日久的情况,历史学家余英时先生提出:"在学术分工日趋专门化的今天,外行人已不可能听得懂内行人的话,因此沟通和对话无法在任何一门专业领域内进行。如果大家要找一个超越的领域进行沟通和对话,则文化是唯一可能的选择。"④我们看余英时写的《士与中国文化》《钱穆与中国文化》等书,不难体会到一位历史学者对这"唯一可能选择"的亲自实践获致了怎样的拓宽境界之效果。"文化"概念既然昭示着这样一个促使人文社会科学各领域沟通对话的现实和前景,我们为什么还对它的学科冲击力感到忧虑和不安呢?

---

① 霍姆斯:《人类学导论》,约翰·威利父子公司1981年版,第275页。
② 让-马克·莫哈:《试论文学形象学的研究史及方法论》,孟华译,载《中国比较文学》1995年第1期。
③ D. H. 巴柔:《文化形象:从比较文学到文化人类学》,载《综合》杂志,X. 布加勒斯特。
④ 余英时:《钱穆与中国文化》,上海远东出版社1994年版,第263页。

再论"文化"概念的破学科效应

近代自然科学与人文科学的学科划分是自文艺复兴以来的一种长期发展过程的结果,每一门学科的诞生都是一种自成体系的系统化知识走向专业化方向的标志。从历时的程序上看,自然科学诸学科的发生在前,人文社会科学在后。两者之间隔膜、对立与交流、互渗的现象同时并存,而且一直延续至今。就人文科学的内部结构来看,由于所面对的具体对象不同,文、史、哲的划分在形成近代意义上的学科之前就曾引发种种争议。思想史上接连不断的诗与哲之争、文与史之辩便是这种争议由来已久的明证。

在回顾学科的近代发生史方面,加拿大文学理论家弗莱说过这样的话:

> 物理学和天文学形成于文艺复兴时期,化学形成于18世纪,生物学形成于19世纪,而社会科学则形成于20世纪。①

弗莱在这里说的"社会科学",似乎是把人文科学也包容在内的。人

---

① 弗莱:《文学的原型》,载《肯庸评论》第13期(1951年冬季号),第92—110页。收入《同一的寓言》,哈考特公司1963年版。

们对这一判断或许会有种种异议,甚至还会有人举出维柯的《新科学》来证明社会科学始于18世纪。① 但关于时间的这一争议也许并不重要,重要的是晚熟的人文、社会科学的未来命运如何。

人文科学的结构体现为文、史、哲三者之间的鼎立和统一。20世纪任何一所文科大学中都把语言文学、历史、哲学划分为独立的系科。由这种对立统一形成的张力是每一个人文科学生或学者都或多或少体会到的。比如,研究文学批评的学生就"总是感到有一种离心的力量,使他们脱离文学。他们发现,文学是人文学科的中心科目,历史与哲学则在它的两侧。而文学批评迄今被认为不过是文学中的一个分类学科,因而,倘若要系统地研究这门学科,学生们不得不从历史学家的概念范畴里去寻求事实,从哲学家的概念范畴里去寻求见解"②。

弗莱所形容的这种"欲分还合"的现象不仅局限在文学学科之中,相信史学和哲学方面的情况也大致相仿。然而,"合"的欲望虽然不断从个别学科内部自发地产生,但却不是这些体现专业分工精细程度的学科所能实现的。伴随着人文、社会科学在20世纪的分化与发展,有一门几乎完全同步发展起来的具有强烈综合倾向的学科——文化人类学,这门学科日益深入地把握住的一个核心概念"文化",现在已经逐渐溢出其原有的学科分界线,成为贯穿文、史、哲,跨越民族和国家疆界的关键人文术语。

人类学家比尔斯父子在其《文化人类学》教科书中称:"'文化'的概念是19世纪、20世纪的一大科学发现,其内容是,人类的行为之所以不同于其他种类动物的行为,是因为它受文化传统的影响和制约。"③20世纪是社会科学获得同自然科学相对应的"科学"地位的世纪,也是"文化"概念从一新学科中发育成熟并扩散辐射到整个人文社会科学领域的世纪。

仅这两个并非偶然巧合的事实就足以引发人文学者的深思熟虑,对

---

① 参看艾伦·斯温杰伍德:《社会学思想简史》第一章,陈玮、冯克利译,社会科学文献出版社1988年版。
② 弗莱:《文学的原型》,载《肯庸评论》第13期(1951年冬季号),第92—110页。收入《同一的寓言》,哈考特公司1963年版。
③ 拉尔雯·比尔斯等:《文化人类学》,骆继光、秦文山译,河北教育出版社1993年版,第1页。

21世纪的学科发展趋势做出某种理性预期。

"文化"概念作为学科术语在文化人类学中获得普遍共识的重要前提便是"文化相对论"的立场和态度,它对于破除种种形式的地方本位主义、民族中心主义都是有效的武器。具体说来,"文化"概念的相对论底蕴直接消解着两种典型的本位态度——"我族中心主义"和"学科本位主义"。

大凡涉猎过这门学科的人都知道,文化人类学的视野空前开阔,它对任何埋头于本学科细部研究的钻牛角尖者来说,都是一种视力的解放和心胸的开阔。因为它将以客观的数据和时空坐标为每一位局限于本位主义牢笼中的研究者重新审视自己的相对位置,从而较为有效地消解各种井底之蛙式的本位自大错觉。让我们先看看如下两个判断:

理查德·李(Richaid Lee)和欧文·德·沃尔(Irven De Vore)指出,迄今为止在地球上生存过的八百亿人中,有90%的人是狩猎-采集者,6%的人是农业生产者。作为工业社会的成员,我们属于剩下的那4%。[①]

对于许多学习者来说,人类学的发现有可能是关于人类客观的、不带感情色彩的观点。从考古学家和文化人类学家的角度看,人们就有可能把自己的社会看作仅是数百万年人类历史中的一段插曲,仅是现存或过去曾存在过的许多不同社会中既不好也不坏的一个。[②]

人类学的这种立足点和视界的确认,其解放效应对于人文学者来说,有如爱因斯坦的物理学对于古典物理学,势必引发某种根本性的超越意识。从原有的绝对化立场转换到现在的相对化立场上来,从而有可能以客观公正的、不带或少带感情色彩的态度去面对研究对象,达到韦伯所希望

---

① C.恩伯、M.恩伯:《文化的变异——现代文化人类学通论》,杜杉杉译,辽宁人民出版社1988年版,第147页。

② 拉尔雯·比尔斯等:《文化人类学》,骆继光、秦文山译,河北教育出版社1993年版,第19页。

于社会科学的那种"道德中立"。① 人类学者说:"人类学的这种态度被称为文化相对论。由于这种态度要求人们设身处地地考虑问题,同时鼓励相互理解,因此是一种人道主义的态度;同时由于这种态度要求人们公正无私地进行观察,并力图对所作出的解释是否正确加以验证,所以它又是一种科学的态度。"②由于每个人都是特定社会中的成员,所以把不同社会作为研究对象时必须要树立这样的道德中立的科学态度。理由很简单:"一个完全用自己的文化作为准绳来判断其他文化的人,是一个民族中心主义者。这种人不仅不具备研究人类学的条件和素质,而且很可能连认识和处理他自身所在的那个社会里的社会问题也会显得无能为力。"一个民族中心主义者或许能够在自然科学方面取得成就,但是不大可能在文化认识方面取得进展。因为,"民族中心主义阻碍我们理解其他民族的文化,与此同时,也阻碍了我们对本民族文化的理解。如果我们认为我们所从事的一切都是最好的,看来我们就不会问一问为什么我们要按我们的办法行事,更不会问一问为什么别人会按他们的办法行事了"③。

文化概念的反学科性质,除了可以提供解构自我中心主义和培育中立态度的契机,而且还为研究者提供整合性的分析视野。比尔斯等指出:"在众多有关人的学科中,人类学的特殊作用在于它是唯一汇集全面的、历史的、比较的方法进行研究的学科。全面的方法即根据人类生存的全部范型来研究人或人类群体。这样,人类学家在对诸如生态、社会关系、经济或艺术等特别领域深入研究时,他们往往要考虑该领域与人本身和人类行为等各个方面的关系。全面论的基本主张是人类行为产生于文化系统中复杂的相互作用。"④也只有通过这种整合性的眼光,我们才有可能在比较中把握那些使地球上各民族相区分和统一的差异与相似,概括出引起这些

---

① 韦伯:《社会科学方法论》,朱红文等译,中国人民大学出版社1992年版,第1—45页。
② C. 恩伯、M. 恩伯:《文化的变异——现代文化人类学通论》,杜杉杉译,辽宁人民出版社1988年版,第25页。
③ C. 恩伯、M. 恩伯:《文化的变异——现代文化人类学通论》,杜杉杉译,辽宁人民出版社1988年版,第26页。
④ 拉尔雯·比尔斯等:《文化人类学》,骆继光、秦文山译,河北教育出版社1993年版,第2—3页。

差异和相似出现和持续的规律和原理。这样,人类学向有关种族和文化的传统概念提出了挑战,并对人类体质进化和文化多样性提出了崭新的见解。再者,人类学的诸分支的完善,扩大了我们对文化本质的认识,发展了描述其他语言和文化的系统方法,并对社会科学理论的跨文化检验提出了日益严密的标准。[①]

这样的认识是晚生的人类学后来居上,成为整个人文、社会科学知识围绕"文化"概念重新整合的一个积极的结果。如比尔斯等所说:"对几乎所有科学和人文科学来说,人类学都能提供昔日的概观和人类多样性的永恒记忆。人类学对其他学科的主要贡献在于揭示文化观念的发展。文化的各种组成部分皆属于一个彼此紧密相关的整体系统","社会科学家如果要对人类的心理、政治、经济作出广泛性的概括,必须依靠人类学家及其所搜集的资料,以便证明自己的发展具有普遍意义","由于人类学家从全面的角度分析一般的人类和每种特殊的社会与文化,因而人类学在综合各专门学科的研究成果进而对人类行为作出更普遍更全面的解释方面起着重要作用"[②]。由此可见,文化人类学的诞生和发展给原有的人文、社会科学各学科带来重新整合的历史机遇。西方知识界的几代精英为了在纷纭万变的人文历史领域中摸索出哪怕近似于古典物理学或古生物学的法则和规律的东西,殚思竭虑,绞尽脑汁,经历了一次次的失败,现在由于掌握了"文化"概念,终于有了使自己摆脱对人文因素的物理的或自然的研究途径之可能。难怪美国人类学家克鲁伯(Alferrd Kroeber,1876—1960)向世人宣告文化概念的意义相当于人文领域中一场哥白尼式的革命。

现代汉语中的"文化"一词,好像是古已有之的(刘向《说苑·指武》中有"文化不改,然后加诛"之说,是汉语文献中最早的用例),其实却是近代西学东渐以来对西文词 culture 的意译,有《汉语外来语词典》为证。这就意味着,"文化"与"科学""民主"等外来语一样,不属于本土话语的产物,

---

[①] 拉尔雯·比尔斯等:《文化人类学》,骆继光、秦文山等译,河北教育出版社1993年版,第16页。
[②] 拉尔雯·比尔斯等:《文化人类学》,骆继光、秦文山等译,河北教育出版社1993年版,第17—19页。

而是舶来品。文化热、文化争论和文化研究百年来此起彼伏,逐渐升温,道理亦在于此。下面拟对西方文化人类学发展中所认识的"文化"概念略做梳理,以便有助于理解它的反学科性质的由来。

概略地说,早期的人类学效法自然科学的宗旨,试图寻觅具有普遍意义的文化法则。而晚近的人类学则转向人文性的解释学,力求把握特定文化的意义编码方式。对于前者,文化意味着规律、法则;对于后者,文化是象征的体系。

克鲁伯认为,文化人类学同历史学的关系是它同生物学的关系的反面。人类学试图对历史的发现做出普遍概括,而不是关注历史中的个别与特殊。历史学家不能进行实验,他们处理个别具体的、独特的历史事件,因为从某种意义上说任何一个历史事件都具有不可比性。他们可以用大彩笔去绘制历史图景,但却不能得出精确的法则。还有,历史不可避免地开始于对现在和对我们自己的兴趣,当它回溯过去和转向外族人的时候,它的兴趣就开始衰退,它的材料也变得缺乏和不可信了。一个欧洲人了解拿破仑是科西嘉人和战败于1815年的滑铁卢,这被认为是很有用的知识。但关于秦始皇生于中国西北和他在公元前221年统一中国的知识就显得书呆子气了。人类学家的态度和兴趣都与历史学家有别:他们关注原始时代更甚于关注当今,关注异民族文化更甚于关注自己的民族,以便更好地理解我们文明的构成,得出某些抽象形式的普遍文化法则。①

克鲁伯在1923年的《人类学》一书中还强调人类学应将有机的因素同文化的因素之间的关系作为研究重心所在,但在20世纪40年代以后却一边倒似的转向了"文化"因素一面。他曾和克拉克洪合著《文化概念的批判性评注与定义》,列举并分析了一百六十多个由不同学科学者所使用的文化之定义,归纳为六大类:①列举描述性的;②历史性的;③规范性的;④心理性的;⑤结构性的;⑥遗传性的。②

---

① 克鲁伯:《人类学》,哈考特公司1923年版,第5—6页。
② 克鲁伯、克拉克洪:《文化概念的批判性评注与定义》,载《美国皮巴蒂考古与人种学博物馆文集》第47卷第1期,1952年。

这篇文献看似烦琐细碎,却成为人类学和广义文化学发展中具有承上启下作用的里程碑,使后人使用"文化"概念有了较严格的理论参照,促进了这个关键术语在文化人类学界逐渐删繁就简、趋向于相对统一的理解共识。当时两位作者对"文化"的释义是继人类学之父泰勒于1871年《原始文化》中的首次定义以来最具影响力的一种,兹引述如下:

> 文化包括各种外显的和内隐的行为模式,通过符号的使用而习得或传授,并且构成人类群体的显著成就。①

克鲁伯还在同时出版的个人专著《文化的性质》中指出,"文化"概念的发现是19世纪以来人类学史和社会科学史上的重大成就,其意义完全可以同哥白尼日心说对自然科学的贡献相提并论。受到此一发现的鼓舞,新进化论代表人物怀特也于1949年著文《科学范围的拓展》,认为"文化"概念足以拓宽"科学"的旧有壁垒,从自然科学的世袭领域中脱颖而出。他随后又先后著有《文化的科学》(The Science of Culture)和《文化学》(Culturology)等论著,倡导一门以"文化"命名的综合学科:

> 随着科学领域的拓展,从心理与社会现象中划分出另一类现象。它被那些发现和分离出它的人们命名为"文化"。对于事件的这个独特类别的分析与说明,被称为文化的科学,自泰勒在1871年锻造出这一术语以来,许多人类学家如克鲁伯、罗维、莫多克和其他人,都这样称呼它。
>
> 然而,文化的科学若不是文化学,又能是什么呢?……彭加勒说:"真正的发现者将不是那些耐心地建立起若干组合的工作者,而是揭示出它们之间关系的人……一个新词汇的发明时常足以揭示这种关系,而这个词汇将是创造性的。"这当然也就是"文

---

① 克鲁伯、克拉克洪:《文化概念的批判性评注与定义》,载《美国皮巴蒂考古与人种学博物馆文集》第47卷第1期,1952年。

化学"一词的意义之所在:它揭示出人类有机体和超有机体的传统即文化两方面之间的关系。它是创造性的;它确立和界定了一门新的科学。①

然而,怀特所呼吁的"文化科学"或"文化学"同已有的文化人类学之间如何理顺学科关系,是干脆取而代之呢,还是异名同实、二者并存?鉴于语言名称的约定俗成性质,怀特的倡议并没有获得人类学界的普遍响应,反倒招来了一些非议和攻击,使得他不得不再三地申明"文化学"名称的有益无害。一部较流行的权威工具书《国际社会科学百科全书》邀请他撰写了"文化学"条目,总算没有辜负这位呼吁者的苦心。

另一位美国人类学家福克斯(Robin Fox)干脆更进一步,将文化视为人之所以为人的本质规定的一个方面,提出综合了生物方面和文化方面考虑的新概念组合:"文化动物"(The Cultural Animal)。不过,在他看来,无论怎样强调人类超越自然界的独特性都无法否认这样一个事实:人来自生物而且至今仍是一种高级生物。"那种认为人类区别于其他物种的关键在于文化战胜了生物性的观点是有问题的。因为文化是我们区别于其他物种的一个生物学特异方面。在我们这个特殊物种之中所发现的行为种类最终取决于一个器官——大脑,我们人类正是在这个器官上获得了专化。"②晚近的基因人类学使这种把文化看成生物学特异方面的观点再度流行。而促使人类学向解释学方向转型的吉尔兹一派,对整个社会科学的研究取向产生更重要的影响。吉尔兹在20世纪70年代出版《文化的阐释》一书,将文化重新论证为有待破解的意义之网。稍后,新历史主义的文学批评家也提出"文化诗学"的构想,体现了两方面的对话与互动局面。需要动用解释学方法去探究的不只是文学文本,还有作为文本的文化现象。把文化视为文本,给现代主义和后现代主义人类学带来广阔的拓展空

---

① L.A.怀特:《文化的科学》,沈原、黄克克、黄玲伊译,山东人民出版社1988年版,第393页。
② 福克斯:《文化动物》,见麦克迪编:《文化人类学读本》,利特尔布朗公司1979年版,第24页。

间。人类学不再效法自然科学或追求普遍规律,而是努力建立精微细致的解读技巧和设身处地的理解方略。

人类学与文学批评互动的情况在20世纪90年代的中国内地学坛也引起了反响。1997年11月在厦门召开的首届中国文学人类学研讨会上,组织者安排了一场题为"学科相撞"的激发会,让留过洋的科班出身的人类学学者同本土的文学研究者展开建设性的对话。笔者在会上的发言为《文化概念的破学科效应》(载《中外文化与文论》第5辑,四川大学出版社1998年版)。窃以为"跨学科"和"超学科"的提法尚不够力度,其前提是对现有的学科界限的合法性的默认。好像不跨越界限才是常规,"跨"只是权宜之策。

当时在会上听到一种说法:当前国内人类学界有所谓"清理门户"的呼声,其所针对的就是各式各样打出人类学旗号的跨学科研究倾向。好像这类倾向大行其道之后,人类学本身就变得不那么正宗、不那么纯粹了。为此,科班的人类学出身的学者有必要严守学科界限,对于种种僭越人类学雷池的冒犯者实施清理。笔者对于这种见解感到惊讶,以为这是小农宗法社会特有的门户观对文化人类学这门综合学科的玷污。中国古人早已有"学术为天下之公器"的见解,任何一门学科都不应成为本学科圈内之人所垄断的专利。人类学大师马林诺夫斯基很早前就预言过,文化人类学要成为整个社会科学的基础。人类学专业出身的当今法国学者布迪厄也显示出打通整个社会科学的研究旨趣。

美国的古本根重建社会科学委员会主席华勒斯坦,组织十位学者撰写的《开放社会科学:重建社会科学报告书》[1],代表着当前来自各学科的破学科要求的主要趋势。我们看到关于学科相对化的想法在该书中已有相当精当有力的表达,因此我希望把这部言简意赅的小书推荐给留心跨学科问题的读者。

关于打破学科界限,《开放社会科学》中写道:"现在需要做的一件事

---

[1] 华勒斯坦、儒玛、凯勒等:《开放社会科学:重建社会科学报告书》,刘锋译,生活·读书·新知三联书店1997年版。

情不是去改变学科的边界,而是将现有的学科界限置于不顾,去扩大学术活动的组织。……总之,我们不相信有什么智慧能够被垄断,也不相信有什么知识领域是专门保留给拥有特定学位的研究者的。"①这些话至少可以为没有受过某一学科的科班训练的研究者僭越边界领地时壮胆,也足资各专业性刊物的办刊者参考,因为在大学的系科和专业设置尚难适应知识创新需要的现实状况下,出版物则较易避免积重难返、尾大不掉的弊端。

有迹象表明,由后起的人类学知识为补充的文科间科际整合趋势在国际学术界已相当明显:"例如,在前东柏林的洪堡大学,历史系新设了一个欧洲民族学的分系,欲使所谓的历史人类学能够在史学内部占据一席之地。这在德国,或许在整个欧洲都是一个创举。历史人类学也成了巴黎社会科学高等研究院的正式科目,不过在那里,它没有被设在史学的内部,而是与史学和社会人类学并列在一起,处于同等的地位。与此同时,在世界各地的许多大学里,体质人类学也渐渐地被合并到人文生物学中去。"②再比如,设在台北的"中央研究院"本来就有一个民族学研究所,现在又在专攻"国学"的历史语言研究所之内增设人类学研究室。由该所创办的《新史学》杂志更明确体现出传统的封闭式史学转向与人类学、社会学相沟通的文化史学研究趋势。

20世纪80年代以来风行欧美的不分学科的文化研究潮流,充分显示了人类学的文化概念如何走出单一学科的界限,引领人文、社会科学发展的综合性趋势。斯蒂芬·努贞特(Stephen Nugent)在谈到人类学与文化研究的关系时说,二者之间的联系与张力来源于它们的综合性的雄心的相似性。"人类学,由于它以他者的世界和他者的生活为导向,由于人类学家可以通过他们的田野作业获得对材料的特殊把握方式,在突破官方的学科界限方面很大程度上避免了庞杂无序的责难:一名人类学家可以做出一篇论文,涵盖亲属关系、政治、经济、动物饲养、医疗实践、宇宙观和认识论,不

---

① 华勒斯坦、儒玛、凯勒等:《开放社会科学:重建社会科学报告书》,刘锋译,生活·读书·新知三联书店1997年版,第106页。

② 华勒斯坦、儒玛、凯勒等:《开放社会科学:重建社会科学报告书》,刘锋译,生活·读书·新知三联书店1997年版,第108—109页。

用说还有实用植物志、文身和幼儿抚养等方面。"①人类学把人重新定义为"文化动物",并且将文化视为一个整体,这势必给以往分科过细的人文、社会科学研究范式带来根本的变革。

凡此种种,对于坚守专业藩篱、陶醉于学科本位梦境的人来说,或许能获得一些启示。

---

① Stephen Nugent, *Anthropology and Cultural Studies*, London: Pluto Press, 1997, p. 3.

三重证据法与跨文化阐释
——知识全球化时代的古典文学研究

一、"古典文学"的话语分析

现代知识社会学有一个重要观点:"现实",其实不是通常所理解的那种客观存在,而是在相当程度上由人的主观作用"建构"出的。"知识"和"学科"乃至"古典"也是"建构"的产物,是通过人们的话语实践而由特定社会所生产出来的。①

什么事物都有一个来龙去脉,对某一事物来龙去脉的清楚洞悉,是把握该事物的关键。福柯把这个简单的道理应用在对某些司空见惯的概念语词的分析上,创立了话语分析的方法,对知识社会学和 20 世纪后期的整个人文社会科学研究产生了很大影响。20 世纪 80 年代中期以来,福柯的话语分析理论逐步译介到我国,对我国理论界的影响可以说是与日俱增。很可惜,在我们的古典文学研究界,虽然也有关于新方法之利弊的种种讨论,有重写文学史的种种尝试,但是多数人似乎对这位法国思想家并不了

---

① 参看二书:*The Social Construction of Reality*, Anchor Books, 1957; *Social Construction of the Past*, Routledge, 1994。

解,也不太想去了解。的确,古典文学研究者面临的课题很多,需要读的经典、考据、校勘、注疏之类的古书都读不过来,哪里还会有闲情逸致去光顾爱出风头的当代外国人的时髦理论呢?

知识社会学和话语分析在何种意义上为我们的古典文学研究者所需要,尝试用话语分析来反思一下"古典文学"或"国学"这几个看家饭碗的概念,或许能够明确一些。

首先,现代汉语中的"古典"和"文学"这两个词都有各自的外来背景。先看"古典"。

"典"是随时代和空间而发生变化的,英文中 canon 一词,相当于我们所说的经典、典范,台湾学界又译为"典律"。围绕着"典"的设定标准问题,当代西方文论有相当热烈的讨论。美国耶鲁大学的哈罗德·布卢姆(Harold Bloom)出版了《西方的典律》一部大书,选出二十六人作为西方文学经典作家,其中既有人们熟知的文豪莎士比亚、但丁、乔叟、蒙田、弥尔顿、歌德等,也有批评家萨缪尔·约翰逊和精神分析学家弗洛伊德。布卢姆在序言里说,既然"典"是人为建构的,当然也是可以解构和重构的。"如果人们认为不必要有这些东西,很容易找到武器去毁掉它们。"[①]这种做法表明,每个时代有每个时代的"典"之标准,甚至同一个时代的不同时段都有自己的"典"之标准和谈论"典"的特殊话语背景。试回想一下,我国的古"典"文学研究如何先后把"人民性""阶级斗争""现实主义与浪漫主义""批儒评法""评《水浒传》批宋江"等不同名目作为"典"的判断尺度,就不难理解"典"是如何随着话语的转换而不断得到重构(recanonize)的。意识形态氛围对知识生产的制约作用,由此可见一斑。

古典是同现代相对的概念,所以,古典文学是同现代文学相对应而划分的。但是,如果传统意义上的文学随着时代的突变而不复存在,现代文学与当代之间的隔阂远远大于古典文学与现代文学之间的差别时,原来所称的"现代"也就成了古典。换言之,假如我们承认某些学者的判断,20世纪文学理论的成就超过了文学本身,或者承认"文学已死亡",那么整个的

---

① Harold Bloom, *The Western Canon*, New York: Harcourt & Brace, 1994, p.4.

文学都已成为逝去的古典了,研究文学也自然成了研究古典。

文学死亡与文学时代终结的另一层意义是,在现代传媒的革命性变革作用下,以印刷术为基础的书面文学阅读模式在很大程度上被电子媒介的图像多媒体传播模式所取代,与此相应,文学与非文学的界限已经不复存在。像肥皂剧、网上互动文本等新的文艺形式,是否也应看作文学?如果也算,那么文学的边界就难以划定,至少传统定义的文学就不再有效,必然面对消亡。

古典作为一个时间性概念,有其意义上的相对性,而文学和国学作为学科性的概念同样也有时间和空间上的相对性。既然古典文学研究被看成国学研究的一部分,那也不妨将二者联系起来作一点话语分析。近代西学东渐以来,"鉴西看中"或"援西释中"已经成为每一代学人无法逃避的宿命。但很多人不以为然,特别是那些出于民族防卫心态而坚守国学壁垒的人。今天仍有不少学者反对拿来西方的理论应用于本土的文学研究。但是试问一下,离开了西方知识分类与术语体系的纯粹"国学"如今还存在吗?即使我们出于主观的愿望想让它存活下来并同外来的学术相抗衡,其客观的可能性又有多少呢?当我们说到"文学",难道不是西方意义上的按照诗歌、散文、小说、戏剧四分法来划分的文学,而是我国史书"文苑传"中的文学吗?当你打开任何一部中国文学史,看到中国文学发端于古代神话的章节时,你是否想到,在20世纪以前我们中国人还不知道"神话"这个概念,更不用说什么"中国神话"了。同样,我们所说的史诗、悲剧、喜剧、小说,无一不是西方意义上的概念。只要翻一下《四库全书》子部"小说"类,你就不难明白古汉语中的"小说"与今日作为文学体裁的小说是怎样的不同了。"国"的想象共同体①已经向世界开放了,附着于一"国"的"学"又怎能封闭不变呢?如果我们再深入一层追问如下问题,国学倡导者们在"国"的幻象背后的大汉族主义乃至文化沙文主义也就可以由隐到显了:为什么产生于公元前后流传至今的世界上最长的史诗《格萨

---

① 对"国"的话语分析请参看叶舒宪:《〈山海经〉神话政治地理观》,载《民族艺术》1999年第3期。

尔王传》会被排斥在"国学"和各种"中国文学史"之外呢？洋洋数百万言的鸿篇巨制不能算在我国的"古典文学"概念之内，是不是概念本身就有问题呢？

还有一组相对的范畴是口传文学与书面文学。过去我们的"古典文学"和"国学"只包括记录为文本的作品，这是老概念的又一个盲视点。限于篇幅不展开谈了。

二、知识全球化时代的古典文学研究

我们现在所处的时代是知识全球化的时代，它与以往时代的区别很值得人文学者深思。它不仅要求研究者改换已有的知识结构和思维方式，而且还要改换传统的价值观和心态。特别是对待异文化的那种习惯性的自我中心和党同伐异心态。怎样才能实现这种转变呢？为知识全球化时代的到来贡献了跨文化阐释方法与文化相对主义原则的一门学科，也就是率先从全球化视野审视各种地方知识，并由此而建构文化理论的学科——人类学，可以提供有效的启发。首先，人类学的训练有助于培养对"文化他者"的中性态度，在此前提下才有可能把"他者"作为反观自身的镜子，把在自己文化中早已熟知的却又习焉不察的东西加以"陌生化"。

这样做的效果是什么呢？蚁布思说："如果我们自觉地参与到一种以上的文化中去，就有可能对创造力的发展，产生良好的影响。同时，这也会使我们领悟到，每一种文化传统，都有其武断性和局限性。"[1]

从另一方面看，每一种文化传统，又都有其独异性和自足性的一面，具有人类学者所说的"地方性知识"的不可替代、不可通约的价值。而正如本土社会成员看不到自己社会的文化特征，不能把握其地方性知识的不可通约价值，有待于外来的人类学家的田野发现。

福柯的一位法国学友，后现代哲学家德勒兹写过一部书《差异与重复》，其第六章题为"他者理论"。德勒兹在很大程度上回应了人类学关于

---

[1] D.佛克马、E.蚁布思：《文学研究与文化参与》，俞国强译，北京大学出版社1996年版。

"文化他者"的看法。特别是他提出的一个公式:他者 = 一种可能的世界。① 同以前的存在主义公式"他人即地狱"相比,后现代主义价值观在容忍差异、尊崇他者方面的巨大跨越是显而易见的。按照德勒兹的这个他者公式,人类若想要在未来更多地保留生存方式的多样可能性,那就毫无疑问地应当从根本上改变在前全球化时代各自独立的文化传统中根深蒂固的党同伐异心态,开始把学习如何容忍差异、尊重差异,理解他者和欣赏他者作为地球村公民的一项必修课。然而,从攻乎异端到容忍差异,从党同伐异到欣赏他者,这种认识上、情感上和心态上的转变在历史上是空前的,其阻力和困难也是可想而知的。本土的人文研究者能否打破坐井观天式的学术眼界、画地为牢式的知识结构,关键在于自己的反思能力。

下文以一个具体的文学案例来说明,古典文学研究的方法如何从与封闭的知识传统相适应的单一的训诂考据发展到比较文学的方法,又从一对一式的比较发展到与知识全球化时代相适应的多参照和通观性的跨文化阐释。

三、从传统训诂到跨文化阐释的三重证据法

从学术传统看,我国的人文学在方法论上主要以诗文评和训诂考据校勘两大线索为主。20世纪西学东渐背景下,学者们参照西学反观自身,对我国人文学术的这两大线索持不同看法,出现厚此薄彼的倾向(参看郑振铎《研究中国文学的新途径》)。具体而言,就是轻视诗文评的方法,因为它发端于直觉和感悟,无法有效地与西方的"科学"范式接轨;看重考据学的方法,因为它通过经验材料和逻辑分析的"实事求是"宗旨与西方的实证科学有很大的相通之处。这种厚此薄彼的结果,便是以传统诗话词话为代表的诗文评方法的全面衰微(各种名目繁多的《鉴赏词典》似乎是它的回光返照),和训诂考据传统的发展与变化。笔者以为,从文化相对主义眼光看,西方的"科学"范式只是文化多样性中的一种,以此为普遍标准去

---

① C. V. Boundas 编:《德勒兹读本》,哥伦比亚大学出版社1993年版,第61页。

衡量或统一所有的文化,难免遮蔽有特殊价值的"地方性知识",压抑"文化他者"自身存活与发展的多样可能。对"科学"万能的迷信随着"赛先生"在现代学术话语中的霸权确立,早已被人们习以为常而不加反思。而直觉感悟的诗文评方式正是被以实证为尺度的"科学"霸权所压抑才濒临绝境的。现在西方人对其"科学"的迷信已打破(参看霍根《科学的终结》,远方出版社1997年版),这有助于我们反思"赛先生"的两面性,重估诗文评方法的合理性。下面仅说明训诂考据方法的一种可能的变化方向。

(一)《天问》注释史上的争议

屈原《天问》"夜光何德,死则又育?厥利惟何,而顾菟在腹?"几句,是对远古流传下来的月亮神话发问。由于年代久,那时的神话具体内容已经不可详知,所以后代学者对《天问》的理解和注释就成了两千年来的难题。自汉代以来注释家大多认为菟即兔。王逸《楚辞章句》说:"言月中有菟,何所贪利,居月之腹而顾望乎?"朱熹反对把"顾"释为"顾望",认为顾菟是一种兔子的专名。王夫之认为,月中并没有兔子,有的只是像兔子形状的暗影,正是这种暗影使本来又圆又亮的月亮在体形和光明上都受了亏损。屈原写这两句的意思是用比喻规谏那些包容小人自损其明的人:你们这样做有什么好处呢?

以上各家解说,尽管有分歧,但在月兔这点上是一致的。20世纪闻一多写《天问释天》[①]要推翻旧说:月中兽不是兔,亦非兔形暗影,而是蛤蟆!他用了大量的语言学、训诂学上的证据,列举理由十一条,考证"顾菟"不是兔而是"蟾蜍",并认为月中有蛤蟆的神话早在战国时就存在。自此以后,学者多采用闻一多的说法。汤炳正也以训诂材料为据,提出"菟"为虎说。这样,月兽之争从两种发展为三种,争论基本在训诂学的圈子里进行,是非难辨。

(二)二重证据与比较文学

1973年长沙马王堆西汉墓帛画的发现,使兔子与蛤蟆之争再度兴起。根据这幅在地下沉睡了两千年的古画造型,一轮红日上有只黑乌鸦,一弯

---

① 载《清华学报》第9卷3、4期,1934年。

新月之上有一只大蛤蟆和一只小兔子。长沙本为楚国故地,也就是屈原生活的地区。帛画中神话题材的年代也同屈原相去不远,人们自然会把画中所描绘的月亮神话同《天问》的相关内容相联系,对以往注释上的争议重新考察。这正是由考古发现的第二重证据给传统训诂考据方法带来的重要变化。

与此同时,海外有学者提出中国的月兔传说是从印度输入的。钟敬文先生发表《马王堆汉墓帛画的神话史意义》[①]一文,维护闻一多的月蟾说,同时驳斥外来说:"因为印度传说带有深厚的佛家说教色彩。中国早期关于月兔的说法,却不见有这种痕迹","产生在中国纪元前的月兔神话,为什么一定是从印度输入的呢?"稍后,季羡林发表《印度文学在中国》一文,正面反驳闻一多的"蟾蜍"说,肯定传统的月兔说,并也认为是从印度输入,因为印度公元前一千多年的《吠陀》就有月兔神话。[②]

两人在月兔神话来源上的观点针锋相对。月兔神话是中国土产还是外国进口呢?按照比较文学法国学派的影响研究原则,需要找出"事实联系",方能判定两个文化之间的文学交往关系。虽然公元前的中印典籍中都分别提到了对方国家的名称,如《山海经》称印度为"天毒",印度史诗中称中国为"支那"。另一公元前的印度古书《治国安邦术》还提到"支那产的丝",可是要使输入说成立,应找出文学交往的具体途径和证据。在没有交往的场合下,不同国度、不同民族也完全可能产生相似的神话传说,这正是非输入说立论的基点。

从月兔、月蟾、月虎的争论,发展到月兔神话是本土的还是外来的争论,我们的古典文学研究在方法上已经历重大变化。二重证据的应用和比较视野的引入,都使国学的封闭格局被打破,研究者的思路和心态也发生相应的变化。用外国的、文化他者的东西,来说明本土的东西,开始被部分人接受,当然也引发了不少怀疑和反对。

---

① 载《中华文史论丛》1979 年第 2 辑。
② 季羡林:《印度文学在中国》,见《中印文化关系史论文集》,生活·读书·新知三联书店1982 年版,第 120—136 页。

伊荣方《月中兔探源》①一文,从月与兔的周期性变化的吻合点来解释月兔神话的类比理由,把问题引向月与兔关联产生的神话思维基础的层面。兔子生理上的特点是:交配后约一个月(二十九天)产小兔,产兔后马上能进行交配,再过一个月又能生产。兔的这些特点与月的晦盈周期相一致。关于月兔观念产生的时间,他以为远远早于屈原,理由是五万年前的山顶洞人已有猎兔之习,"中国人对兔的观察认识至少在五万年前就已开始"。虽未直接反驳月兔神话外来说,但是说五万年前山顶洞人已有对兔的观察,显然要把这一神话"专利"发明权落实在本土。不足的是,无法证明有猎兔行为人就有月兔观念;而且五万年前的人也不宜看成"中国人",那时"中国"尚不存在。

至于月兔与月蟾的神话想象之根据孰先孰后,兔、蟾、虎三说的训诂是否可靠,仅从训诂学考据学本身无法判定;仅从中印文学的对比看,也还不能获得全景性的总体关照。

(三)三重证据与跨文化阐释

马王堆出土的帛画表明,月中兔与月中蟾未必是对立的,二者可以并存。跨文化的考察还可看到,月兔与月蟾观念都不是哪个文化的专利,而是世界性的。月虎说则相对罕见。"对于黑人和美洲印第安人,兔子或玉兔代表着人化了的动物英雄。我们想起了美国黑人中'兔子哥'的故事,它与非洲西部的兔子英雄神话一模一样。在北美印第安人的神话中,玉兔也扮演着类似的角色。例如在易洛魁人中,大兔子就是一个'伟大的自然神',一种了不起的精神实体。或者兔子本身就是月亮,或者它的祖母就是月亮。"②从这个事实看,一旦把眼界从《天问》的注释史拓展开来,国别文学的问题就成了比较文化的问题。某些神话观念和原型的发生是不受民族和地域限制的,具有跨文化的普遍性。在没有"事实联系"的情况下,不能证明美洲印第安人的月兔观念来自印度,同样也难以证明《天问》的

---

① 载《民间文学论坛》1988年第3期。
② M.艾瑟·哈婷:《月亮神话——女性的神话》,蒙子、龙天、芝子译,上海文艺出版社1992年版,第27页。

月兔说传自印度。同月兔一样，月蟾或月蛙观念所具有的象征意义也非常普遍。

关于蛙或蟾的神话象征意蕴，瑟洛特（J. E. Cirlot）《象征词典》①是这样介绍的：青蛙代表着土元素向水元素的转换，或者是水元素向土元素的转换。这种和自然生殖力的联系是从它的水陆两栖特征引申而来的，由于同样的理由，青蛙也成了月亮的动物（a lunar animal），有许多传说讲到月亮上有一只青蛙，它还出现在种种求雨仪式上。在古埃及，青蛙是赫瑞忒（Herit）女神的标志，她帮助伊西丝女神为奥西里斯举行复活仪式。因而小蛙出现在泛滥之前几天的尼罗河上被认为是丰殖的预兆。按照布拉瓦斯基的看法，蛙是与创造和再生观念相关的主要的一种生物。这不只因为它是两栖动物，而且因为它有着规则的变形周期（这是所有的月亮动物的特征）。荣格在此之外还提出他的见解说，在解剖学特征方面，蛙在所有的冷血动物中是最像人的一种。因此，民间传说中常常有王子变形为青蛙的母题。

那么，蛙蟾类变形动物是在什么时代、怎样进入神话思想的呢？限于有文字记载的史料的年代界限，考察的唯一重要线索只能到书面文学出现以前的史前考古中去找。金芭塔丝所著《女神的语言》一书，对此很有帮助。她考察了旧石器至新石器时代数万年间的考古文物中的造型和图像，得出有关"女神文明"的论点，该文明由于覆盖空间广大，持续时间久远，形成了在整个欧亚大陆通用的象征语言，表现为各种常见的象征生命赐予、死亡处置和再生复活的原型意象。后者也就是月亮"死则又育"功能的体现，其中的一种象征模式被称为"再生性的子宫"（regenerative uterus），分别以动物形象或拟人化形象出现。象征再生性子宫功能的动物形象是以下八种：牛头、鱼、蛙、蟾蜍、豪猪、龟、蜥蜴、野兔。象征同一功能的拟人化形象则主要是鱼人、蛙人和猪人三种。② 由于蛙、蟾蜍和蛙人意象

---

① J. E. Cirlot, *A Dictionary of Symbols*, translated into English by Jack Sage, New York: Philosophical Library, 1971, pp. 114–115.
② M. Gimbutas, *The Language of the Goddess*, Sanfrancisco: Happer & Row, 1989, p. 328.

在此模式中占有较大的比重,所以尽管它们与野兔的意象同时作为再生的象征而进入神话想象的世界,但是数量方面的优势在考古材料中还相当明显。仅从金芭塔丝《女神的语言》和《古欧洲的女神与男神:6500—3500 BC》等书列举的图像资料看,蛙蟾之类的造型要比兔的形象普遍得多。对照中国考古学近年的发现,情况也是相似的。诸如半坡彩陶和马家窑陶器上的蛙纹与蟾蜍造型,我们已经司空见惯。兔的形象则相对少见。

关于女神文明及其象征语言产生的原因,包括金芭塔丝在内的许多学者都有相当成熟的看法。一般认为,女性特有的生育功能和月经现象是使史前人类产生惊奇感、神秘感,进而导致敬畏和崇拜的主因。当代的比较神话学家鲁贝尔在她的《包玻女神的变形:女人性能量的神话》一书中指出:"女阴是旧石器时代的女性能量和再生能力的一种象征。其时间从公元前3万年开始,它冲破各种压抑的界限,作为一种意象遗留后世。"艾纹·汤普森注意到,"女阴的这种神奇的特质似乎主宰了旧石器时代人类的想象力。……但是女阴又是巫术性的伤口,它每月有一次流血,并能自我愈合。由于它流血的节奏与月亏相同步,因而,它不是生理学的表现,而是宇宙论的表现。月亮死则又育,女人流血但是不死,当她有十个月不流血时,她便生出新的生命。据此不难想象,旧石器时代的人是怎样敬畏女性,而女性的神秘又怎样奠定了宗教宇宙观的基础"。对女性神秘性的理解以及由此引发的敬畏和崇拜,贯穿于旧石器时代晚期、新石器时代和铜器时代。[①] 从史前进入农业文明,女神信仰时代传承下来的最重要神格,除了地母神,就是月女神。而蛙、蟾、鱼、龟、蛇、兔、蜥蜴等女神的动物化身形象也流传后世,只是它们的原始象征意蕴逐渐变得复杂和模糊了。信仰和巫术性的色彩日渐消退,文学性和装饰性则日渐增强。

从跨文化的大视野回到古籍《天问》注疏的争端,我们还会偏执地在训诂学的小圈子里打转,做非此即彼的判断吗?就连嫦娥和不死药之类月神话的象征物之由来,也变得易于理解了。晚唐诗人陆龟蒙在他的诗意幻

[①] W. M. Lubell, *The Metamorphosis of Baubo: Myths of Woman's Sexual Energy*, Nashville: Vanderbilt University Press, 1994, pp. 6 – 7.

想中把月中的兔与蟾两种原型意象巧妙结合为一,原来是把蟾蜍当成白兔所捣制的不死药了,其《上云药》诗云:"青丝作筝桂为船,白兔捣药蛤蟆丸。"如果我们没有忘记石器时代以来女神文明的象征语言早就选定了兔和蟾作为再生性子宫的表现,那么也就不会对唐人咏月诗中的组合意象感到偶然了,而白兔所捣制的"蛤蟆丸",若不是同月的"死则又育"功能相应的起死回生药、不死药,又能是什么呢?先秦的月兽神话和汉代以后的嫦娥与不死药神话,在数万年象征系统的大背景上不是可以看成同一原型观念先后派生出的月神话衍生整体吗?

陈寅恪说,一个时代有一个时代的学术。跨文化阐释方法和三重证据的使用,能否作为知识全球化时代的一种选择,以上案例分析仅做了初步说明,希望明眼读者对其局限和应用不当的可能,也有充分警觉,其难点在于处理好文化普遍性与文化特殊性的关系。

道家伦理与后现代精神

> 要开创一个新起点,只需打开过去的伟大哲学著作,并努力领会其精髓。曾经被长久地隐埋了的基本真理的重现,将彻底根除在近代造成灾难性后果的错误。
>
> ——莫提梅·阿德勒《哲学十大错误》

引言:韦伯问题的后现代倒置

以马克思为代表的19世纪西方社会理论试图从经济生活方面去解答现代资本主义的历史根源和历史必然性,并进而论证它注定要被新的公有制社会形态所取代。20世纪以韦伯为代表的西方社会理论在很大程度上延续了马克思的命题,但转而从精神生活和价值观念方面重新论证资本主义的历史根源及必然性,同时也放弃了对资本主义注定要灭亡的公有制预言。1989年苏联东欧社会主义阵营的解体以及随之而来的日益高涨的全球一体化浪潮,使资本主义、市场化经济成为新的国际秩序的唯一代表。美国国务院思想库(Policy Planning Staff)的代言人福山(Francis Fuknyama)适时地捧出"历史终结"论,宣称西方式的自由民主理念已经没有对手,资本主义在全球的胜利使历史的演进过程宣告完成。① 一时间,为资本主义的合理性及其世界化进行辩护,成为当今媒体和各国主流思想的大合唱。韦伯所提出的命题"什么样的精神价值在过去数百年中为催生资本主义或现代化的制度提供了基本的动能",不仅在西方社会学界产生广泛反响,而且也在非西方的所谓"后发展社会"的理论界引发出热烈的讨论:非基督教的其他宗教价值观可否成为现代化的又一种动力?②

在提出和回答此类问题的过程中,东方传统社会的某些思想和宗教遗产受到不同程度的关注,其中以儒家伦理与东亚经济现代化之关系的讨论最为热烈。相形之下,佛教伦理、道教伦理在这场价值重估运动中虽然也被涉及,但受重视的程度远不如儒家那样充分。

本文旨在从后现代主义的视角出发,对以韦伯为代表的思想史与社会史命题进行倒置,不再为既成的资本主义制度去寻找种种原因,去推进那种辩护性的历史解释学,而是从道家伦理的边缘性立场去审视所谓的现代化的不合理方面,讨论道家伦理在全球化进程明显加快的21世纪所具有的思想资源意义,它在何种程度上可以有助于我们避免由资本主义的物质主义和消费主义对人性所造成的扭曲和异化,又在何种程度上警示追逐现代化的潜在问题和潜伏危机。

换言之,本文确信道家智慧与资本主义和现代化本来是格格不入、背道而驰的。我们现在所能做的不是如何去判定"小国寡民"乌托邦在全球化现实面前的虚幻性,而是在被迫卷入现代化进程的同时保持以淡漠和节制为特色的后现代古典主义精神,尝试在道家伦理与后现代思想之间的对话与会通,从而得出与韦伯的"新教伦理与资本主义精神"相对的"道家伦理与反资本主义精神"的后现代命题。

舍勒指出:在资本主义的企业形式占优势的地方,人肯定就自动般地生长到这一环境中去,即使他们不属于资本主义类型的人,他们迫于社会

---

① 福山:《历史的终结》,载 *National Interests*(1989,Summer),中译本,远方出版社1998年版。
② 参看富永健一:《社会学原理》第十三章,严立贤、陈婴婴、杨栋梁等译,社会科学文献出版社1992年版;黄绍伦编:《中国宗教伦理与现代化》,香港商务印书馆1991年版。

和经济的必然性也不得不沿这一方向前行。就此而言,是资本主义的组织形式促进着资本主义"精神"的继续存在。[①] 目前,资本主义的组织形式借助于全球市场的力量正在世界各处蔓延,因而也到处催生着与各国的本土传统相冲突的资本主义精神。如何保留和汲取传统的本土智慧,并使之同批判性的后现代精神相互沟通,成为每一个不愿意盲从市场社会消费主义洪流的知识人所面临的迫切选择。

以下拟从三个方面揭示道家伦理作为抗衡资本主义精神的重要思想资源,如何可能获得后现代的理解和阐发:以天人不相胜的生态观为基础的道家经济学如何抵制"增长癖"的资本主义经济学,为"增长癖"效忠的唯科学主义和技术万能论如何重新面对道家对"机事"与"机心"的尖锐诊断,西方的工具理性的现代困境及后现代超越的可能性,相对主义思想方式对于消解个体、民族的自我中心主义的现实效应。

一、从佛教经济学到道家经济学

经济学作为西方社会科学之一已经获得了长足发展。在资本主义走向全球的时代,西方的经济学也在广大的第三世界国家流传和普及,成为现代高等教育的必要知识门类。然而,发源于资本主义之西方的经济学真的是一门"客观的"科学吗?泰国佛教学者近来已对此提出全面质疑:

> 从理论上讲,科学应当能够解决人类所面临的复杂的、相互交织的问题。但是由于经济学切断了它同其他学科的关联,切断了同更广阔的人类活动领域的联系,所以它在面对当今的伦理的、社会的和环境的问题时就显得无能为力。况且,它对我们的市场导向的社会施以巨大的影响,狭隘的经济学思维事实上已成为我们最紧迫的社会问题和环境危机的主要根源。

---

① 马克斯·舍勒:《资本主义的未来》,罗悌伦等译,生活·读书·新知三联书店1997年版,第8页。

把经济学看作科学，究竟值得吗？虽然有许多人相信科学可以拯救我们，但毕竟局限甚多。科学所揭示的仅仅是有关物质世界的真相之一面。如果仅仅从物质一面去考察事物的话，便无法得到有关事物存在的全面真相了。既然世界上的万事万物都处在自然的相互关联和相互依存状态中，那么，人类的问题也必然是相互关联和相互依存的。单面的科学的解决方式注定要失败，问题和危机要蔓延开来。①

从经济学所关注的生产和消费的互动增长指标看，资本主义工业社会确实已将人类带入前所未有的发展之中。"消费文明下的快乐奴隶"总认为自己比祖先时代享有更多的技术优势和物质财富，却不能从终极意义上追问经济增长数字之外的发展限度问题和生存意义问题。对此，佛教经济学的倡导者们从环境伦理的背景出发，为走入死胡同的西方经济学敲响警钟。他们认为对全球环境的持续恶化，经济学所鼓励的无节制的生产和消费当然要负重要的责任。他们希望把生态学和伦理学的要素整合进来，重组经济学的学科体制，使它不仅关注分析数据，而且也关注人与自然的和谐；不再单纯鼓励增长，而要更多地强调增长的极限。

从伦理的意义上说，经济活动必须按照不伤害个人、社会与自然环境的方式展开。换句话说，经济活动不应该对自身造成损害或对社会造成动荡，而是应当加强这些领域中的良好秩序。如果将伦理价值作为重要因素运用到经济分析中去，那么可以说一顿便宜而营养充分的餐饭当然要比一瓶威士忌更富有价值。②

通过这样的对照之后，我们可以说，西方的专业化经济学与佛教经济学的根本差异来自于对"经济"概念的不同理解。后者要求不只是从经济

---

① 佩尤托：《佛教经济学》，泰国曼谷佛学基金会1994年版，第16页。
② 佩尤托：《佛教经济学》，泰国曼谷佛学基金会1994年版，第26页。

看经济,也要包含生态和伦理的、价值的视界。这种广义的"经济"似与文化人类学者的看法有不谋而合之处。

美国的著名人类学者马文·哈里斯便强调:对经济的两种界定均有其合理性。人类学者更倾向于关注由文化传统所构建出的生产、交换和消费的动机(motivations)[①],而此种动机又往往由文化背后更深层次的生态因素所决定。在他看来,经济学家用乐观主义的态度所观照的生产力进步,如果改换长距离的文化生态眼光去看,其实是迫于人口与资源之间的矛盾而被迫选择的"生产强化"之结果。从石器时代的狩猎采集到农业革命,再到以机器生产为标志的工业革命,人类迫不得已地走上强化生产、毁坏环境的恶性循环之旅:"当代的国家社会正全力以赴强化工业生产模式。我们只不过才开始为新一轮生产强化所造成的环境资源枯竭付出代价,而且无人可以预言为了超越工业秩序的增长极限应采取什么新的控制措施。"[②]在当今最富于远见卓识的智者感到为难的地方,道家思想的真实价值也就得到凸显:自然无为的生活方式也许是避免陷入生产强化恶性循环的唯一途径。道家圣人们似乎早就独具慧眼地看到无限制扩大生产与消费对人自身的危害,特别标举出"民居不知所为,行不知所之,含哺而熙,鼓腹而游"[③]的生活理想,希望通过节制人的野心和贪欲来达到人口与自然资源间的平衡。道家思想反复强调的"恬淡寂寞无为""虚则无为而无不为""莫为则虚",表面上看好像是讲修行的训练,从大处着眼则可以理解为一种调节物我关系、天人关系的生态伦理。从一定意义上说,我们有可能像佛教经济学的建构者那样勾勒一种道家经济学的原理轮廓。

道家经济学的逻辑起点在于摆正人与自然的关系。首先,人是自然的一分子、一部分,人与自然的关系是生死与共、唇齿相依的。所以不容忍把人自己凌驾于自然之上的狂妄态度,也就不会导致征服、劫取自然的人类中心主义暴行。老子云:

---

① Marvin Harris, *Cultural Anthropology*, New York: Harper and Row Publishers, 1983, p. 62.
② 马文·哈里斯:《文化的起源》,黄晴译,华夏出版社 1988 年版,"序言"第 3 页。
③ 郭庆藩:《庄子集释》,中华书局 1961 年版,第 341 页。

> 道大,天大,地大,人大。域中有四大,而人处一。人法地,地法天,天法道,道法自然。①

庄子云:

> 天地与我并生,而万物与我为一。②

这样理解的"并生"关系是保证人类效法自然、顺应自然的理论前提。人的经济活动当然也要在这一大前提之下加以统筹,以求得朴素简单的生存需求为限度,尽量回避人为地增加生产和消费的做法。

《庄子·大宗师》所描绘的真人,可以代表道家经济学的这种自然主义理想:"古之真人,其状义而不朋,若不足而不承;与乎其觚而不坚也,张乎其虚而不华也;邴邴乎其似喜乎!崔乎其不得已乎!……天与人不相胜也,是之谓真人。"③真人是善守天然而拙于人为的楷模。真人式的生活将会最小限度地妨害自然,最大限度地防止生产强化,使"天与人不相胜"的纯朴和谐状态得以长久维持。

在马文·哈里斯的经济观中,导致环境资源枯竭的是人为的生产强化,而导致生产强化的又是人口的增长所带来的生存危机,他把这称为"生殖压力"。人与自然之间原始均衡状态的打破,就是由这种生殖压力所造成的。如果我们不得不承认地球的资源是有限的,众多的动植物物种是不可再生的,而人口的增长却是无止境的,那么如何限制人口增长,就成了保证天人不相胜的和谐关系的根本。对此,道家经济学已有非常充分的认识。从老子的"小国寡民"到庄子的"人民少而禽兽众"之说,都是把问题的实质落在人口的"少"这个必要条件之上。"禽兽多而人少,恰恰同今日世界人口爆炸而动物大量灭绝的现实形成鲜明对照。对于狩猎采集者

---

① 朱谦之:《道德经》第二十五章,见《老子校释》,中华书局1984年版。
② 郭庆藩:《庄子集释》,中华书局1961年版,第79页。
③ 郭庆藩:《庄子集释》,中华书局1961年版,第234—235页。

来说,禽兽多便意味着食物资源的丰富供给,人少则意味着人均猎获食物的数量和时间相对要求不高,使原始生产式的分享和不争建立在优裕的物质和生态基础上。禽兽多和人少的远古现实还使人口与资源的比例处在最优状态。人们在优游卒岁的生活方式中当然也不会激发出过分追求物质利益的贪欲和奢望,那正是老庄标举的无为哲学盛行于世的地方。"[1]如果把"增长癖"看成结束了狩猎采集式古朴生活方式的人类所患上的文明病症,那么其潜在的病根就在于人口本身的增长以及与人口增长成反比例的生存空间的负增长。老庄早在文明史的早期阶段就已经意识到这将是一个无法克服的矛盾,所以有针对性地设想出一系列应对措施:一方面控制人口总量以保持生态系统的均衡;另一方面教育个人少私寡欲,防止陷入无休止的物质追逐。

> 一受其成形,不忘以待尽。与物相刃相靡,其行尽如驰,而莫之能止,不亦悲乎!终身役役而不见其成功,苶然疲役而不知其所归,可不哀邪![2]

这是庄子为受物欲驱使而不能自拔的世人所发出的由衷叹息。不论是对以传宗接代、增殖人口为目的的儒家信徒来说,还是对患有"增长癖"与"发展癖"的西方企业家来说,这一叹息都有充分的警世效应吧。"德人者,居无思,行无虑,不藏是非美恶……财用有余而不知其所自来,饮食取足而不知其所从,此谓德人之容。"[3]正与反两个方面的榜样就这样为道家经济学的基本原理提供了形象的说明。

---

[1] 叶舒宪:《庄子的文化解析——前古典与后现代的视界融合》,湖北人民出版社1997年版,第621页。
[2] 郭庆藩:《庄子集释》,中华书局1961年版,第56页。
[3] 郭庆藩:《庄子集释》,中华书局1961年版,第441页。

二、反思唯科学主义与技术万能论

与西方经济学相呼应的另一种理性异化形式是唯科学主义。由于科学是西方近代文化的主要崇尚对象,唯科学主义的价值观也伴随着西学东渐的历史过程而传播到世界各地。科学取代神灵成为现代生活中的救世主,技术万能的信念日益深入人心。受西方经济学思维定式左右的人们既然把增加生产作为人类进步的根本尺度,于是科学技术作为实际的生产力当然被幻想成有百利而无一害的东西。殊不知科技本身就是一把双刃剑,它在增加人的能力的同时,也会改变人性和破坏人的生存环境。最为可悲的是,人类一味追求科学技术的进步,陶醉在"人定胜天"的自我中心幻梦之中,越来越沦为丧失本真面目的科技奴隶而不自知。

美国的后现代主义学者霍兰德指出:

> 现代梦想绕了一个奇怪的圆圈。在这个圆圈中,现代科学进步本打算解放自身,结果却危险地失去了它的地球之根,人类社区之根,以及它的传统之根,并且,更重要的是,失去了它的宗教神秘性之根。它的能量从创造转向了破坏。进步的神话引出了意想不到的不良后果。[①]

这就呼应了海德格尔有关科学技术正在将人类从地球上连根拔起的告诫,对科学技术的负面作用有了清醒的认识。这些负面作用究竟有多严重呢?霍兰德的描述是相当令人震惊的:

> 在接近 20 世纪末期的时候,我们以一种破坏性方式达到了现代想象(modern imagination)的极限。现代性以试图解放人类

---

① 乔·霍兰德:《后现代精神和社会观》,见大卫·雷·格里芬编:《后现代精神》,王成兵译,中央编译出版社 1998 年版,第 64 页。

的美好愿望开始,却以对人类造成毁灭性威胁的结局而告终。今天,我们不仅面临着生态遭受到缓慢毒害的威胁,而且还面临着突然爆发核灾难的威胁。与此同时,人类进行剥削、压迫和异化的巨大能量正如洪水猛兽一样在三个"世界"中到处肆虐横行。①

科学的本来目的是掌握和控制自然,把人类从自然的束缚下解放出来。现在人们终于发现,从自然束缚下解放出来的人原来是能够毁灭自然和自身的人,有如从渔夫的瓶子中放出来的魔鬼,变得不可收拾了。

这种始料不及的恶果,其实早已为道家的智者所预见过。道家千方百计地呼唤人类回归自然、效法自然,是因为充分体认到自然与人的关系是母子关系、鱼水关系。一旦人类以自己发明的技术手段反过来对付自然,也就等于实际上背叛这种母子关系。所谓"征服自然"之类的自大狂妄的说法,在道家看来无异于弑母之罪过。《道德经》第五十七章云:

> 天下多忌讳,而人弥贫;人多利器,国家滋昏;人多伎巧,奇物滋起;法物滋彰,盗贼多有。故圣人云:我无为,人自化;我好静,人自正;我无事,人自富;我无欲,人自朴。②

可见在老子眼中的技术进步也就是灾祸的隐患、人性的毒药,因为一切人为的强化生产手段都违背自然的"朴"和"无为"状态,是和"道"相背离的。《庄子·天地》中描绘一位抱着瓦器灌溉菜地的老农,斥责子贡向他建议采用新的灌溉机械,其言曰:"吾闻之吾师,有机械者必有机事,有机事者必有机心。机心存于胸中,则纯白不备。纯白不备,则神生不定。神生不定者,道之所不载也。吾非不知,羞而不为也。"③

这种对"机事"与"机心"之间因果关系的洞察是非常可贵的,看上去

---

① 乔·霍兰德:《后现代精神和社会观》,见大卫·雷·格里芬编:《后现代精神》,王成兵译,中央编译出版社1998年版,第64页。
② 朱谦之:《老子校释》,中华书局1984年版,第231—232页。
③ 郭庆藩:《庄子集释》,中华书局1961年版,第433—434页。

道家好像是有意地和科技进步唱反调,实质上是坚决拒绝沦为工具理性囚牢中的奴隶。两千年后的西方理性异化批判者尼采也对"机事"的危害性有所洞悉,他说:

> 各位所能了解的"科学化"的世界诠释方式可能也是最愚昧的;也就是说,是所有诠释方式中最不重要的。我之所以如此说,是为了向我那些搞机械的朋友们保证,今日虽然他们最爱与哲学家作融洽的交谈,并且绝对相信机械是一切生存结构的基础,是最首要和最终极的指导法则;但是机械世界也必然是一个无意义的世界![1]

如果我们用汉字提供的信息来补充尼采的高见,那么机械世界(当然也包括当今的电脑世界和互联网世界)岂止是无意义的世界,那本来就是束缚人、拘禁人性的苦难世界。清人张金吾在《广释名》中指出,汉字"械"今指机械或器械,但其原有之意却是"脚镣"或"手铐"。其音符"戒"字由双手加上斧匕组成,意指警戒。英国汉学家、专门研究中国科学技术史的李约瑟博士引证《广释名》的这个发现去说明:机械本身和社会统治集团利益之间有密切联系,最早的机械是用以拘禁抗命农民的枷锁。而道家的反技术心理情绪,肯定代表了这样一种普遍情绪,即不管引用了什么机械或发明,都只会有利于封建诸侯;它们若不是骗取农民应得之份的量器,就是用以惩治敢于反抗的被压迫者的刑具。[2] 李约瑟从阶级压迫和对立的角度阐释道家创始者的思想立场,这固然不无启发意义,但是社会政治的解说似乎不足以揭示反技术心理的更深层的根源。这一点,只要看一下庄子对伯乐治马而损失其天性的批评,就不难理会了。[3] "机事"最大的危险是戕害自然之性和造成人性的癌症——"机心",剥夺生物与生俱来的自

---

[1] 尼采:《快乐的科学》,余鸿荣译,中国和平出版社1986年版,第285页。
[2] 李约瑟:《中国科学技术史》第二卷,科学出版社、上海古籍出版社1990年版,第140页。
[3] 郭庆藩:《庄子集释》,中华书局1961年版,第330页。

由真性。相比之下，它与阶级压迫的政治性关联反而是次要的。

需要特别指出的是，道家伦理中蕴含着的对抗唯科学主义和技术万能论的宝贵思想，长久以来根本没有得到正面的理解，更不用说认识这种思想的超前性了。受人类中心主义的意识局限，人们把征服自然看成值得骄傲的功绩，老庄的反科技态度当然也就被误解为保守乃至反动。拒绝"机事"的老人也就成为科学崇拜者的笑柄。然而，后现代思想对唯科学主义的抵制和批判，终于给道家伦理的合理价值提供了再认识和再评价的良好契机。如果人类不想加速走向自我毁灭的泥潭，那么道家观点同后现代科学观间的对话将会提供十分有益的借鉴。

在19世纪末，当尼采向人们呼吁警惕"科学化"带来的愚昧和无意义世界时，人们只当他是在说疯话。到了20世纪末，西方的有识之士越来越多地站到尼采的立场上来了。英国物理学家大卫·伯姆（David Bohm）写道："在20世纪，现代思想的基石被彻底动摇了，即便它在技术上取得了最伟大的胜利。事物正在茁壮成长，其根基却被瓦解了。瓦解的标志是，人们普遍认为生命的普遍意义作为一个整体已不复存在了。这种意义的丧失是一个严重的问题，因为意义在此指的是价值的基础。没有了这个基础，还有什么能够鼓舞人们向着更高价值的共同目标而共同奋斗？只停留在解决科学和技术难题的层次上，或即便把它们推向一个新的领域，都是一个肤浅和狭隘的目标，很难真正吸引住大多数人。"[1]他还呼吁，人们必须在现代世界彻底自我毁灭之前建立起一个后现代世界。其具体的措施同前面提到的佛教经济学的观点似乎是殊途同归的：

> 如果人们采取了一种非道德的态度运用科学，世界最终将以一种毁灭的方式报复科学。因而，后现代科学必须消除真理与德行的分离、价值与事实的分离、伦理与实际需要的分离。当然，要消除这些分离，就必须就我们对知识的整个态度进行一场巨大的

---

[1] 大卫·伯姆：《后现代科学和后现代世界》，见大卫·格里芬编：《后现代科学——科学魅力的再现》，马季方译，中央编译出版社1995年版，第75页。

革命。①

笔者确信,在人类重新看待科学技术的这场认识革命中②,道家伦理所体现出的超前智慧必能发挥积极作用。

三、相对主义与消解自我中心

道家伦理与后现代精神的另一个重要契合点是相对主义。在哲学史上,相对主义一直同本质主义相对立,属于认识论方面的差异。自从20世纪的文化人类学家倡导文化相对主义以来,相对主义的问题就已经超出了传统的认识论范畴,成为在多元文化时代实现跨文化对话和理解的一种公认的伦理准则了。后现代主义在颠覆中心(decentering),反叛认知暴力(epistemic violence),消解霸权话语,揭露和对抗意识形态化的虚假知识,关注和发掘异文化、亚文化、边缘文化话语等方面,大大拓展了文化相对主义的应用空间。而这一切,又恰恰同道家伦理达成某种超时空的默契。

人类学的文化相对主义原则要求一视同仁地看待世界各族人民及其文化,消解各种形形色色的种族主义文化偏见和历史成见。这是对人类有史以来囿于空间地域界限、民族和语言文化界限而积重难返的"我族中心主义"(ethnocentrism)价值取向的一次根本性改变。正如个体儿童认知发展过程就是不断消解自我中心的过程,各民族文化也只有在摆脱了"我族中心主义"的思维和情感定式之后,才有可能客观公正地面对异族人民和异族文化,建立起成熟的全球文化观。这也是21世纪摆在各个文化群体面前的共同课题。

汉语中有"党同伐异"这个成语,它指的是一种政治态度:和自己同一派系的就拥护和偏袒,不一派的就攻击讨伐。其实,从扩大的意义上说,人

---

① 大卫·伯姆:《后现代科学和后现代世界》,见大卫·格里芬编:《后现代科学——科学魅力的再现》,马季方译,中央编译出版社1995年版,第86页。
② 关于这种革命的征兆,可参看赫伯特·豪普特曼:《科学家在21世纪的责任》,见保罗·库尔兹编:《21世纪的人道主义》,肖峰等译,东方出版社1998年版,第1—8页。

类与生俱来的天性中就已潜存着党同伐异的倾向。个人在社会生活中总是自发地表现出这种倾向,而特定文化的意识形态则有意地强化这种倾向。先举一个常见的例子:婴幼儿初次面对陌生人时难免会感到恐惧,产生本能的排斥反应。尤其是当他们见到与自己周围司空见惯的人完全相异的外国人时,躲避和哭叫往往是第一反应。个人是这样,一个民族或一个社会群体也是如此。我们汉语中自古就没有把外国人当作和我们自己一样的人,从"蛮夷"到"洋毛子""鬼子",这些措辞里体现着极其鲜明的党同伐异倾向。而儒家关于"攻乎异端"的教训代表着正统意识形态在这方面的一贯态度。

人类学家麦克杜格尔(Mcduogall)博士在1898年说道:"任何动物,其群体冲动,只有通过和自己相类似的动物在一起,才能感到心满意足。类似性越大,就越感到满意。……因此,任何人在与最相似的人类相处时,更能最充分地发挥他的本能作用,并且得到最大的满足。因为那些人类举止相似,对相同事物有相同的情感反应。"[1]从这种党同伐异的天性上看,人类种族之间的彼此敌视和歧视也就是顺理成章的了。人们在接受相似性的同时必然会排拒相异性。《在宥》云:"世俗之人,皆喜人之同乎己而恶人之异于己也。同于己而欲之,异于己而不欲者,以出乎众为心也。"于是,丑化、兽化、妖魔化异族之人的现象自古屡见不鲜。人类学家报告说,从某些未开化民族的古代文献和绘画艺术中,可以找到种族歧视的许多实例。在法国山洞和其他地方发现的人类粗糙画像,大概是描绘旧石器时代的人类的,这些图画或者雕刻,很像近代未开化民族的艺术作品,说明了画动物比画人物容易,画动物的技术要比画人物技术高超得多。因此,只依靠图画来描述当时存在的人类的生理特征是不可靠的,但是反映巴休人和卡菲黑人战斗的巴休人名画则大不相同。种族的相对尺寸、不同肤色和两个种族所使用的战争工具都特别具体。一般说来,巴休人夸大了他们自己的某些特征,弱化了其他种族。例如,对方的头部一概画得很小而没有特征,平平淡淡。在埃及,发现了许多在几个世纪中出现的大量的绘画和雕

---

[1] A.C.哈登:《人类学史》,廖泗友译,山东人民出版社1988年版,第2—3页。

刻艺术品,它们是民族学研究的珍贵资料。三千多年前,艺术家们未受训练,但并非不善于观察的民族学家用人类四大种族的画像装饰了皇墓的墙壁。第十九朝代的埃及人认为世界只可分为:(1)埃及人,艺术家们把他们漆成红色;(2)亚洲人或闪族人,被漆成黄色;(3)南方人或者黑人,被漆成黑色;(4)西方人或北部人,被漆成白色,眼睛发蓝,胡子美丽。每一种人都有自己独特的装束和特征,能彼此明显地区分开来。除了这四大种族类型,古代埃及人还画了其他人类种类,它们的绝大多数至今仍能辨认出来。这种民族歧视倾向较早地出现在埃及史前和史后早期的石板彩画中。

  人类学所揭示的以上事实表明,自我中心和歧视异端的心理是人类文明一开始就根深蒂固地存在的,也可以说是从史前时代带来的。要克服它当然并非易事。然而,中国上古的道家的圣人早就教导人们摆脱认识上、情感上的自我中心倾向,能够以相对的、平等的眼光来面对万事万物。老子《道德经》中充满着关于对立的事物相反相成的道理。《庄子·齐物论》更是古往今来传授相对主义思想方式的最好教材。其中啮缺与王倪对话一段,非常生动地说明为什么要提倡相对主义。

  庄子借王倪之口说,人睡在潮湿处会患腰疼乃至半身不遂,泥鳅整天待在湿处却不怕。人爬上高树就要害怕,猴子会这样吗?这三种生物到底谁懂得正确的生活方式呢?人吃饭,鹿食草,蜈蚣吃小蛇,猫头鹰爱吃死老鼠,这四者究竟谁的口味是标准的呢?[①] 庄子说到的这些情况虽然是在不同的物种之间发生的,但其弃绝偏执、防止绝对的道理同样可以适用于不同的人群、不同的文化。既然每一种文化都是自我中心和自我本位的,那么也只有站在无中心、无本位的立场上,才能够走向相异文化、相异的价值观念之间的相互理解和相互容忍。就此而言,后现代主义要求消解被意识形态绝对化的种种信念、价值、思维和感觉的方式,揭发绝对主义和本质主义话语的虚假实质,这和庄子的见解是相通的。

  认识上的消解中心关于是非之争的标准问题,《齐物论》也做出了雄辩的说明:

---

① 郭庆藩:《庄子集释》,中华书局1961年版,第93页。

> 既使我与若辩矣,若胜我,我不若胜,若果是也,我果非也邪?我胜若,若不吾胜,我果是也,而果非也邪?其或是也,其或非也邪?其俱是也,其俱非也邪?我与若不能相知也,则人固受其黮闇。吾谁使正之?使同乎若者正之?既与若同矣,恶能正之!使同乎我者正之?既同乎我矣,恶能正之!使异乎我与若者正之?既异乎我与若矣,恶能正之!使同乎我与若者正之?既同乎我与若矣,恶能正之!然则我与若与人俱不能相知也,而待彼也邪?[①]

这里所提出的是对不同主体之间争执时的是非评判标准的彻底质疑。在庄子看来,不可能有一劳永逸的固定标准,相对的标准也只能通过放弃自我中心后的交流协商去寻求、去磨合。著名的"吾丧我"命题,以及"心斋""坐忘"之术,一方面讲的是如何悟"道"的功夫,另一方面也是摆脱自我中心的感觉和思维定式的具体训练措施。

如果扩展到跨文化交往的层面上来看,在当今的许多国际政治和外交上的争端,如人权问题,各国总是自我本位,各执一词,公说公有理,婆说婆有理。如果大家都懂一些道家相对主义,是完全能够避免冲突,展开有效对话的。像"宋人资章甫而适诸越"一类的一厢情愿的行为,也只有学会用相对主义的眼光去看事物之后,才能够从根源上得以避免。《庄子·秋水》云:"以道观之,物无贵贱;以物观之,自贵而相贱。"由此看来,相对主义的眼光也就是"道"的要求,是一视同仁的平等待物之方。当今正在走向全球化的各个民族、国家,非常需要认真考虑"道"的这种平等原则。唯有首先自觉地放弃以往那种"自贵而相贱"的传统习惯,和平共处的理念才不至于沦为空话。

综上所述,道家伦理资源中潜存着某些与后现代精神相通的要素。在21世纪的跨文化对话的世界性潮流中,回过头来重新倾听道家传统的声音,也许就像哲学家阿德勒所说的那样,能够为处在危机之中的我们"开创一个新起点"。

[①] 郭庆藩:《庄子集释》,中华书局1961年版,第107页。

中国神话宇宙观的原型模式

一、西方学者的原型模式理论

本文拟借鉴西方学者的原型模式理论重构中国上古神话宇宙观的原型模式,从而为系统理解和阐释多种上古文化 - 符号现象找到一种"元语言"(metalanguage)。

原型的发掘和模式的归纳概括是 20 世纪西方文学批评理论乃至整个社会科学发展中的一个重要倾向,也是神话 - 原型批评理论的核心内容。从千变万化的文学现象中洞观基本的、普遍的结构模式,就好比给外貌、穿着各不相同的个人进行 X 光透视,医师看到的不是表面的差异,而是人体共有的骨骼架构。伯克兰德指出,按照弗莱(N. Frye)的原型理论,"批评家是一种文化人类学家,是识别以各种各样被置换了的或以片断形式出现的神话模式的专家。批评家将尽可能精心地去描述和归类——但他不应做评价"[①]。最初在局部范围内做出这种尝试的有英国的拉格伦和美国的坎贝尔等人。前者在《英雄》(1936)一书中将世界各地英雄神话的类同母

---

① 伯克兰德:《当代文学批评家》,罗特累齐公司 1977 年版,第 217 页。

题归纳为二十二个项,后者所著《千面英雄》则将英雄故事模式划归为两类原型:探求型(Quest)和启蒙型(Initiation)。

与上述二人相比,人们公认弗莱所归纳出的四阶段原型模式最为严谨,也最为周全,能够对文学主题、情节、体裁等各个方面做出解释性的描述和概括。

人类学家所描述的以自然循环为基础的仪式现象给了弗莱以无穷的启示,构成了他全部理论体系的基石。卡西尔在《象征形式哲学》中对神话思维的研究又使他意识到,人类想象的发生及其时空框架在神话的基本主题和故事结构中留有永恒的印记。另一位德国现代哲学家斯宾格勒的影响深远的著作《西方的没落》又从另一个角度启发了他:人类的几大文明社会也同自然生命一样,势必要经历发生、发展、繁盛和没落的命运。这样,弗莱便将英雄神话的原型模式扩展开来,变成一种适用于各种文学主人公的普遍循环模式。弗莱1951年发表于《肯庸评论》的《文学的原型》一文曾将这套模式的四个阶段排列如下:

1. 黎明、春天、诞生的阶段:关于主人公的诞生、苏醒、复活、创造,以及(由于这四个阶段为一循环周期)战胜黑暗、冬天、死亡势力的神话。附属角色有主人公的父母。这一阶段构成传奇、祭酒神狂热诗歌和狂想诗的原型。

2. 正午、夏天、成婚或胜利的阶段:关于主人公加入神籍、神圣婚姻以及进入天堂的神话。附属角色有同伴及新娘。这一阶段构成喜剧、牧歌、田园诗的原型。

3. 日落、秋天、死亡的阶段:关于衰落、将死之神的神话,关于暴死、牺牲以及主人公的疏离的神话。附属角色有背叛者与妖女。这一阶段构成悲剧与挽歌的原型。

4. 黑夜、冬天、毁灭的阶段:关于这些势力得胜的神话,关于大洪水和返回混沌状态的神话,关于主人公败亡和诸神毁灭的神话。附属的角色有巨妖和女巫。这一阶段构成讽刺文学(如蒲伯的《愚人歌》的结尾部分)的原型。①

到了六年后出版的《批评的解剖》一书,上述模式经过精心的调整和理论化,又重新以四种叙述程式的理论形式出现:

1. 春天的叙述程式:喜剧。
2. 夏天的叙述程式:传奇。
3. 秋天的叙述程式:悲剧。
4. 冬天的叙述程式:嘲弄和讽刺。②

同《文学的原型》一文相比较,这里的主要差别在于将"传奇"和"喜剧"的位置做了替换,并在最后一个阶段中加上了"嘲弄"(irony)。

为了全面地论证四种叙述程式及其循环置换的概括依据,弗莱列举了七种不同的自然运动形态及其在文学中的象征表现③,兹择要评述如下:

首先,神明世界中的中心运动是某个神的死与复活、消失与回返、隐退与重现(用我们较为熟悉的例子,这个神就是《易经》所说的太极,其永恒的生死循环形式被抽象为阴与阳两个范畴的交替对转)。神的这种运动不是被看成一种或数种自然界的循环过程,就是与自然界的循环过程相联系。这个神可以是太阳神,夜晚死去而黎明复活,或是在每年的冬至复活。

其次,天体中的发光物所提供的几种循环节奏。最明显的莫过于太阳神,他每日经天一次,常被认为是一只巨船或一辆马车横空驶过,然后经历一段神秘的冥界旅行,再回到他所升起的地方。按照中国典籍的说法,太阳"出自汤谷,次于蒙汜"(《天问》),其周天旅行乘的是六驾马(龙)车,由羲和驾驭。在基督教文学中,太阳的周期表现为每年自冬至到夏至的循环运行,强调的是受黑暗势力威胁的新生的光明这一主题。月亮的循环变化,按照弗莱的看法,在文明时代的西方文学中不很重要。然而在中国文学中,自屈原的"夜光何德,死则又育",到苏东坡的"人有悲欢离合,月有阴晴圆缺",月亮的循环原型似乎并不比太阳逊色,以月为题的诗赋作品

---

① 弗莱:《同一的寓言》,哈考特出版社1963年版,第16页。
② 弗莱:《批评的解剖》,普林斯顿大学出版社1957年版,第136—138页。
③ 弗莱:《批评的解剖》,普林斯顿大学出版社1957年版,第158—160页。

多不胜数。比较极端的说法,如台湾的学者杜而未,认为中国古代文化即是一种月神文化,像《周易》《老子》《庄子》《山海经》等先秦著作都是以月为原型的。

再次,诗人和斯宾格勒一样,把文明社会的生命等同于有机物的循环运动。由此引发出一些常见的文学主题:昔日的乐园或黄金时代,怀古幽思的咏叹,面对废墟陈迹的遐想,已经逝去的淳朴田园生活的追忆,故国沦亡的悔恨,等等。在中国文学中,老庄的归真返璞要求,恰恰显示出这种把社会生命等同于自然循环的原型观念。

从以上几方面的例子中我们可以看出,弗莱的原型模式和叙述程式体系虽然是对西方文学的归纳和概括,但由于原型作为被赋予了人类意义的自然物象,往往具有跨文化的共同特征,像威尔赖特所说的,是那种"对于整个人类或至少对于大多数民族来说具有相同或类似意义的象征"。所以,按照结构人类学方法的演绎性分析,我们可以以弗莱的模式为参照系,构拟出中国上古神话——文学的循环模式及原型意义系统,并希望藉此模式系统对传统的文学、思想和文化中的一些重要问题做出整体性的新解释。

二、构拟中国神话宇宙观的循环模式

笔者的构拟工作将从一组西汉古诗的分析入手。这是四首用于祭祀仪式的汉代郊庙歌辞,相传为邹阳所作:

《青阳》

青阳开动,根荄以遂。膏润并爱,跂行毕逮。霆声发荣,壧处顷听。枯槁复产,乃成厥命。众庶熙熙,施及夭胎。群生啿啿,惟春之祺。

《朱明》

朱明盛长,敷与万物。桐生茂豫,靡有所诎。敷华就实,既阜既昌。登成甫田,百鬼迪尝。广大建祀,肃雍不忘。神若宥之,传世无疆。

《西颢》

西颢沆砀,秋气肃杀。含秀垂颖,续旧不废。奸伪不萌,妖孽伏息。隅辟越远,四貉咸服。既畏兹威,惟慕纯德。附而不骄,正心翊翊。

《玄冥》

玄冥陵阴,蛰虫盖藏。草木零落,抵冬降霜。易乱除邪,革正易俗。兆民反本,抱素怀朴。条理信义,望礼五岳。籍敛之时,掩收嘉谷。

不难看出的是,这组祭歌是按一年四季的次序排列的。值得玩味的是这四首诗的题目,它们对今人来说像一组谜语,在"谜面"下潜藏着象征性的"谜底",揭开这一谜底,就可隐约洞悉上古宇宙观的原型循环模式的线索。

从表面语义上看,四个诗题分别指代春、夏、秋、冬四个季节。"青阳"即春天,《尔雅·释天》说"春为青阳",可作为明证。"朱明"即夏天,所以又叫"朱夏",《尔雅·释天》说"夏为朱明";孔平仲《官松》诗云:"中有清风发,能令朱夏寒。"可知朱明、朱夏,指的是炎热的夏天。"西颢"与诗中的"秋气肃杀"相对应,故不妨视为秋天的代称;有《广韵》中"西,秋方也"一句为证。"玄冥"与诗中的"抵冬降霜"相应,显然是冬天的代称。《后汉书·祭祀志》:"立冬之日,迎冬于北郊,祭黑帝玄冥。"则又把玄冥神化为冬季之神了。《尔雅·释天》说"冬为玄英",可知玄冥又叫玄英。

青阳、朱明、西颢、玄冥这四个专有名词,除了上述表层语义即"谜面"意义之外,还有潜层语义即"谜底"意义。从谜面到谜底的线索不用旁求,就潜伏在"阳""明""颢""冥"这四个字的造字结构中。假如我们想从这四个不同的字中"异中求同",找出某种共通的特征,那就很容易发现,这四个字的字形中都有"日"。这就意味着,它们的语义构成可能与太阳有关。再稍加考察,这种可能性就会变成现实性。

"阳"字意为太阳,似无须证明,故可知"青阳"本义为春天的太阳,因为"青"即可指"春";所谓"青春",实为"春季"的别名。那么,"朱明"是否也可看成是夏天的太阳呢?答案应当是肯定的。《广雅》在列举太阳的别名时说:"日名耀灵,一名朱明,一名东君,一名大明,亦名阳乌。"依次类推,"西颢"与"玄冥"的本义分别为秋天的太阳和冬天的太阳,也就不难理解了。至于这四个词的本义如何转换成了四季的代称,我们可以从古人依据太阳一年运行不同方位来定季节这一事实得出合理的解释。

假如我们把太阳运行的年周期改为日周期,那么就会在这四个词的表面义与潜在义之外,发现另外的象征意义。太阳一年的循环运行启示古人分辨出春、夏、秋、冬四季的更替,太阳一日的循环运动又启示古人分辨出东、南、西、北四个方向。① 这样,春天的太阳与初升的旭日相呼应,成为东方的象征;夏天的太阳同中午的烈日相呼应,成为南方的象征;秋天的太阳同傍晚的夕阳相呼应,成为西方的象征;冬天的太阳同夜间藏于地底的太阳相呼应,成为北方的象征。其实,玄冥这个词本身就有藏于地底的太阳的意象,所以引申为昏暗不明之意;又因地底是黄泉所在之处,是一片大水,所以玄冥又兼有了"水神"的意义。《左传·昭公二十九年》:"水正曰玄冥。"《后汉书·张衡传》:"委水衡乎玄冥。"注:"玄冥,水神也。"至于北方与黑暗的地下黄泉的联系,又可由玄冥身兼北方之神这一事实得到说明。《汉书·礼乐志》注:"玄冥,北方之神也。"《汉书·司马相如传》:"左玄冥而右黔雷。张揖曰,玄冥,北方黑帝佐也。"这样,冬天、黑色、水神、北方之神等风马牛不相及的表面现象,就都统一在太阳运行于地下这一神话观念之中了。西颢作为秋天的太阳,与西方相通,这一点更容易理解,因为"西"字本身不言自明。最后,还剩下青阳与东方、朱明与南方的象征关

---

① 参看提泰:《人的科学》第二十七章,Holt&Winston,Inc.,1963年版。

系,我们可以举出如下例证。《艺文类聚》卷三引《尸子》:"南方为夏。"同书引《易通卦验》:"离,南方也,主夏,日中赤气出……"这里"赤气"同时说明了夏天的太阳何以叫"朱明"。又《尚书大传》曰:"东方者,动方也,物之动也。何以谓之春?春,出物也,物之出,故谓东方春也。"《易纬通卦验》也说:"震,东方也,主春分。日出青气……"这样看来,由太阳的循环运行所派生出的就不只是四季的更替,而且也有四时辰、四方位、四颜色、四神灵……的循环变易。

追寻这种对中国文学的原型模式至关重要的时(四季)空(四方)认同的起源,我们将在历史化的神话人物尧那里看到最有权威的规定。《尚书·尧典》记载:

> 乃命羲、和钦若昊天,历象日、月、星辰,敬授民时。
>
> 分命羲仲:宅嵎夷,曰旸谷,寅宾出日,平秩东作;日中,星鸟,以殷仲春;厥民析,鸟兽孳尾。
>
> 申命羲叔:宅南交,平秩南讹。敬致;日永,星火,以正仲夏;厥民因,鸟兽希革。
>
> 分命和仲:宅西,曰昧谷,寅饯纳日,平秩西成;宵中,星虚,以殷仲秋;厥民夷,鸟兽毛毨。
>
> 申命和叔:宅朔方,曰幽都,平在朔易;日短,星昴,以正仲冬;厥民隩,鸟兽氄毛。
>
> 帝曰:"咨,汝羲暨和;期,三百有六旬有六日,以闰月定四时成岁;允厘百工,庶绩咸熙。"

帝尧的这一规定正是马林诺夫斯基所说的神话的"特许状"(charter)作用的一例,它把某一社会共同体的信仰中的宇宙秩序和价值观念用类似法典的形式固定下来,以使后人尊奉不疑。随着神话的历史化,本为母系氏族社会的女性太阳神羲和就被上古帝王尧"肢解",化成了四位兄弟天文官,分别派往东、南、西、北四个极边去观测太阳方位,以便按照自然的循环秩序"敬授民时",建立社会生活的循环秩序,使"天不变,道亦不变"的帝国统治长治久安。

从尧的这个"特许状"中,我们看到了四组等值的象征,从而确证了前面对四首汉郊庙歌题的多重语义分析,使我们有把握初步确定中国神话原型模式的时空坐标应如下所述:

1. 东方程式:日出处,春天,青色,早晨,旸谷。
2. 南方程式:日中处,夏天,朱色,正午,昆吾。
3. 西方程式:日落处,秋天,白色,黄昏,昧谷。
4. 北方程式:日隐处,冬天,黑色,夜晚,幽都。

这个循环模式还可以通过图示得到动态的描述。

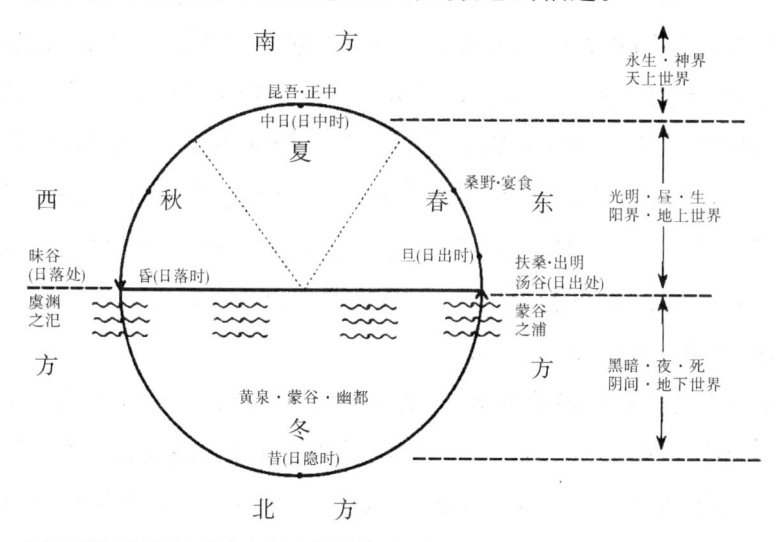

需要说明的是,图中的圆周代表太阳运行的周期轨道,圆周上的点代表太阳日周期运行所经过的地点及所表示的时间(根据《淮南子·天文训》所记载的太阳日周期行程精简而成)。圆周中水平黑线代表浮于大水之上的陆地(九州),黑线下的波纹曲线代表地下的黄泉之水。黄泉是中国上古宇宙观念中阴间地狱的象征,其两大特征是无边大水与黑暗无光,所以《淮南子》称之为"蒙谷"。蒙者,蒙昧不明也。《尚书》称之"幽都",幽者,幽暗不明也。幽都地处朔方即北方,似指地面上的位置,但其本义当指阴间地狱,如《梦辞·招魂》"君无下此幽都",才是用其本义。中国上古地狱观念的形成,实与太阳运行的方位有关。太阳白昼自东向西运行,夜晚潜入地底自西向东回返。古人认为太阳在夜晚所经行的是另一世界,由于该世界处于地底和水下,所以被想象成黑暗的阴间,诸如"玄""冥""蒙""昧""幽"等词,皆与阴间世界相关。至于"昔"字,虽然用来指阴界的夜晚,但其原初字形也反映了地底大水下另一世界的观念。

也正是因为太阳的夜间运行要以入水开始、以出水告终,所以《淮南子》说"日入于虞渊之汜,曙于蒙谷之浦"。这里的"汜"和"浦"连同其他典籍中所说的"蒙谷""羽(虞)渊",都向我们暗示了地下的黄泉世界是水的世界,无怪乎夜间和冬天的太阳"玄冥"被想象成水神、黑帝。

那么,阴间地狱又为什么偏偏同北方联系到一起了呢?理由似乎也很简单。古人观察到的太阳,早晨从正东方向升起,中午偏向了南方,黄昏时落入西方地平线下,次日又从东方复出。其夜间若不是潜行于北方的地下,又能到哪儿去呢?况且时值夏季昼长夜短,太阳出得早、落得晚,每日西沉时已经偏向了北方,这就更容易使人产生太阳夜间潜行北方地底的错觉。又因为东、南、西三方均是太阳白天运行所经过所照耀的区域,唯独北方永远见不到太阳的踪迹,所以北方又与"阴"的观念发生了必然的象征联系;阴间地狱,也就非北方莫属了。

考察世界各民族的神话观念,可知阴间与北方或西方的原型联系是非常普遍的现象。对于"日出而作,日入而息"的原始初民来说,导致产生这种错觉联想的,绝不是个别人的臆想,而是科学产生之前人类神话思维的共同规则。如此我们看到,在北欧《埃达》神话的时空模式中,位于宇宙树底部的地下世界,即阴间尼格尔海姆(Niglheim),也是北方的象征。[①] 看来,中国北方的幽都、幽州这样一些地名的由来,绝不是帝尧的"特许状"所能解释的。从仰韶文化、大溪文化和大汶口文化的葬俗(死者头向北)来推测,阴间与北方的认同史自史前时代就可能已经发生了。

与圆周内下方的"昔"字相对应,位于圆周内上方的是太阳白昼运行天顶的时刻,甲骨文中叫作"中日",意思很明确。我们再把这种时间坐标

---

① 参看梅列金斯基:《斯堪的那维亚神话的对立系统》,见贾森等编:《口头文学的模式》,墨顿出版公司1979年版,第251—260页。

转换成空间方位坐标,就有了《淮南子》所说的"日……至于昆吾,是谓正中"。实际上,"昆"字的结构本身就显示出它与"昔"字相颠倒的价值指向。《说文解字》释昆字:"同也,从日从比。"又"比"字在古文中做两人并立之状,可知"昆"字的本义是指处于阳世(相对于阴间)的人们头顶上方的太阳,这不正是处于阴间大水之下的太阳的反义词吗?由于古人把天想象为圆盖形的,所以代表天顶位置的"昆吾"又引申指圆形:

昆吾谓圆浑。(《通雅》)

乃至于有圆盖形的器皿也得了昆吾之名:

壶,昆吾,圆器也。(《说文解字》)

壶名康瓠,即壶名昆吾。(《尔雅·释器》)

又由于昆吾同处在南方程式中的"夏""南方""朱色"等,均有象征等值关系,所以又成了南方地名:

凡海外有三十六国,昆吾丘在南方。(《淮南子·坠形训》)

又由于太阳运行于天顶之际是光明的极点,所以"昆"字又有了与"阴"相对的"阳"的意义、光明的意义和发光的意义。于是,古人把阳而生、阴而藏的虫类统称为"昆虫"。

《礼记·王制》:"昆虫未蛰。"注:"昆,明也,明虫者,得阳而生,得阴而藏。"古时还把"昆"与"阳"或"明"并称,作为南方的象征性地名,于是有了云南的"昆阳""昆明",以至于位于云南的滇池和洱海也有了"昆明池"的别号。

除了"昔"与"中日"即"昆吾"之外,圆周内还有两个标示太阳运行时间的字:"旦"与"昏"。它们也是早自商代甲骨文中就已有了的,尤其是

"旦"字，可以说是迄今发现的最早的中国文字之一，因为它在新石器时代晚期的大汶口文化的刻画符号中就已经出现了。①《说文解字》："旦，明也，从日见一上；一，地也。"可知"旦"字本义指太阳从地平线上升起，用来表示时间，则指早晨天刚亮的时候。《尔雅·释诂》："旦，早也。"《玉篇》："旦，晓也。"在甲骨文中，"旦"写作🝓或🝔②，那"日"下的"囗"，学者们认为反映了古人所谓"地方"的观念，即将九州大地设想为一个方形平面。

与"昔"相参证，可知方形的大地是飘浮在大水之上的。由此有了神话宇宙观的三分世界，即地下世界（水）、地上世界（陆）与天上世界（空）。这三个世界的立体关系在1973年出土的马王堆汉墓帛画中表现得十分具体。至于"天圆地方"观念，可以由《吕氏春秋·圆道》中"天道圆，地道方，圣王法之，所以立上下"的说法略见一斑。其他旁证还有《大戴礼·曾子天圆》："下首之谓方。"《淮南子·本经训》："戴圆履方。"高诱注："方，地也。"《淮南子·精神训》："足之方也，象地。"由于地是方的，故又可称之为方州。《淮南子·览冥训》："背方州，抱圆天。"

"昏"字在甲骨文中作太阳下山之形，《说文解字》训"昏"为"暝"，指太阳落下地平线的时候，与"旦"相对。而"昏"字的另一种古写法作"𣅓"。《字汇补》："𣅓，古文昏字。"恰是一个颠倒了的"旦"字。如果说，自旦至昏是太阳白昼间运行于地上世界的起点和终点的话，那么虞渊之汜和蒙谷之浦就分别是太阳夜间（昔）运行于黄泉之下的起点和终点了。由于此一世界的终点与彼一世界的起点、彼一世界的终点与此一世界的起点都是两相吻合的，所以两两之间常可互相指代。这就说明了为什么古代文献中时而说日落处为水，时而说为地，时而说为山。若只从地上世界的立场出发考虑问题，这些不同的说法是矛盾错综、难以调和的；但从地上世界和地下大水世界两个方面合起来看，这些说法非但不矛盾，反而是可以互相补充的。于是，蒙谷、昧谷、羽山、羽渊、虞渊之汜、吴钜天门、崦嵫、羽郊等众多地点之间便可建立起象征的同一性关系，而日出处的诸名称亦可作如是观。

---

① 参看于省吾：《关于古文字研究的若干问题》，载《文物》1973年第2期。
② 中国科学院考古研究所编：《甲骨文编》，中华书局1965年版，第288页。

从神话宇宙观的三分世界模式中,我们还可以获得一个重要的启示:地下世界的黄泉之水同围绕九州陆地的海水是相连为一体的,所以《释名》训海为"晦","主引秽浊,其水黑而晦"。张华《博物志》则说"天地四方,皆海水相通,地在其中,盖无几也"。既然地底的大水与地四周的海水是相通的,那么阴间的两大特征——黑暗不明与无边大水——也就同时属于海了。无怪乎地狱的象征"冥"字又通作海的象征"溟"字[1],地狱的别号"蒙谷"的"蒙"字恰恰是大海的别号"蒙汜"的"蒙"字。这样,《天问》所言地狱的入口"蒙汜"和《淮南子》所言地狱的出口"蒙谷之浦"就由载地的大海统一起来了。这一启示为我们重构从原始大水(混沌)中创生宇宙的中国创世神话原型提供了重要的线索。

三、余论

以上通过对中国上古宇宙观的象征原型模式系统的初步建构,我们探讨了神话意识的时间观念与空间观念的等值及循环特征,了解了以太阳运行周期为其发生根源的阴间地狱观念、地载于水的观念和天圆地方观念,构拟出三分世界的神话宇宙观模式。这就为进一步研究许多重要的文学和文化现象,重组上古神话谱系及其历史演变过程,提供了基本的"元语言"。

运用这种具有深层解释力量的元语言,我们可以对下列课题提出新的解释:

其一,中国古代礼制中聚讼了两千多年的明堂问题可以得到冰释:那上圆下方、四周环之以水的帝王建筑不正是以人工的符号形式重造出来的小宇宙模型吗?

其二,作为中国哲学智慧象征的《易》太极图的本义也将在宇宙时空循环图式的对比之下变得明晰。

其三,作为中国哲学第一本体论范畴的"道",其原型乃是以原始混沌

---

[1] 中国科学院考古研究所编:《甲骨文编》,中华书局1965年版,第288页。

大水为起点和终点的太阳循环运行之道。据此还可理解,老庄哲学为什么以道之"返"即重归混沌状态为最高价值目标,以归真返璞为其社会理想。原来道家的基本思想是从神话循环观念中引申出来的,其主旨同前引第四首祭祀歌中所谓的"兆民反本,抱素怀朴"息息相通,可以说是一种以北方、黑色、冬天、藏伏为旨归的玄冥哲学,同以春天、生命、东方为原型的儒家乐生文化适成对照。

其四,四季和四方的循环观念已经自身蕴含了阴阳五行思想的种子,后代的五行相生说、五德始终说皆以神话循环模式为原型。

其五,参照神话宇宙观的原型模式,可以论证中国原始创世神话为海洋型创业神话,而后起的洪水神话、阴间神话及老庄的混沌神话皆可溯源于海洋型创世神话。

当然,以上课题均需专门探讨①,本文限于题旨,仅提示而已,以略见原型模式研究的实际意义。

---

① 可参看叶舒宪:《中国神话哲学》,中国社会科学出版社1992年版;萧兵、叶舒宪:《老子的文化解读》,湖北人民出版社1994年版。

日出扶桑：中国上古英雄史诗发掘报告

一、引言：本文的方法

近年来笔者留意于现代国外人文科学的理论与方法，尝试将文化人类学的眼光和方法运用于文学研究的实践，曾撰写《英雄与太阳——吉尔伽美什史诗的原型结构与象征思维》[①]一文，受到诸多师友的肯定和鼓励，希望能继续这种尝试，特别是在中国文学的研究中，使人类学方法的可行性得到进一步的验证。本文与《英雄与太阳——吉尔伽美什史诗的原型结构与象征思维》一文一样，试图将原型批评与结构主义，特别是乔姆斯基探讨非经验的语言深层结构的方法，在广阔的文化人类学背景上加以综合，从而扬弃它们各自的片面与缺陷，尝试建立一种原型结构分析的方法。

这种方法论的基本原则在于，从可经验的文学（文化）对象的表层结构的分析入手，探讨不可经验的但又实际存在着并主宰、决定着表层现象的深层结构，进而从原型生成和人类象征思维的普遍性方面对这种立体结构现象做出科学的阐释，力求在主体人的心理结构和客体对象的结构之间

---

① 载《民间文学论坛》1986年第1期。

的对应关系中把握某些跨文化的文学现象生成及转换的规律性。

二、发掘序曲:羿与太阳原始关系的重构

羿这个名字在汉民族的集体意识中始终同太阳有着密切的关联。不过这种关联却一直是颠倒的,它以"熟知"的形式存在,恰恰妨碍人们去认识"真知"——了解羿的本来面目。按照"熟知"的射日神话,羿与太阳之间的关系是一种对立的、仇敌的关系。如果有人说羿和太阳本来具有同一性的关系,大概很难有人相信,但事实却很可能如此。

羿作为受人敬仰的英雄,其最突出的特点是擅长射箭,在《左传》《论语》《孟子》《庄子》《管子》《荀子》《韩非子》等多种先秦典籍中,都曾提到这一点。可见在上古人的心目中,羿是非凡的神箭手;还有的传说干脆说他是弓箭的发明创造者。这种说法甚至可以从他的名字上得到直观的证明。"羿"字本作"羿",《说文》又写作"𢎬"。这三个字都保留着弓箭的象形成分,或从弓,或从羽,而羽就是箭尾,亦指箭。《释名·释兵》:"矢,其旁曰羽,如鸟羽也。鸟须羽而飞,矢须羽而前也。"就是在数千年后的今天,"羿"字不也恰似两支头向下的利箭吗?

不过,这位作为弓箭化身的善射英雄,原本不是肉体凡胎的俗人,而是一位天神。尽管许多古书说他是历史人物(或曰尧时射官,或曰帝喾时射官,或曰有穷者国君,或曰古之善射者,等等),较为全面地记述了羿的生平的《天问》却明确透露出,他"帝降夷羿,革孽夏民"。王逸注说"帝"是天帝,而《山海经·海内经》则说:"帝俊赐羿彤弓素矰,以扶下国,羿是始去恤下地之百艰。"[①]这里的天帝之"降"与羿之"下地",都说神的血统,住在永生的天神世界。

那么,羿和派他降至人间的天帝即帝俊之间是什么关系呢?帝俊是上古东方部族所传之上帝,闻一多说他是"殷人东夷之天帝"[②]。徐旭生说他

---

① 袁珂:《山海经校注》,上海古籍出版社1980年版,第466页。
② 闻一多:《天问疏证》,上海古籍出版社1985年版,第54页。

在《山海经》所记诸神之中"可能说是第一煊赫的了"①。正像希腊神话中的"众神之父"宙斯那样,天神世界中许多主要的神都是帝俊的儿子。如袁珂所说:"帝俊子孙多有创造发明:义均'作下民百巧';奚仲、吉光'是始以木为车';晏龙'为琴瑟';子八人'是始为歌舞',后稷'播百谷';叔均'作牛耕'。"②那么,发明了弓箭的羿是不是也可看作帝俊的后代?由于上古神话的零散和残缺,找不到直接的答案。不过,根据以下几个方面的推测,可以做出肯定的回答。

从血统方面看,帝俊是东夷人的上帝,而羿亦为东夷之神③,名字又叫"夷羿"④。帝俊曾和妻子羲和生下十个孩子,羲和是女性太阳神,所以生下的是十位小太阳神。"羲和者,帝俊之妻,生十日"⑤。照此来推断,羿若是帝俊之子的话,很可能就是十日中的一个了。也就是说,羿可能是太阳神。而较为直接的证据是,羿是弓箭的化身,他最大的特征是善射,这不正是太阳神的普遍象征吗?

人类学家利普斯在概括太阳神话的特点时说:"太阳可以是一个神、一个英雄,可以仅是一个人,或者可以是一根燃烧的柱子。太阳光芒是太阳神射向地球的箭。"⑥最能说明神话思维这种类比逻辑的是古希腊太阳神阿波罗。"阿波罗之光——太阳光,同远射之神杀敌的金箭被看作是同样的东西。"⑦据著名比较神话家约瑟夫·坎贝尔(Joseph Campbell)的考察,把太阳发出的光线类比为箭,这一原始观念的起源,甚至要比神话产生的年代还早得多。史前人类在定居的农业生活开始之前,主要以狩猎活动为生。而在几乎所有狩猎民族的神话中,太阳都是伟大猎手,他的狩猎武

---

① 徐旭生:《中国古史的传说时代》(增订本),文物出版社1985年版,第67页。
② 袁珂编著:《中国神话传说词典》,上海辞书出版社1985年版,第295页;详见袁珂:《中国古代神话》,中华书局1960年版,第144—145页。
③ 顾颉刚、童书业编著:《古史辨》第七册,上海古籍出版社1982年版,第366页。
④ 《天问》;《左传·襄公四年》引《夏训》及《虞人之箴》;《吕氏春秋·勿躬》。
⑤ 《山海经·大荒南经》。
⑥ 利普斯:《事物的起源》,汪宁生译,四川民族出版社1982年版,第356页。
⑦ М.Н.鲍特文尼克、М.А.科甘、М.Б.帕宾诺维奇等:《神话辞典》,黄鸿森、温乃铮译,商务印书馆1985年版,第2—3页。

器就是箭。现代人类学家在目前尚存的因纽特人的史前渔猎部落和东非的狩猎部落中,仍然可以看到基于上述原始观念的狩猎仪式。① 如果以上的证据还嫌较为间接的话,我们还可以举出一幅出自中国本土的原始岩画②,用它来证明"太阳＝人(神)＝弓箭"的三位一体关系。

从这位左手执弓右手握箭的中国"太阳神"来看,羿像希腊的阿波罗一样,身兼日神与箭神、战神、狩猎神等多重身份就不仅是可能的,而且是自然而然的了。即使帝俊没有赐给他"彤弓",他也不会没有弓箭可用,他就是箭! 无怪乎许多神怪、妖兽和凡人的暴死和暴伤,都要归咎于他呢!

以上所论确立了羿与太阳神的同一性关系。其实从神话思维的逻辑着眼,这种关系一目了然。大概因为羿射日的神话在后世广为流传,羿与太阳似有不共戴天之仇,这种关系也就被遮蔽、被遗忘了。羿本为日,为何还要射日呢? 考射日神话的各种说法,尧时十日并出、尧命羿射十日、中九日的说法最早见于《淮南子》,显然是后起的,羿乃十日之一,若言射十日,岂不成了自杀。不过,射九日中九日的说法是完全可以成立的,小儿子羿射落了他的九个哥哥,独立继承了母亲羲和的太阳神籍,这其中似乎透露出民族学家从母系氏族社会中总结出来的所谓"末子相续"制的遗迹。这一问题牵涉较多,需另文探讨。这里需要说明的是,射日神话见于先秦典籍的只有一处,即《天问》中"羿(《说文解字》引作弓)焉彃日? 乌焉解羽"二句,并未涉及射日的数目。但值得注意的是,这两问紧接在开天辟地神话、禹治水神话和昆仑神话诸问之后,处于有关夏朝的启益之争和五子之乱诸问之前,再往下才有"帝降夷羿"之事,这不是说明,羿射日的故事发

---

① 坎贝尔:《神之面具:原始神话学》,海盗出版社1959年版,第295—298页。
② 摹自汪宁生:《云南沧源崖画的发现与研究》,文物出版社1985年版,第59页。

生在天上,或者说发生在他降下人间"革孽夏民"之前吗?准此,射日神话所反映的是神灵世界中的家庭内讧,而不是什么"人神之争"。《山海经·海外东经》:"下有汤谷,汤谷上有扶桑,十日所浴,在黑齿北,居水中。有大木,九日居下枝,一日居上枝。"看来在神话思维中,十日可以依次更替地升降起落,但在某一时刻,这个次序被破坏了,出现了"十日并出,万物皆照"①的异常局面。争斗的结果,"羿落九日,落为沃焦"②,所剩的一日自然是羿本人了。谁能肯定说,羿不是由于犯了杀兄之罪才被逐出天庭的呢?

三、表层结构:母题比较与羿神话整体的复原

不管怎么说,羿毕竟离开了神灵界,他一生的主要业绩都是在人间完成的,唯其如此,他才成为上古神话中最伟大的英雄。把羿的神话传说同上古西亚的大英雄吉尔伽美什的传说相比,我们可以说"英雄所为略同"。

诚然,要把羿的片断故事同世界上现存第一部大史诗相提并论,并加以比较,一定会有人觉得不伦不类。然而,原型批评和结构主义的广泛的跨文化研究启示我们,正是在这种表面的不可比性之下,潜藏着实质上的可比性:按照原始心理和神话思维的共同逻辑,探讨具有人类性的、基本的象征原型和神话叙述深层结构。

不仅如此,羿与吉尔伽美什的比较还有其特殊意义,它将使我们开阔眼界,超越传统考据学的既定思路,从新的角度重新理解和阐释古老的问题。鉴于巴比伦史诗的及时记录和长期封存(19世纪才重新发现),其中保留着丰富的、未经后人理性主义曲解的原始神话成分,这就使我们有了一个较坚实的参照基点,通过比较去辨析众说纷纭的羿神话的实质,纠正为后世理性主义的改编者和注疏家所曲解的内容,重新构拟出较为完整的、有内在逻辑联系的羿的一生故事。

---

① 《庄子·齐物论》。
② 《庄子·秋水》,成玄英疏引《山海经》。

以下的比较将从两个故事的表层叙述结构入手,概括出二者所共有的原型母题,逐项加以讨论,为进一步探讨其深层象征结构奠定基础。

1. **主人公的出场** 在这一母题中又可再分出若干亚母题。

1.1 **主人公的出身** 吉尔伽美什是具有神性的英雄,尽管他是由诸神合力造出来的,他那"俊美的面庞"却是太阳神舍马什授予的,可以认为他是太阳神的后裔。羿作为日神羲和之子已如上论,可见两个英雄都具有太阳神的血统。

1.2 **主人公的地位** 在苏美尔王表中可以看到,吉尔伽美什是历史上真实的国王,到了史诗中,他虽然在很大程度上被神化了,但还保留着乌鲁克国王的身份,他的生涯是以征服该地人民、建造城墙开始的。而羿在《左传》等书的记载中曾当过一国之君,他的人世生涯也是从"革孽夏民"开始的。换句话说,二人都是受天命而帝的国君。这种既是神又是人的国王,在世界各民族文明初始之际是非常普遍的现象,弗雷泽等学者早有详尽的讨论。但古代注家不知此中原委,往往将羿看成是不同的人物,孔颖达干脆说羿只是善射之号,谁都可以借用。袁珂新著《中国神话传说》亦敷演出天神羿和国君羿两套故事。

1.3 **主人公的能力** 《吉尔伽美什》开篇充满了对主人公的赞语,所赞不外乎三个方面:神异的体魄,非凡的勇武,出众的智慧。三方面的特异在羿这里也大致都可发现。关于他的体魄,传说他左臂比右臂长,所以善射。他的武艺虽局限于弯弓射箭一项,但这也足以使他所向无敌了。他的过人智慧也有传说,从《淮南子·叔真》中"虽有羿之知而无所用之"一句可知,他曾被视为大智大慧的典范。

2. **主人公的恶行** 说来奇怪,这样两位智勇双全的豪杰,起初都没有把他们的特异禀赋用到正路上,反而以邪恶暴君的形象留在时人心目中。他们的恶行又大都有两个方面:

2.1 **荒淫** 史诗中明确记载了吉尔伽美什行使"初夜权"的情形;羿的名声也好不了多少,射杀儿子娶人家的母亲,射伤丈夫私通人家的妻子,这类记载史不绝书,乃至多少有些道学气的屈原也免不了要质问一句:"胡射夫河伯,而妻彼雒嫔?"

2.2 暴政 身为国君的羿与吉尔伽美什都太不称职。羿除了杀伐无辜之外,还"恃其射也,不修民事"。罢免贤臣,重用小人寒浞。当时民怨沸腾之状可想而知。乌鲁克国王则更甚,"日日夜夜,他的残暴从不敛息,仗恃他的膂力,像野牛一般统治人们"。以至城邦人民祷告天神,请求制止暴君的恶行。

3. 敌手与主人公的道德转变 羿与吉尔伽美什在各自的生涯中都及时经历了一次道德面目的转变:从荒淫残暴、不修民事到为民除害、建功立业,这种奇特的洗心革面使他们前后判若两人。更为奇特的是,他们的转变都是由各自的敌手促成的。

在巴比伦史诗中,天神们听取了城邦人民的请求,又造出了一个和吉尔伽美什一模一样的巨人恩启都,降到人间和主人公相匹敌。两位英雄交手的结果:胜负未分却握手言和,成为朋友。主人公与敌手的这段传奇性的结交,成为他道德面目改观的直接契机。此后,我们看到的不再是残暴君主,而是一个征服自然暴力、为社会造福的名副其实的英雄,并因此受到人民的赞誉和爱戴。回过头来再看羿的脱胎换骨。按照《天问》的顺序,羿早先所射杀的对象不是神就是人。他从天上降下后第一个射中的是河神河伯,其次是封豨,"冯珧利决,封豨是射。何献蒸肉之膏,而后帝不若?"王逸说封豨是神兽,但据《左传·昭公二十八年》的说法,封豨又叫封豕,是夔与玄妻(即为羿所强占的黑美人)的儿子。不论按王逸的神兽说还是《左传》的人说,封豨和河伯一样都本是不该射的,而"不修道德"的羿偏偏射了,难怪帝俊对他献上的祭肉反而大为不满。

同巴比伦史诗类似的是,伴随着天神的不满而来的,便是敌手的出现。改变羿的生涯的敌手恰是他自己的臣下寒浞。而据苏美尔史料记载,恩启都本也是吉尔伽美什的手下亲信。《天问》说寒浞私通了羿抢来的妻子玄妻,共同谋反推翻羿的统治。据《山海经》等书可知,羿失去王位后到各地为民除害,杀了许多妖魔鬼怪,同吉尔伽美什一样,成了受人敬仰的大英雄。《淮南子·氾论》说:"羿除天下之害,死而为宗布",成为后人心目中驱邪避害的宗布神。可见,敌手寒浞作为天意的代理人,虽然在手段上与恩启都大相径庭,但他们的行为都实际上导致了主人公结束自己"不修道德"的前半生,带来人格上的巨大变化。这其中的奥秘,可用普洛普的人物功能说加以解释。

4. 主人公诛妖怪立大功　这一母题的内容在上文中已有所涉及,改邪归正的两位英雄现在开始将他们非凡的智和勇用到为天下除害、建功立业方面了。他们所征服的妖怪数量不等,形貌各异,但从神话思维的象征意义上看,可以说是完全等质的。

吉尔伽美什在恩启都的协助下先后诛杀了两个妖物:杉林妖怪和天牛。前者住在森林里,"形成人间的恐怖",他的"吼声就是洪水,他嘴一张就把火吐,他吐一口气,人就一命呜呼"。这个凶恶无比的妖怪使我们马上想到羿在凶水之上所射杀的那个九婴,据高诱说:"九婴,水火之怪,为人害。"公元前2000年的西亚人和公元后的东亚人在为他们的英雄编造可怕的对手时,竟能想象得如此雷同。

5. 主人公探求不死的旅行　这是一个重现频率极高的世界性文学母题,也是我们的两位英雄后期生涯的主要内容。在史诗中,吉尔伽美什从恩启都的死预感到自己同样的命运,于是告别城邦,开始了跋山涉水的艰难旅行。在《天问》所反映的羿神话中,紧接着寒浞篡位之事出现了这样一问:"阻穷西征,岩何越焉?"王逸注认为指的是"尧放鲧羽山,西行度越岑岩之险"一事,后代注家皆随声附和。只有清人毛奇龄指出此问仍指羿事,晚近学者童书业、闻一多、游国恩、顾颉刚等皆同意毛说,证据主要是《山海经》中羿上昆仑的记载。他去昆仑干什么呢?正是为求不死。今以巴比伦史诗作为旁证,知此问指羿事确凿无疑。若再细察,两位英雄的这次旅行还有三个共同的亚母题。对比参证之下,我们确信可使中国考据史上若干重大疑难问题豁然开朗。

5.1 越过非凡人所能越过的艰险　《山海经·海内西经》:"海内昆仑之虚……帝之下都……百神之所在。在八隅之岩,赤水之际,非仁羿莫能上冈之岩。"这种"非……莫能……"的句式等于告诉人们,只有羿能达到那百神所在的昆仑山顶,其艰险程度足以使屈原对羿的登山能力提出质疑。他大概不知道,羿这位以"淫游以佚畋兮"而著称的无道昏君,这位以夺人美妻为能事的登徒子,他之所以能独享登上昆仑山顶(当时人心目中的珠穆朗玛峰)的荣幸,恰是因为他与太阳具有同一性的关系。这种失传了二十五个世纪的关系一旦重新发现,自屈原时代以来的难题也就顿时不成其为问题了。

转过来再看巴比伦太阳神的后裔吉尔伽美什,只因为太阳神的一路护送,"竟渡过了那难以渡过的海"(疑为《山海经》所说的赤水),攀上那"上抵天边"的马什山。在山口把关者的答话中,我们分明看到了那"非……莫能……"句式的翻版。

> 吉尔伽美什,并没有谁曾经把这件事办成,
> 也没有谁曾经跨越那条山径。(《吉尔伽美什》中译本第73页)

5.2　来到一座神山山巅　如前所述,这座神山在巴比伦史诗中叫马什山,在《天问》和《山海经》中叫昆仑。两座山都被想象为处在世界的极点。因而不妨称之为"宇宙山"。对两座宇宙山的特征加以深入的比较研究,对于探索中国和西亚上古的宇宙观将有极大的启示意义。限于本文题旨,这里仅举出若干相通之处,作为这一亚母题(5.2)的子亚母题:

5.2.1　宇宙山与太阳　"马什"一词的巴比伦语直译为"双生子"。为什么这样称宇宙山,无文献可考,但可以看出,"马什"与巴比伦太阳神的名字"舍马什"仅一音之差,显然这座神山与太阳有关。内证就在史诗中:"只见它(指宇宙山)天天望着日出和日落"。山的把关者"把太阳望,就在日出日落的时间"(《吉尔伽美什》中译本,第72页)。在此,我们似乎悟出了一点:《天问》中按顺序排在羿神话之前的昆仑神话,为什么要一再提到太阳:"日安不到?烛龙何照?羲和之未扬,若华何光?"《史记·大宛传》引《禹本纪》也说:"昆仑其高二千五百余里,日月相避隐为光明也。其上有醴泉,瑶池。"这里的"日月相避隐为光明"一句可借来为马什山名"双生子"做最佳注脚。

5.2.2　宇宙山与天神世界相通　《山海经》说昆仑之虚是百神所在的"帝之下都";《天问》则以为宇宙山顶上有一上不着天、下不着地的"县圃"。

昆仑县圃,其尻安在?增城九重,其高几里?

王逸注说县圃即昆仑之巅,"乃上通于天也"。巴比伦史诗说得明白:"那山巅上抵天边,那山麓下通阴间。"看来王逸对县圃的解释不很确切,倒是注家李陈玉一语中的。

县,古悬字。县圃者,神人之圃,悬于中峰之上,上不粘天,下不粘地,故尻字最奇。尻,臀尾所坐处也。既是悬圃,则所坐当于何处?

若说得再通俗一点,"圃"就是园林或花园的意思,照此,屈原所疑惑不解的这个悬在空中的园子"悬圃"岂不是世界七大奇迹之一的巴比伦空中花园的意译吗?后者正是巴比伦人通天神之处。只不过其中通天塔不是九重而是七重(层),难道是在汉译时为中国的阳数"九"所汉化了?

5.2.3 山门的开关与把关者 史诗说马什山由把关者守住山门,此门本是关闭的,特为吉尔伽美什打开。《天问》:"四方之门,其谁从焉?西北辟(闭)启,何气通焉?"《山海经》:"海内昆仑之虚……而有九门,门有开明兽守之。"《天问》中还有"何兽能言"一问,真是难坏了后世学者,他们遍翻古书,找出一大堆典故(如伯益知兽语,扬由听雀,介葛闻牛等)为这一句做解,其实这兽就是《山海经》说的把门者开明兽,尽管是兽却还保留着人面,所以能说人话。在史诗中的把关者被叫作"沙索利人","那可怕的凶相,如同死神一般。他们的恐怖把山笼罩"。如此形象同《山海经》所形容的开明兽"身大类虎而九首,皆人面"倒是相去不远。这些把关者盘问了(当然是用人话)吉尔伽美什的来意,最后才同意开启山门。

5.2.4 黑暗通道与北风 《天问》"日安不到"以下四句,王逸注以为"天地之西北,有幽冥无日之国,有龙衔烛而照之也"。今对比巴比伦史诗,始知通往山巅的旅途要经过一段没有光线的黑暗之路。把关者开启山门后,吉尔伽美什便一直在无边的黑暗中摸索前行,走到半路,只觉得有北风迎面刮来。史诗中没有出现烛龙,而且说这黑暗通道正是太阳所走之路。这里的分歧该怎样理解呢？

《天问》"日安不到"四句紧接在"四方之门,其谁从焉？西北辟启,何气通焉"二问之后,显然是进入山门后的情形,而且有西北方向来的"气",这简直同吉尔伽美什碰到的北风合若符节了！看来,这黑暗通道不是"日不到"而是日必经的关口,只因太狭窄,太阳必须挤过去或钻过去,钻时身体拉长,便像(或变成)一条蛇(龙)了；且这通道的深黑与狭窄,使夕阳本已很暗淡的微光变得更加暗淡,其形象不正是发出微弱烛光的龙吗？

人类学方面的旁证可以证明笔者上述推测并非出于想象:"太阳乘舟旅行于天空的海洋,是地球上许多民族所熟知的。但既然天和地在地平线上似乎是长在一起的,故人经常相信每天两者在西方要分合一次,而每天黄昏太阳必须从两者之间小裂缝中通过。这是一件危险的事情,太阳在悄悄通过时经常受伤,被挤掉的是尾巴或大腿。希腊人的'西姆普莱加代斯神话'认为'两块岩石能开能关'就出于这种信仰。"[1]就此看来,与天相连的宇宙山顶有太阳所必经的狭窄黑暗通道是确实可信的神话观念原型了,《天问》与巴比伦史诗在这一点上表面上有分歧,实质上又完全相通。在这里,我们不但理解了巴比伦史诗中的悖论难题(为什么说吉尔伽美什所经过的黑暗中的摸索是"沿着太阳的路"),同时也理解了中国烛龙神话的起源。至于龙蛇与太阳的同一性关系,弗雷泽等早期人类学家根据几乎遍布世界各地的原始信仰材料做过详细的讨论[2],此不复述。

5.2.5 **石林** 《天问》中最令注家头痛的莫过于以下几句:

何所冬暖？何所夏寒？焉有石林？何兽能言？

对这四句曾有过千奇百怪的解释,但无一令人满意。闻一多断言:"四句本无事可考。"谁知,在浩如烟海的中国文献中"无事可考"的哑谜却

---

[1] 利普斯:《事物的起源》,汪宁生译,四川民族出版社1982年版,第357—358页。
[2] 弗雷泽:《不死的信仰与死者崇拜》第三章,麦克米兰公司1913年版。

可以在异域出土的泥版文书中得到求证。史诗写吉尔伽美什走完黑暗的通道后又重见光明：

> 在他前面看到了石的树木,他就健步向前。
> 红宝石是结成的熟果,累累的葡萄,惹人喜爱,
> 翠玉宝石是镶上的青叶。
> 那儿也结着果,望去令人心胸舒展。(《吉尔伽美什》中译本,第76页)

西方学者在这里找到了《圣经》伊甸乐园神话的原型,我们不是也看到了昆仑悬圃的真实图景吗？以宝石为果、以翠玉为叶的石树林正象征着冬暖夏凉、四季常青的仙境,而《山海经》《淮南子》中所说的"珠树、文玉树、琪树、不死树"和"珠树、玉树、璇树"等也都在这里得到落实。至如"何兽能言"一句,我们已在前面解释为把关者即开明兽了。至此,《天问》中自"昆仑县圃"至"何兽能言"共十一个问题就理出了头绪,这些内容反馈过来成为我们重构羿神话整体的第一手材料。

5.3 找到一位不死的神人　吉尔伽美什找到的是巴比伦的"挪亚",一位名叫乌特那庇什提牟的神人。他是在创世后所发生的宇宙性大洪水中唯一受神保护的幸存者,因加入神籍而获得永生。他对远道而来访的吉尔伽美什讲述了洪水的故事,告诉他常人难逃死亡的宿命。羿上昆仑"请不死之药于西王母"。西王母是男是女,究竟是何许人也？古今争议极大,但据《山海经》可知他(她)是住在"昆仑虚北"掌有不死药的神人,他(她)在羿神话中所起的作用与巴比伦史诗中的乌特那庇什提牟正相对应。

6. 主人公经历了一次仪式性的"死亡"　羿在尚未拿到不死药之前还有一次神奇的经历,这就是《天问》所说的：

> 化为黄熊,巫何活焉？

古今学者众口一词地说,夹在羿神话中间的这一问是指鲧(或禹)事而言的。但自"帝降夷羿"至"岩何越焉"的所有问题都是问羿事,这里没有改换主语,那么"化为黄熊"的还应是羿才合乎文理。当然,只从文理上讲还不足以服人。笔者以为,羿在这里的化熊而复活正是人类学上所说的"仪式性改变身份"的象征表现。其实质是让来自尘世的、犯有罪恶的即污秽不洁的羿"象征性"地死去,而由主持这仪式的神巫所"复活"了的则是焕然一新的、洁净的羿。至于把某人(神)的死说成是化为某种动物,这样的例子在中国神话中不胜枚举,不必多谈。需要指出的是,这种仪式性的脱胎换骨对于要求得到不死药的羿来说是必不可少的先决条件,因为不死药具有神圣性质,是专为神人准备的,羿虽有神性的血统,但在人间犯有荒淫残暴的罪,正像犯了"原罪"的亚当、夏娃,已经失去了原有的不死性,严禁他们再接近"生命树"(不死药的变体)一样。

那么,同样在人间犯有罪孽,吉尔伽美什是否要经过类似的仪式性"死亡"呢?事实正是,吉尔伽美什在有幸得到不死药之前居然有两次象征性的死去与复生。第一次是考验性的,神人乌特那庇什提牟对吉尔伽美什的为人不放心,使他睡去,在他枕边放上面包,六天后将他唤醒,再看那些面包,不是坏了就是变了形。史诗中的这段叙述使西方学者们困惑不解,这神秘的睡眠究竟是什么意思呢?恰恰是《天问》中"巫何活焉"一句提醒了我们,乌特那庇什提牟是在行使巫师职能。让主人公睡去,即是让他象征性地死去,再将他叫醒等于让他象征性地复活。史诗另外一处的两句话可以作为我们这种推测的参证:"睡着了的人和死者是那么近似难分。他们岂不是正将死的影像描摹?"(《吉尔伽美什》中译本,第81页)主人公睡眠期间,放在他枕边的面包不是变了形就是坏了,这似乎证明了他的罪过和不洁。于是,有必要进行第二次象征仪式,这一次是洗礼性的。主人公洗净污垢,且蜕掉了表皮。同羿化黄熊又复活一样,主人公把表皮抛入海,象征着旧我之死新我之生。在这里我们实际已经看到了基督教施洗仪式的雏形。

7. 主人公得不死药 两位英雄跨越了千山万水来到宇宙山顶的神灵世界,经历了仪式性的考验和洗礼,终于有了获得不死药的资格。羿得不死药于西王母的细节,我们是无从知晓了。吉尔伽美什本来就要被打发回去了,是神人之妻提议"给他点什么礼物",神人这才告诉他不死药草的秘密:"它的刺像蔷薇也许会扎你的手,这种草若能到手,你就能将生命获取。"主人公遵嘱跳进一个深渊,在水底取了药草兴高采烈地打算返回人间。

8. 主人公失不死药 这是一个极富戏剧性的母题,其起源可以追溯到原始信仰中去。几乎所有解释人类的必死性的宗教神话都会以各种各样的形式来表现这一母题,因而,那种认为嫦娥窃药奔月神话是汉代人编造的观点,是很靠不住的。由于《天问》中"安得夫良药,不能固藏"被王逸解说成崔文子学仙于王子乔一事,后世学者将错就错,曲为之说。晚近学者傅斯年、郭镂冰、童书业、闻一多等终于将这个旧案翻了过来,得了不死药而不能固藏的原来就是羿,而偷了不死药的则是奔月的嫦娥。闻一多说:"证以《天问》上文曰夜光何德(得),死则又育",意实谓月灵得不死药,故能死而复生,可知嫦娥窃药奔月,先秦确有其说。[①]

然而,关于不死药原始失主一案的诉讼目前并未结束,不少学者仍坚持旧说,今以西亚史诗为对照,似可为天平上的新说一端加上一枚有分量的砝码。吉尔伽美什拿着草药后没走多远,到一个冷水泉中去洗澡:

> 有条蛇被草的香气吸引,
> 它从水里出来把草叼跑。
> 他回来一看,这里只有蛇蜕的皮,
> 于是,吉尔伽美什坐下来悲恸号啕,
> 满脸泪水滔滔。(《吉尔伽美什》中译本,第96页)

---

① 闻一多:《天问疏证》,上海古籍出版社1985年版,第62—63页。

就这样一个瞬间发生的偶然事件,使主人公后半生的全部追求和劳苦化为乌有,从吉尔伽美什的号啕声中,多少也可以体会出羿的心境吧。所谓"怅然有丧,无以续之",该是怎样一种令人心碎的悲哀啊!

从原始语义方面看,窃药的蛇和化作月精的嫦娥具有神话思维符号的等质性,月之盈亏变化被初民想象为死生循环,女人之月经与月亮变化周期相仿,故月神、月宫仙子多为女性角色扮演。那么蛇呢?英国动物学家帕克指出:"人类过分相信的一种信念,就是人具有天生不朽的权利,由此信念只需一步就会假定,人之所以不能够不朽,是因为必有一种邪恶的影响在起作用,使他不能享受他的特权。比那些较为安定文明的民族与大自然更接近的原始游牧民族,观察到了蛇类周期性的蜕皮过程,而且蛇每蜕皮一次后都好像能返老还童,于是他们便作出结论,认为蛇类除了其他超自然力量之外,还得到长生不老的秘密,甚至可能是靠盗劫得来的。"[①]这段议论无形中道出了史诗中蛇偷不死药这个偶然事件背后潜在的原型意义。从史诗中蛇窃药后蜕下了皮这一细节来判断,巴比伦作者显然是很有意识地运用原型的。到了希伯来人的《圣经》中,蛇已成了恶的化身;而在我们这个以"龙的传人"自诩的文化区域中,蛇(即非神化的龙)是真龙天子的象征,岂能干小偷小摸之类的事?那偷药的角色,就转到了与小人同列的女子身上。不过,有趣的是,现存的一幅汉代嫦娥奔月图中,那飞向月亮的嫦娥分明长着蛇尾巴!原型象征的语义转换大抵是这样与文化演变相同步的。

9. 主人公的结局 紧接着不死药失窃这一戏剧性母题而来的,自然是高潮过后的结局了。失去不死药的羿,已经走到了生命的尽头,等待着他的除了无可逃避的死亡之外,还能是什么呢?在丢失不死药一问之后,屈原接着发问:

天式纵横,阳离爰死。大鸟何鸣,夫焉丧厥体?

[①] H. W. 帕克:《蛇类》,张隆溪译,科学出版社1981年版,第157页。

我们暂且撇开这里比较费解的词汇,仅从"死"与"丧厥体"几个字也可以窥见羿的最后结局。可是,本来如此简单的问题却被王逸以下的历代注家们弄成了不解之谜,以至于众多功力深厚的现代学者也不得不花费大量精力在谜团中打转,却至今未能转出真相来。

事情是何以至此的呢？如前所论,《天问》羿神话的完整线索在王逸的注中屡被斩断,却从中衍生出一些旁枝末叶来,如"阻穷西征,岩何越焉"一问被王注拐到了鲧的故事中;而不死药一问,又被张冠李戴,扣到了一位寻仙学道的崔文子头上,后代人的注意力就这样都被王逸引到了这些旁枝末叶上,羿神话的主干反倒湮没无闻了,让我们看看王逸是怎样曲解羿的结局的吧。

> 式,法也,爰,于也,言天法有阴阳纵横之道,人失阳气则死,言崔文子取王子乔子尸,置于室中,覆以弊筐;顺史则化为大鸟而鸣,开而视之,翻飞而去,文子焉能亡子乔之身乎？言仙人不可杀也。

前引闻一多等现代学者对前一问不死药失主问题提出异议,但在这里终未能超出王注窠臼,顾颉刚、童书业等皆认为羿的故事在"良药"一问就终止了①,游国恩等编《天问纂义》引前代学者十九人,只有陈远新、刘梦鹏等少数人不同意王注,但他们又将鲧事拿来做解,还是王逸前面引出的旁枝。闻一多说:"大鸟二句以为王子乔事,以汉世所传王子乔事证之,似无不合。"在此,笔者不禁要问,屈原《天问》自上古开天辟地神话问起,历经洪水神话、昆仑乐园神话、夏禹夏启神话而问到羿神话,后面接着对夏、商历史及神话一路问下去,怎么会在羿这里问出个汉代求仙传说来呢？

问题的症结很明显,由于羿与太阳神的同一性关系失传了,所以"大

---

① 顾颉刚、童书业:《夏史三论》,见《古史辨》第七册,上海古籍出版社1985年版;袁珂《中国古代神话》则认为羿死于逢蒙之手。

鸟"一句难住了屈原,更苦了后人,现在既然我们已恢复了这种关系,只要再证明太阳与大鸟的同一性关系,那么,汉代的仙客王子乔就该从在《天问》中窃居了两千年之久的羿的位置上被我们请下来了。

在神话思维中,太阳被类比为巨大的鸟类形象,可以说是一个世界性的原型象征,最能言简意赅地说明问题的铁证,莫过于从该原型派生出来的传统观念"金乌玉兔"了。《广雅》亦曰:"日名朱明,一名耀灵,一名东君,一名大明,亦名阳鸟。"屈原的理性觉醒使他无法理解非理性的神话思维:古神话为什么把太阳的落下说成是大鸟脱落了羽毛呢?而作为太阳化身的羿在宇宙山与天边交界处(所谓"天式纵横"是也)坠落(即所谓"阳离爰死")时又为什么要发出鸣叫之声呢?这个鸣叫着挣扎着死去的大鸟脱落了全身的羽毛,它的身体又到哪儿去了呢?

这便是屈原的困惑,也是两种不同的思维方式交替变更时代的普遍困惑。这种困惑以问题的形式缩略地凝固在《天问》的文字之中,又给理性时代的无数后人造成新的困惑。然而,一旦我们放下了理性的架子,困惑反而会变成心领神会。

也许我们还记得,巴比伦人的宇宙山是"上抵天边""下通阴间"的,欲寻不死的羿失去了良药,失去了永生的可能,他那已经解了羽的太阳鸟身若不是堕向黑暗的阴间地狱,难道还能翱翔上天堂吗?谁有证据说羿死解羽的地方不是他当年所射杀的九个太阳哥哥"解羽"的地方呢?《淮南子·天文训》:"日……至于虞渊,是谓黄昏。"这个"虞渊"也就是"羽渊"的另一种写法。《左传·昭公七年》:"昔尧殛鲧于羽山,其神化为黄熊,以入于羽渊。"《山海经·海内经》:"帝令祝融杀鲧于羽郊。"看来这个鸟解羽之处,既是日落处,又是神死之处了。羽渊、羽郊,大概正因为落满了无数的羽毛才得名的吧。

吉尔伽美什失去不死药后,悲伤地回到了乌鲁克城邦。他最后是死是生,史诗中没有明说,但在苏美尔人较短的史诗中,有一部名为《吉尔伽美什之死》，从现存泥版残片中尚可清楚地译出主人公死亡的叙述。① 据此可知，英雄之死的母题甚至先于巴比伦史诗而存在于上古西亚文学中。

总结以上讨论，我们可将羿神话与巴比伦史诗的共同母题（及亚母题、子亚母题）排列如下，以见出羿神话整体的原始面貌：

1. 主人公的出场
1.1 主人公的出身
1.2 主人公的地位
1.3 主人公的能力
1.3.1 体魄
1.3.2 勇武
1.3.3 智慧
2. 主人公的恶行
2.1 荒淫
2.2 暴政
3. 敌手与主人公的道德转变
4. 主人公诛妖怪立大功
5. 主人公探求不死的旅行
5.1 越过非凡人所能越过的艰险
5.2 来到一座神山山巅
5.2.1 宇宙山与太阳
5.2.2 宇宙山与天神世界相通
5.2.3 山门的开关与把关者
5.2.4 黑暗通道与北风
5.2.5 石林
5.3 找到一位不死的神人
6. 主人公经历了一次仪式性的"死亡"
7. 主人公得不死药
8. 主人公失不死药
9. 主人公的结局

四、深层结构：中国上古英雄史诗的读解

从上文九个母题的分析中已看到，中国现代学者以艰巨的努力排除旧注的误解，把若干失传已久的母题还给了羿故事，使被拆散的"纲要"得到某种程度的修补，为这一完整神话的重见天日奠定了基础。与此同时，19世纪末重见天日的巴比伦史诗的整理和汉译工作相继完成，终于使两部在上古中西方文化中遥相呼应的英雄作品的当代会师成为可能。我们通过比较分析两部作品的共同母题，从神话思维普遍规律的角度进一步解释了

---

① 参看《新大英百科全书》第七卷，1973—1974年版，第920页下"古代美索不达米亚的碑铭学"条。

古今学者的误解和附会之处,理出了羿神话的原始线索,重新构拟出其完整的故事轮廓。

不过,以上的考察和比较还仅仅停留在故事表层叙述结构的水平上,它试图解决的只是"是什么"而不是"为什么"的问题,因而还远未深入研究对象的本质中去,不能从发生学的必然性上说明问题。这样,我们重构出来的完整故事很可能被人看成是一件拼凑起来的"百衲衣",它徒有外形上的完整,尚缺乏内在的统一性。为此,和对巴比伦史诗的分析一样,我们还必须进而探讨作品的深层结构,解答表层结构"所以然"的问题。

从表层结构深入到深层结构,也就是从经验层次到非经验层次。用列维-斯特劳斯(Levi-Strauss)的话说,可叫作从意识到无意识的过程;用乔姆斯基的说法,是从现象层次到解释层次。就我们所要剖析的对象而言,则应说是从羿神话故事到羿神话故事背后的故事。这个背后的故事或者说潜故事虽然是非经验的,是包括发问者屈原和王逸以下历代学者都曾意识到的,但又是暗中决定着表层故事全貌的关键所在。这个潜故事就是太阳运行的故事。

在《英雄与太阳》中笔者指出,巴比伦史诗的前半部分与后半部分呈现出截然相反的情调:死亡意识在第七块泥版中的出现使前六块泥版的内容同后六块泥版的内容形成鲜明强烈的对比。前者是高昂、喜庆的英雄业绩的颂歌,后者是低沉、悲哀的英雄末路的挽歌。而使表层故事形成这样一种先上升后下降的弧形曲线形态的,正是以太阳行程为线索的深层故事。巴比伦人曾把太阳设想为活的生物,把这个生物每天升起与降落的运行曲线叫作太阳轨道,并据以划分出"黄道十二宫"。史诗的十二块泥版恰恰在暗中象征着太阳的行程,主人公命运的升沉早在他降生以前就这样预先注定了:他正是太阳神的后裔。

相形之下,羿神话表面上所讲述的英雄经历是不是也有这样一个潜故事在暗中起着决定主人公命运升降的作用呢?既然我们搞清了羿的出身和血统——日神羲和之子,与太阳具有同一性关系,这个问题也就等于解决了大半,如能再将羿一生活动的大致方向和路线勾勒出来,或许就更为确凿了。我们把已归纳出的九个母题按横向顺序排开,便可看到:

1. 主人公出场　2. ⋯⋯⋯⋯⋯⋯　9. 主人公结局

东————————————————→西

我们的东方英雄正同吉尔伽美什一样,是沿着太阳运行的方向走完他一生轰轰烈烈的旅程的。羿为羲和所生,其出生地自然是传说中东海的旸谷(即汤谷)了。《山海经·海外东经》:"下有汤谷,汤谷上有扶桑,十日所浴⋯⋯"又云:"汤谷上有扶木。一日方至,一日方出,皆载于乌。"《山海经·大荒南经》郭璞注引《归藏·启筮》亦曰:"瞻彼上天,一明一晦,有夫羲和之子,出于旸谷。"在现存羿神话中,正是羲和的夫君帝俊派羿到人间来的。这位来自东方汤谷的小太阳神首先"着陆"的地方竟在今天中国大陆的东端。闻一多说:"羿为夷族,本居东方,载籍所传穷国故地,或在今山东德县北,或在安徽英山县,此皆较早之夷族分布地也。"①自从羿被寒浞推翻王位,至诛凿齿、杀大蛇,他的行迹似乎偏向了西南。《淮南子·本经训》:"尧乃使羿诛凿齿于畴华之野。"高诱注:"畴华,南方泽名。"同书又说:"(羿)断修蛇于洞庭。"接着,羿才真正开始了所谓的"西征"。实际上羿从南方的洞庭一带奔向昆仑山,是朝西北方向移动的。如果上述推测能成立,那么羿出自扶桑,解羽在羽渊,其间所留下的足迹恰恰是自东向南而后西,划出一个太阳运动的半圆形轨迹来,谁能确信这只是出于偶然的巧合呢?

回想当初上帝授他红弓白箭,在亚洲大陆东端建国为王之时,该是何等英姿勃发;尽管为政不仁,而且荒淫好色,但他伤河伯,夺宓妃,射封豨,占玄妻,又似乎无往而不利,一直走着上升的道路。一旦失宠于天帝,他的命运便发生转机,流落江湖,尽管除害立功,也难免后半生的悲凉色彩,在死亡的恐怖和焦虑的精神折磨下去历尽艰险,奢望那能挽回自己命运的不死之药,谁知他虽在西天边陲的宇宙山"悬圃"窥见了永生世界的奥秘,并拿到了那为后世无数帝王所可望而不可即的永生之药,却难逃自然法则为他预定的悲剧结局。阴阳对

---

① 闻一多:《天问疏证》,上海古籍出版社1985年版,第59页。

转,日月交替,那不死之药为月中嫦娥所窃,又是多么符合《易经》的宇宙变化规律!巴比伦宇宙山被命名为"双生子",岂不是一个象征性的哲学命题:那山上的天堂、山底的地狱,标志着光明与黑暗、生命与死亡的对立统一。"人之将死,其言也善;鸟之将亡,其鸣也哀!"书呆子气十足的屈原居然能问出"大鸟何鸣?"可四千年后的我们却分明从那太阳鸟悲惨凄绝之声中听到了对羽渊地狱的无限恐怖,对生命和光明的无比留恋……

综上所述,同巴比伦史诗相似,羿神话整体的内在逻辑是由人从太阳的运行之中观察到的自然法则所规定的,这种内在逻辑使叙述本身构成一种横向展开的原型结构:以主人公经历为线索的表层结构诸母题的依次衔接和发展,取决于以太阳行程为线索的深层结构。所不同的是,巴比伦史诗原型结构的表层叙述和深层潜叙述是两对相应的关系:主人公作为太阳神的后裔"沿着太阳的路前进",并一再同太阳神对话;而羿神话原型结构的表层叙述和深层潜叙述却是彼此重合和相互蕴含的关系:主人公本身同太阳神具有同一性关系,他的生涯由顺转逆、由喜到悲,同太阳的朝出夕落、太阳光的先明后暗构成了奇特的互为象征的壮观图景,其美学形式上的完整和谐与哲理内涵的博大深沉达到了天衣无缝般的完美结合,就这一点而言,羿神话似又优于巴比伦史诗一筹了。

结构主义叙事学理论认为,没有前因后果的逻辑联系的单个情节的排列,不能构成叙述的结构。出于这种尺度的考虑,在表层分析完成之后,面对两大作品所共有的九大母题及亚母题,我们尚不敢轻易地做出判断羿神话是一部什么性质的作品。现在,对深层结构的立体透视之下形成了一个井然有序的有机体,得到了内在逻辑的证明。至此,关于它是否是一件拼合起来的"百衲衣"的怀疑,就彻底消解了,同巴比伦史诗相比,二者可以说具有发生学上所谓"异形同构"的性质。由此,我们就有了充分的理由,放弃"羿神话"这个较为谨慎的说法,承认这是一部东方世界最古老的伟大英雄史诗了。

五、循环模式：神话思维与史诗的再读解

羿的故事经过以上从表层到深层的双重结构梳理，已经复原成一部独立自足的英雄史诗。从纯考古学的意义上讲，我们的发掘工作似已完成；但从人类学即文化学的角度看，仅仅阐明一部文学作品的自足整体性是远远不够的，还应进而说明为什么会有这样的作品结构。结构主义的文学分析之所以常为人所诟病，主要在于它往往脱离作品所由发生和存在的现实土壤，把文学当成了失去文化心理背景的纯符号现象，做纯形式的研究。现在有待于我们继续发掘的是：英雄与太阳这两种截然不同的"所指"是怎样在神话思维中合为一个"能指"的；换言之，古人为什么要把实际存在过的历史人物作为太阳神的后裔，让他亦步亦趋地沿着太阳运行的轨道走完自己生命的旅程呢？

对此，笔者在《英雄与太阳——吉尔伽美什史诗的原型结构与象征思维》一文中已做了初步的探讨，这里拟根据上古中国的文献材料做进一步的开掘。简单地说，神话思维把太阳和月亮永不休止的升沉起落理解为永恒生命的象征，也就是不死的象征；太阳虽然每天都要坠入西天，次日照样会从东方升起，它的死是暂时的，是以必然的复活为补偿的。由于巴比伦人和古埃及人一样，都以太阳的运行圆周的二等分来划出阳世和地狱的对立，所以史诗作者希望主人公超越死亡的动机在史诗的原型结构中充分显示出来。

那么，中国的羿史诗是否也建立在同样的循环观念上呢？传统的看法认为，中国上古没有地狱观念，因而也没有灵魂再生观念。的确，我们在现有先秦文献中，只看到有"黄泉"观念，而看不到像埃及和巴比伦那样的阳世与阴间的对立和循环的直接记载。但人类学告诉我们，原始的信仰和观念，尽管没有明确记载在文字上，并不意味着它们根本不存在。这需要我们依据已经确定了的原始观念为参照系，去做进一步的探索和发掘。在几乎所有早期农业社会里，出于观察天象确定季节的共同需要，以太阳的起落循环为基础的两个世界的对立观念是极为普遍的现象，自古以农业立国

的华夏民族真的会是例外吗？让我们从人类学所概括出的两个世界的对立模式出发，对问题加以重新思考。

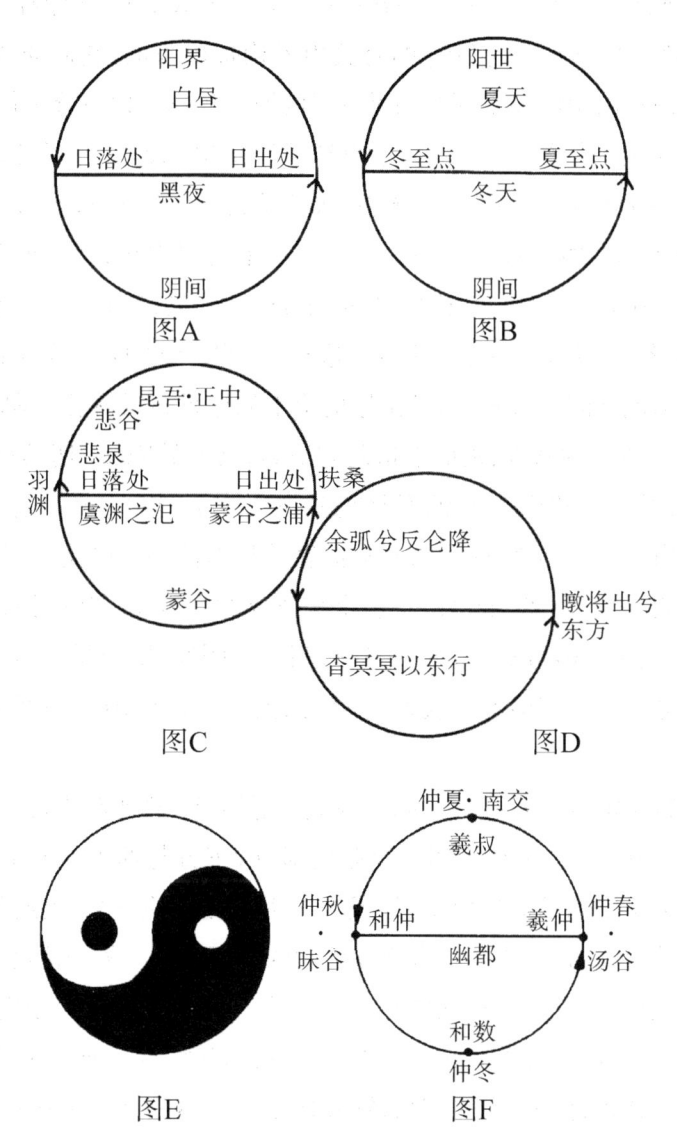

图A

阳界
白昼
日落处　日出处
黑夜
阴间

图B

阳世
夏天
冬至点　夏至点
冬天
阴间

图C

昆吾·正中
悲谷
悲泉
羽渊　日落处　日出处　扶桑
虞渊之氾　蒙谷之浦
蒙谷

图D

爰弧兮反仑降
暾将出兮东方
杳冥冥以东行

图E

图F

仲夏·南交
羲叔
仲秋　和仲　羲仲　仲春
昧谷　幽都　汤谷
和数
仲冬

以上 A 与 B 二图引自提泰（M. Titiev）《人的科学》一书，其说明如下：

图 A：太阳的日周期。原始人观察到太阳每天从东方升起，到西方落下。人们相信这意味着太阳在另一个世界从西向东运行。这样，地上的白天就恰恰相应于阴间的黑夜。

图 B：太阳的季节周期。与图 A 相类似，生命世界的季节常常同死亡世界的季节相反。

C 以下四个图形是笔者分别根据《淮南子·天文训》《楚辞·九歌·东君》《易经》和《尚书·尧典》的有关内容构拟出来的，它们同 A、B 二图对比足以揭示出中国关于两个相反世界的原始观念。以下分别加以申说。

图 C 所根据的是《淮南子》，这里还可以举出《天问》开天辟地神话中太阳行程一问作为参证："出自汤谷，次于蒙汜，自明及晦，所行几里？"此问已由《淮南子》做了夸张的回答。从图示中可以看出，两书所叙太阳路线呈圆形的循环，其方位结构同图 A 分毫不差，只是对阴间有不同的叫法——"蒙谷"。蒙者，阴暗不明也。这和《东君》所说的"杳冥冥以东行"，都是在暗示地下阴间世界，而巴比伦史诗中的地狱也被称作"黑暗之家"。至于《尚书》所说的幽都，表面上指北方地名，其原始隐义却也是黑暗的地下之家。《楚辞·招魂》"君无下此幽都些"，才是用的本义。这两种意义分歧不是由于一词多义，而是由于神话思维与理性的不同逻辑；与"幽"相对的是光明，故有所谓"幽明"。这个词含义极为丰富，既可指白昼与黑夜，又可指阴阳，还可以指生人与鬼魂、阳世与阴间、贤与愚、有形与无形、太阳与月亮……这怎能不让我们想到"双生子"，想到图 E 所昭示的宇宙哲学呢？

德国哲学家卡西尔（E. Cassier）在其三卷巨著《象征形式哲学》第二卷《神话思维》中指出，正是光明与黑暗的对立，东方与西方的对立，以及由此产生的关于空间的原始感情，形成了人类文化的原动力，由此派生出生命与死亡的对立，则成为一切宗教和哲学的永恒主题。另一位德国哲学家斯宾格勒说得更干脆：人类的整个世界观都是从死亡意识中派生出来的。这样看来，羿史诗所蕴含的光明与黑暗、生命与死亡对立统一的哲学，也就是中国哲学特别是《易经》哲学的发源地了。羿本人作为太阳的化身，为我们留下了多少思想遗产！

在这里，我们将对《天问》写羿之死的那两句话做出新的理解。所谓"阳离爰死"者，不是彻底的毁灭消失，而是魄死魂去也！《左传·昭公七年》说："人生始化曰魄，即生魄，阳曰魂。"那么，阳离，不也就是魂去之意吗？大鸟虽鸣而死，但它"死"在羽渊的只是脱落的羽毛，至于它的本体（"厥体"）屈原并不知它到哪儿去了，实际上可以说是同魂一道下冥府去了，而冥府就在"虞（羽）渊之汜"底下，那也就是"黑暗之家"，是蒙谷，是幽都。值得注意的是，《天问》说太阳落下时在"蒙汜"，升起时在"汤谷"，而《淮南子》说太阳落下时在"虞渊之汜"，次日晨升起处叫"蒙谷之浦"，这是不是意味着冥府同埃及的地狱一样，是一片大水，太阳需乘舟而行呢？不得而知了。但至少可以明白，入冥府的太阳和出冥府的太阳都须过"汜"和"浦"。这一点，又将得到语言古生物学方面的化石证明："昔字在甲文中作 ，像日在浩漫大水之下，示太阳已沉落西下，故昔之本义为白天结束、晚上开始。《谷梁传·庄公七年》：日入至于星出谓之昔，是其确诂。引申而夜晚亦称昔，《博雅》训：昔，夜也。……《左传·哀公四年》：为一昔之期。"《庄子·天运》：则通昔不寐矣。皆用此义。昔字的本义足以告诉我们，在商代的先民们的神话思维中，白昼与黑夜的交替是由于太阳处在不同的、正相颠倒的位置的缘故。太阳在此一世界时，便是光明和温暖的白天，太阳运行到大水之下的彼一世界时，此一世界便迎来黑暗与寒冷的夜晚。太阳的循环运行在神话思维中导致了两个对立世界的宇宙模式，而太阳在这两个世界中的相反的运动方向，则又使初民们确信：此一世界同彼一世界中的一切都是颠倒的，根据这种颠倒价值的密码本，人类学家读解了1938年发现于西亚的一个大约五千年前的原始护符图案（图G）。

图G　　　　图H　　　　图I　　　　图J

象征着生命循环不已的蛇是两个相反方向的脚印的联系纽带，这神秘图形所传达出来的信息不是要超越两个对立世界的时空局限，求得生命的永恒吗？从这古老护符中得到的无穷启示，使笔者读解了巴比伦史诗的文化哲学意义。同理,我们对图 H 中那中国古兵器图①不也可以做同样的理解吗?而这一阴一阳交相对转的两只龙(蛇)辩证地统一起来,不正构成图 I 和图 J②那中国上古最神秘的符号——"卷龙"吗?传说中这种能潜入地下,能翔于天空,循环不已的神秘生物若不是太阳的神化,又能是什么呢?在表层分析中我们附带提及的烛龙与无日之国的问题,在这里将会找到答案:过了黑暗通道的太阳将沿着循环轨道进入那号称"黑暗之家"的冥府,而此一世界白昼的结束恰恰是彼一世界夜晚的结束。于是神话思维中就出现了这种"视为昼,冥为夜,吹为冬,呼为夏……身长千里"③的怪诞形象。卷龙也好,烛龙也好,还是别的什么由太阳所幻化出的形象也好,其最关键的功能特征(结构分析中,功能的同一性远比外形的相似重要得多)就是循环运动,否则的话,太阳将失去其永恒的生命力,不成其为太阳了。这种循环运动的观念模式,照图 I 中那新石器时代红山文化出土玉龙的年代判断,至少在五千年前就已定型了。到战国时代楚国民间祀神歌《东君》中,同样的循环运动模式依然清晰可辨。如图 D 所示,这首歌唱太阳神一昼夜行程的古歌始于"暾将出兮东方",终于"杳冥冥以东行"。这里两个"东"字迷惑了多少注家!按照理性思维的形式逻辑,太阳既然出自东方向西而行,又怎么会拐回来"东行"呢?为了打消(不是解释)这一矛盾,有人说"杳冥冥以东行"是从东向西行之意④;也有人说东君暗指齐国国王,"杳冥冥以东行"是说齐楚联合打败西方的秦国后,"齐臣亦已极高远地东行归去了"⑤。前者把"东行"解成了"西行",后者把日神解成了报捷的齐臣,说法虽异,误解的根源却相同。一旦明确了神话思维中太阳的循环模式,那么按照两个世界的颠倒价值,此一世界的西行在经过黑暗通道之后的彼一世界中,不正是要转变一百八十度变成"东行"吗?否则

---

① 转引自闻一多:《伏羲考》,见《闻一多全集》第一卷,生活·读书·新知三联书店 1982 年版,第 3 页。
② 图 I,1971 年在内蒙古发现的红山文化玉龙,载《文物》1984 年第 6 期。图 J,1976 年在殷墟妇好墓出土的玉龙,见《殷墟妇好墓》,文物出版社 1980 年版彩图。
③ 《山海经·海外北经》。
④ 马茂元选注:《楚辞选》,人民文学出版社 1958 年版,第 98 页。
⑤ 谭介甫:《屈赋新编》(上),中华书局 1978 年版,第 294 页。

的话,此一世界的黑夜过后,又怎能迎来新的"日出扶桑"呢?

这样看来,我们在前一部分深层结构分析中自以为"读解"了的羿史诗,其实只读解了一半。也就是说,我们只追索了羿自扶桑至羽渊的整个"西行"足迹,而没有考虑作为太阳神化身的羿自羽渊之汜至蒙谷之浦的整个"杳冥冥以东行"的过程;而这个过程,作为潜故事下面的故事(即潜潜故事),却在很大程度上决定着羿史诗原型结构的整体象征意义。在巴比伦史诗中,这一整体象征意义是通过主人公对太阳神的追求和呼告来暗示的;而羿与太阳的同一性关系使他足以免去这种外在的呼告和乞求。他在羽渊的解羽本身也就是太阳告别此一世界,化生为另一种形态到彼一世界继续旅行的象征。这一化生的结果,在此一世界看来,就成了太阳大鸟的神秘失踪——它不知"焉丧厥体",只留下脱落的羽毛,和那回荡在羽渊上空的哀鸣之声。但从彼一世界来看,在黑暗通道中其光如烛的所谓烛龙的到来,不正意味着羿的灵魂的地下旅行的开始吗?谁说他在结束地下旅行之后不会以新的化生形式,作为大鸟或"载于乌"的太阳重新在此一世界"复活"呢?从这一意义上理解,在此一世界的人们看来,这个在西天解羽又在东方火红的朝霞中复活的不死大鸟,这种被后人叫作"鸟""金乌""金鸦"的神秘飞禽,不恰恰是与龙相对又相辅相成的凤凰吗?

由此推论,龙与凤这两个外形上差异极大的中国神秘符号,在神话思维的类比逻辑作用下,就以彼此化生的形式统一在太阳的永恒循环运动中了:龙能入地潜渊,所以也就主要成了太阳在彼一世界的代表;凤鸟能高翔于天,于是主要成了太阳在此一世界的代表。[①] 所谓"龙凤呈祥"也就是相生相化的循环往复战胜了单一的、静止的死亡。这样来看,羿史诗的原型结构的整体象征意义就不只是对死亡的忧虑,而且也是对死亡恐惧的精神超越了。这正是这部上古伟大哲理著作在它所由发生的原始文化心理的"潜文本"中所蕴含的深层意义。图 E 所示《易经》太极图像可以说是这种

[①] 龙凤相化与永生观念的联系,在一幅出土于长沙楚墓的帛画中表现得十分明白,画中除一龙一凤相对而外,还有一个合掌祈祷(求永生)的妇人。此外,在印第安文化中,太阳被表现为鸟头蛇身形,即所谓"羽蛇"。这正是龙与凤的神话合体。

意义的最好概括。

《易·系辞下》:"生生之谓易。"注曰:阴阳转易,以成化生。由此来看,被人们视为中华民族哲理精髓的"生生不息"精神,原来是由神话思维时代的太阳循环化生观念所派生出来的,羿史诗这部上古罕见的英雄作品恰恰充当了从神话到哲学的过渡中介,它也可以说是中国思想史上第一部伟大杰作。

关于这部伟大杰作的原始文化心理根源的讨论,笔者愿引西方当代最负盛名的原型批评理论家弗莱概括和总结整个西方叙述文学发生、发展规律的一段话来参照:"神明世界中的中心过程或中心运动是某一个神的死亡与复活,消失与重返,隐退与再出现。神的这种运动不是被看成一种或数种自然界的循环过程,就是由此而联想到自然界的循环过程。这个神可以是太阳,夜晚死去黎明重生,或是在每年的冬至重生一次;这个神也可以是植物神,秋天枯萎而死,春天又重新复活。由于神按其本性来说几乎是长生不死的,所以,将死的神在同一人格中重生便是所有同类神话的规律特征。"[①]借助于这种循环模式的运动规律,弗莱读解了自阿都尼斯神话到霍桑《玉石雕像》的整个文学发展系列作品。而我们在羿神话所由发生的同类循环模式中,也找到了中华文化的核心原型,理解了老子为什么要说"道"是"周行而不殆"的,《易经》为什么要说"亢龙有悔"。亢龙者,直龙也;悔者,凶也。直龙能伸不能曲,能往而不能返,故凶也;而卷龙则如环无端,能往能返,生生不息,循环不已。无怪乎早自新石器时代,卷龙就成了原始宇宙哲学的符号,受到人们的尊崇。

这样看来,羿史诗把英雄认同为太阳就绝不是随心所欲的比附了,它深深地寄托着我们远古祖先超越有限的死亡、求得无限的生命延续的强烈欲望。它用"天人合一"的逻辑赋予社会生活以秩序和意义,它让人们在鸟之将亡的哀鸣中听到凤凰再生的预告,在烛龙潜渊之际想到飞龙登天的时刻,在阴森恐怖的羽渊憧憬那日出扶桑的美丽景象……

---

① 弗莱:《批评的解剖》,普林斯顿大学出版社1957年版,第158—159页。

素女为我师：中国文学中性爱主题的升华形式

本文从圣婚仪式这个世界性的象征活动出发，探讨中国文学表现性爱主题的一种升华的形式：男主人公在幻境中与超自然的女"导师"相会，后者为他实施性的或生命的启蒙。

一、圣婚仪式留幻梦：从母神、女神到神女

圣婚（神婚）是人类学家从史前和早期文明社会中发现的一种较为普遍的宗教仪式行为。弗雷泽《金枝》第十二章是专门讨论神婚礼俗的著名篇章，其开篇写道：

> 我们已经了解了那种广泛流传的信念，即植物通过雌雄两性的性的结合来繁殖，根据顺势或模拟巫术的原则，这种繁殖是由植物精灵雄雌两性（或由男人女人扮演）婚嫁交配刺激的结果。这种巫术性的戏剧在欧洲民间节日中占有重要地位。由于它们根据的是非常原始的对自然法则的概念，所以它们一定是从远古

时代就流传下来的。①

圣婚仪式在世界各地的表现形式大同小异,成为上古文学和戏剧艺术等活动发生的一种温床。这就给古文化研究提供了重要的启发。著名的中东考古学家、苏美尔研究专家克拉莫尔(S. N. Kramer)受此启发而撰写出专著《神婚仪式》(The Sacred Marriage Rite),以苏美尔、巴比伦文化为重点,全面论述了圣婚仪式在上古社会的政治生活和意识形态中的作用,以及它在诗歌和神话中留下的影响。克拉莫尔指出,这种仪式活动在古代近东地区流行两千多年,其背后的观念是简单而诱人的:为了让人民繁荣幸福、人丁兴旺,国王与激情洋溢的生殖和丰饶女神结婚是其荣幸的义务。女神不仅是迷人的,而且直接掌握着土地的生产能力,以及人与动物子宫的孕育力。②

克拉莫尔还论及圣婚仪式与《雅歌》的关系,认为《圣经·旧约》中作为犹太教圣典而保留下来的爱情诗也是当时希伯来人圣婚仪礼的产物,其男女对话的模式便是显著的证据。③

日本学者中钵雅量的《中国的祭祀与文学》一书,是较早地借用人类学家的圣婚仪式概念考察中国上古文学的成功实例。该书第六章探讨了《诗经》中的神婚仪礼,其作为丰收预祝祭的性质,以及其对"桑中"男女幽会习俗的导源作用。第七章又专门探讨了神婚仪礼在叙述文学中的原型功能,从神婚礼仪到神婚故事的必然过程。④

仪式研究是20世纪文化人类学的重要进展和丰收领域之一,仪式学派的出现给西方传统的古典学(指古希腊、罗马文学和文明)研究和神话研究带来怎样的震动和影响,我们只要看一看20世纪前期崛起的"剑桥学

---

① 詹·乔·弗雷泽:《金枝——巫术与宗教之研究》,徐育新、汪培基、张译石译,中国民间文艺出版社1987年版,第212页。
② S. N. Kramer, The Sacred Marriage Rite, Bloomington: Indiana University Press, 1969, p.49.
③ S. N. Kramer, The Sared Marriage Rite, Bloomington: Indiana University Press, 1969, pp. 84 – 88.
④ 中钵雅量:《中国的祭祀与文学》,创文社1989年版。

派"的丰硕著述,以及在20世纪结束之际问世的当代神话理论家西格尔(R. A. Segal)博士编的厚达五百页的大书《神话与仪式理论文选》(*The Myth and Ritual Theory：An Anthology*),就可以了解其大概了。该书旨在对一个世纪以来围绕着仪式派的神话观所展开的争论、所取得的实际成果和理论进展情况进行全面总结。书中最具匠心的部分是在仪式派理论广泛应用实践基础上提出的"理论改造"(第六部)和对其价值的重估部分(第七部)。看来,迄今为止探讨仪式学派理论与方法在神话与文学研究中应用的最好读物,非此书莫属。① 本文便是借鉴以上学者的论述,从圣婚仪式角度重新探讨中国古代文学中爱情主题的一种升华形式,以此作为对拙著《高唐神女与维纳斯:中西文化中的爱与美主题》(以下简称《高唐神女与维纳斯》)②的补充。

关于圣婚仪式在中国上古的存在形态和起源时间,《高唐神女与维纳斯》已有初步论证,我认为商代甲骨卜辞中的"遘祭",便可视为圣婚仪式的类似形式,其时距今三千多年。而伴随着集体的两性行为(或为象征的,或为实际的)的"高禖——三月三"一类仲春祭俗则是其典型的置换形态。近有学者将东北最流行的民间表演二人转的原型追溯至远古圣婚仪式,并提出辽宁牛河梁新石器时代女神祭坛便是史前居民举行圣婚仪式的现场,距今已有五千年。③ 不论这一大胆假说会招致怎样的争议,我们都可以从中得到足够的启发,意识到从圣婚礼仪角度探讨文艺现象之本源是有广阔思考空间的。

伴随着文明的展开过程,从原始的功利性、巫术性仪式表演,到纯文本的文学置换,性爱的实际活动主要沿着象征化和梦幻化的方向,转化为虚构性的叙述或针对特定情境的咏叹。仪式的女主人公则从地母、生殖母神演化为性爱女神、美神、美女、神女、游女等。直接的两性间的诱惑、挑逗和交合的表现也相应地升华为梦中的期会或邂逅,可望而不可即的期盼,

---

① R. A. Segal ed., *The Myth and Ritual：An Anthology*, Malden：Blackwell Publishers,1998.
② 叶舒宪:《高唐神女与维纳斯:中西文化中的爱与美主题》,中国社会科学出版社1997年版。
③ 杨朴:《二人转与东北民俗》,吉林人民出版社2001年版。

"在水一方"型的咏叹,等等。从《诗经》的"伊人""游女"到《楚辞》的"求女"和香草美人,中国文学中的爱情主题的一种特定表现传统就这样在圣婚仪式主题的改造和升华中逐渐形成了。下面要探讨的是以虚构性叙述的最常见模式:女神或神女作为神秘知识的掌握者和传授者,为男主人公发蒙解惑,或在相当程度上决定主人公未来的命运升降。

二、西王母与周穆王

西王母是上古神话中声名最显赫、叙述故事最完整的女神,后来被道教神话所吸收利用,直到明代《西游记》这样的神幻小说中,依然时常出场亮相。从起源上看,我在《高唐神女与维纳斯》一书中把西王母的前身追溯到商代甲骨卜辞中的"西母",即具有地母身份的"大母神"。当时由王室举行定期的祭祀仪式,用大量的实物牺牲来祭拜这位西方的圣母(与之在方位上对应的是"东母",后世改变性别成为东王公)。

在周代以来的神话中,西王母作为男性主人公神秘的精神导师的形象逐渐形成。《穆天子传》讲述周穆王西征寻访西王母的故事,成为半是历史、半是神话的典型作品,乃至有人将它看作中国汉族的上古史诗,也有学者称之为"中国第一部小说"。[①] 这就充分表明周穆王故事的虚构性。其实,现存的西王母神话已经提供了历史传说《穆天子传》的虚构原型:西王母作为神秘知识的唯一拥有者和启蒙者,男性大英雄后羿就曾跨越千山万水到昆仑山顶来向她求教长生不死的秘诀,而且居然如愿以偿地从她这里拿到不死药。若不是有意想不到的嫦娥窃药举动,男性英雄羿本可以掌握长生不死的诀窍。

与后世道教的求仙主题相应,把不死的期望寄托于男女双修的实践,可以视为圣婚仪式的另一种遗留形式。且看唐代诗人李贺的《马诗二十三首》之七:

---

① 许倬云:《西周史》(增订本),生活·读书·新知三联书店2001年版,第190页。

西母酒将阑,
东王饭已干。
君王若燕去,
谁为拽车辕?

王琦注:《太平广记》:"金母者,西王母也;木公者,东王公也。此二元尊乃阴阳之父母,天地之本源,化生万灵,育养群品。木公为男仙之主,金母为女仙之宗。长生飞化之士,升天之初,先觐金母,后谒木公,然后升三清朝太上矣。燕即宴字,古通用。昔周穆王得八骏之马,驰驱万里,遂宾于西王母,觞于瑶池之上。今既无此马,君王即欲赴宴而去,谁为拽车而往乎?"①

周穆王一生好巡游,但他并非司马迁所说的那种读万卷书、行万里路的纯粹求知者。他是踏着后羿的足迹而去寻访西王母的,他出游的目的当然也是寻仙求道,获得超越凡人的不死特权。所以后人按照"五岳寻仙不辞远,一生好入名山游"(李白诗句)的思路看待周穆王会见西王母的传说,也就在情理之中。

从文化渊源上看,"游王"和"游女"的母题都十分古老。② 美国考古学家、汉学家凯斯雷指出,商代甲骨卜辞中反映的情况表明,商王并非常年居住在王都,而是长时间出游在外的。卜辞中数量最大的一类是"(王)田猎+地名"的形式,似乎不仅是记事,而是显示权力的一种方式。"国家权力是伴随着王和他是占卜师而游走的"。第五期卜辞显示,最后一任商王征伐东南地区的时候,竟有三百多天不在都城。此类情况可以说明一种"游动中的王朝"的存在。"商王的国家观念取决于他旅行的界域,以及他如何显示他的旗帜、扎营、占卜、祈祷和献牲。"凯斯雷得出结论说:王者就是往者,即游走世界的人。中国文学中仪式性的巫术游走主题便发源于

---

① 王琦:《李长吉诗歌汇解》卷二。
② 参看佐伯顺子:《游女的文化史》,中央公论社1987年版。

此。①对此我要补充说,通过远途跋涉而寻找神秘知识(如不死之方等)的文学叙述模式来源于史前社会中最流行的仪式活动——启蒙仪式(又叫成年式、通过仪式),而圣婚仪式中也常常伴有国王游行的程式。著名比较神话学家坎贝尔《千面英雄》一书中归纳出的英雄叙事的普遍模式便由"启程(出游历险)—启蒙式(被女神传授秘密)—回归"的三段式构成。《穆天子传》在结构和主题方面整合了启蒙仪式与圣婚仪式的双重要素,与上述三段式大致吻合,只是女神所传授的秘密知识的内容未在表层叙述中明示,只能从深层的象征意义上去理解,那就是与女神的结合。如坎贝尔所说:"和世界女神王(the Queen Goddess of the World)的神秘结婚象征着英雄对生命的全面掌握;因为女性就是生命,英雄是生命的知晓者和掌握者。"②西王母在神话幻想中总和不死的知识联系在一起,她本身就是生命与再生的象征。洞悉这一层蕴义,周穆王不辞艰险西行万里的目的也就明确起来了。

据《穆天子传》的叙述,穆王幸会西王母时,二人有对歌的情节。西王母作歌,歌曰:

> 白云在天,(天上白云飘飘)
> 山陵自出。(它们出于高低的山陵)
> 道里悠远,(你不远万里来访)
> 山川间之。(千山万水道路阻隔)
> 将子毋死,(倘若你能长生不死)
> 尚复能来。(希望下次能够再来)

周穆王当即答歌一首,歌曰:

---

① David N. Keightley, *The Late Shang State: When, Where, and What in the Origins of Chinese Civilization*, Oakland: University of California Press, 1983, pp. 552 – 553.
② J. Campbell, *The Hero With A Thousand Faces*, New York: Meridian Books, 1956, p. 120.

予归东土,(我回归东方)
和治诸夏。(治理华夏国家)
万民平均,(万民安居乐业)
吾顾见汝。(我就会再来见你)
比及三年,(三年之后啊)
将复而野。(我还要再来你的国度)

从"毋死"和"复来"这两句双关的歌词里,不是隐约透露了神秘知识传授的内涵吗?

在这个三千年前二人对歌的场景中,男性一方是王,女性一方是女神、帝女,正符合圣婚仪式对主人公身份的要求。在圣婚仪式上,女神通过仪式行使为男主人公启蒙的功能,在故事的框架中也是依稀可辨的。而仪式上男女双方相互诱惑、相互夸耀身体和性器官的诗句,在此经过过滤改造,已经完全升华为无限缠绵的相约之辞。

由于把神话当作历史来看,近代以来不少西方学者认为西王母是外国女王。顾实先生以为西王母所作的诗歌是汉语的,所以她也应是汉人。[①] 萧兵先生更进一步认为,西王母是从汉邦中远嫁到域外异族的公主,实为王昭君出塞的原型。[②] 这些历史化的观点未能区分文学虚构与史实的差别,自然不会追问文学叙述的宗教仪式原型。如果我们参看一下比较神话学家归纳出的英雄神话的普遍模式化叙述,对此差别就能有较深切的理解。《千面英雄》所论三段式的第二段"被传授奥秘"中,有"与神女相会"母题:

克服了所有的障碍和妖魔之后,终极的冒险通常表现为胜利英雄的灵魂和世界女神王的神秘结合。这是一个发生在天底、天顶、世界的边缘、宇宙的核心,或在神圣的庙宇,或在内心幽暗的

---

① 顾实:《穆天子传西征讲疏》影印本,中国书店1990年版,第42页。
② 参看叶舒宪、萧兵、郑在书:《山海经的文化寻踪——"想象地理学"与东西文化碰撞》,湖北人民出版社2002年版。

最深处的关键时刻。①

无论是神话中的后羿,还是传说中的周穆王,都是在经历了凡人无法逾越的艰难险阻和长途跋涉之后,来到"世界的边缘"处,才有可能遇见西王母的。后羿的启蒙是获得常人不可及的不死药,周穆王似乎只得到西王母的一句"将子毋死"的祝词。从苏美尔圣婚仪式上女神的歌词看,祝词也是一种常见的对歌方式。

三、瑶姬与楚王

> 碧丛丛,高插天,大江翻澜神曳烟。楚魂寻梦风飋然,晓风非雨生苔钱。瑶姬一去一千年,丁香筇竹啼老猿。古祠近月蟾桂寒,椒花坠红湿云间。

这是李贺名诗《巫山高》全文,追念的是一千多年以前楚襄王在巫山寻梦神女的故事。此外,李贺的《荣华乐》《阑香神女庙》也提到瑶姬;还有,《湘妃》中的"巫云蜀雨遥相通",《神玄别曲》中的"巫山小女隔云别",等等,一次又一次地写到巫山神女。

李贺是中国文学中最引人注目的想象力天才,素有"鬼才"之称,死时年仅24岁。是什么样的缪斯牵引着这位少年诗人的灵感呢?翻翻《李贺诗集》就会看到,诸如玄女、素女、西王母、女娲、嫦娥、湘夫人、瑶姬等等,上古神话的所有著名的女神和神女几乎一应俱全地呈现在李贺为数不太多的诗篇中。诗人被压抑的性爱欲望幻化为怜香惜玉的咏叹和种种空灵缥缈的美幻虚拟现实。他的诗在某种程度上充当了他治疗精神创伤的良药,超离现实挫折和苦闷的工具。这些幻想中的女性存在如何能让年轻的诗人跨越时空限制,把欲望提升为精神,再让精神遨游宇宙的呢?英国诗人兼神话学家格雷福斯曾撰写大著《白色女神》,从古典神话的幻想世界

---

① J. Campbell, *The Hero With A Thousand Faces*, New York: Meridian Books, 1956, p.109.

寻找英国诗人的灵思之源。① 相应地,我们只要回顾一下李贺笔下的神女瑶姬的典故,就可以大致窥测到诗人潜意识中的创作动力之一源了。

据宋玉《高唐赋序》注印《襄阳耆旧传》:"赤帝女曰瑶姬,未行而卒,葬于巫山之阳,故曰巫山之女。楚怀王游于高唐,昼寝,梦见与神遇,自称巫山之女,王因幸之。遂为置观于巫山之南,号为朝云。后至襄王时,复游高唐。"高唐神女作为处子主动与出游的楚王发生云雨之情,这个艳遇式的故事虽然是发生在楚王的白日梦中,却依然给后代的人们留下巨大的吸引力,使包括李白、李贺、李商隐在内的大批诗人津津乐道。李白《感兴八首》有云:"瑶姬天帝女,精彩化朝云。婉转入宵梦,无心向楚君。"在这样一场白日梦似的艳遇传奇中,值得注意的是男女主人公的身份,男方为王,女方为神女。那么这是不是将古代的现实的圣婚仪式转化到文学的梦境中了呢?如果这种特殊身份人物的性爱结合伴随着给男主人公启蒙的意义,那么答案就应是肯定的。

好在《高唐赋》结尾处的几句透露出这一层意思:"盖发蒙,往自会。思万方,忧国害,开圣贤,辅不逮。九窍通郁,精神察滞,延年益寿千万岁。"我在《高唐神女与维纳斯》中把这种"发蒙"作用解释为性爱的精神启悟功能,它不仅催生出中国叙事文学中"以情悟道"的表现传统,而且为性梦文学开了先河。不过,当时对末句"延年益寿千万岁"未加留意。现在,与周穆王、西王母的对歌相对照,可以看出,俗间男子与神界女性的相会常常带有超脱现实束缚、追求长生的意蕴。"以情悟道"的主题自然导向"成仙得道"的主题。

瑶姬的这种启蒙导师身份,在后来产生的帮助大禹治水成功的云华夫人传说(见杜光庭《墉城集仙录》卷三)中,就更加明确和突出了。只是神婚的性内容被完全升华掉了,成仙得道或求长生的主题置换为追求建功立业的主题,俗男与圣女之间的关系有如九天玄女和宋江的关系。

随着时代的推移,民间幻想由虚无走向实际,巫山神女从精神上的性启蒙师,派生为现实中的导师。三峡地区广为流传的"神女导航"故事,便

---

① R. Graves, *The White Goddess*, New York: Octagon Books, 1972.

是这种神话世俗化的例子。《四川史地丛书·长江万里行》记载:"神话中说:古时候西王母的小女儿瑶姬,腾云来到巫山上空,看到一群孽龙在天空殴斗,骚扰百姓。她便停下来,击毙孽龙,为民除害。后又派人帮助大禹凿开三峡,疏通河道,并且自己留下来为行船导航,最后就化成了神女峰。她日日夜夜俯视着江面,第一个迎来朝霞,又最后一个送晚霞而去。"

在这个地方化的神女故事中,与云华夫人传说相对应,瑶姬被说成西王母的女儿,这就在某种程度上勾勒出作为神秘知识传授者的女神——神女的相关谱系。从象征性的精神启蒙,到现实中的行船导航,幻想叙述的内容完全变了方向,但神女的导师身份却依然不变。父权制社会中的一个个古帝与圣王,为什么一到了文学虚构世界中,都要有一位女性的启蒙导师呢?周穆王如此,楚怀王如此,大禹如此,中华始祖黄帝又何尝不是如此?

四、素女与黄帝

汉赵晔《吴越春秋·勾践伐吴外传》云:

> 越王还于吴,当归而问于范蠡曰:"何子言之其合于天?"范蠡曰:"此素女之道,一言即合。大王之事,王问为实,金匮之要在于上下。"越王曰:"善哉!吾不称王其可悉乎?"蠡曰:"不可。昔吴之称王,僭天子之号,天变于上,日为阴蚀。今君遂僭号不归,恐天变复见。"

这里越王勾践对范蠡料事如神、洞悉天命的本领感到惊讶,向他询问究竟如何达到这种洞察一切的境界,范蠡举出"素女之道"作为说明,显然具有十足的神秘色彩。素女既然是掌握天道奥秘的神女,她对于凡界的俗人来说,自然永远是向往和膜拜的女性偶像。在民间想象和文人的幻想之中,她会以千变万化的形式反反复复地出现。通常是掌握着天机和智慧的女启蒙导师,给男性主人公带来开悟和成功的契机。

汉代以降,她以黄帝的老师身份,出现在房中著述里,并且成为书名,如《素女经》《素女方》之类。东汉张衡《同声歌》："素女为我师,仪态盈万方。众夫所稀见,天老教轩皇。"讲的是轩辕黄帝如何向素女求教的事迹,由于添加了仪态万方和众所稀见的夸张描述,这里的素女比范蠡的只言片语提到的更加具有神秘感和诱惑力,俨然一位超凡脱俗的美女。范蠡是战国时代南方最著名的智者;张衡是汉代最伟大的科学家之一,候风地动仪的发明者。连他们都对素女的存在和神奇智慧称颂不已,更何况普通民众。

下面是《素女经》开篇所记述的问答对话:

黄帝问素女曰:吾气衰而不和,心内不乐,身常恐危,将如之何?

素女曰:凡人之所以衰微也者,皆伤于阴阳交接之道尔。夫女之胜男,犹水之胜火,知行之,如釜鼎能和五味,以成羹嚯;能知阴阳之道,悉成五乐。不知之者,身命将夭,何得欢乐?可不慎哉!

黄帝问素女曰:今欲长不交接,为之奈何?

素女曰:不可。天地有开合,阴阳有施化,人法阴阳随四时。今欲不交接,神气不宣布,阴阳闭隔,何以自补?[①]

黄帝之名虽不见于《诗经》《尚书》《春秋》等周代典籍,但自战国时代以来多有记载,司马迁《史记》也说到"百家言黄帝"的盛况。可知秦汉以来,黄帝作为华夏共祖的地位已经奠定。在黄老之学盛行的汉代,孔子和儒家道统的"祖述尧舜"已经变成"祖述黄老",一切的知识和文化发明都被归功于始祖轩辕黄帝。而这位完全神化的祖先神和圣王,却也要向素女请教。《素女经》假托者的逻辑十分明确,关于男女性爱方面的知识由一位神幻的女性所掌握。贵如黄帝者,在这方面也要虚心地拜素女为师。后者不仅独自拥有两性方面的秘传知识,而且也是洞悉"天地开合,阴阳施

[①] 叶德辉编:《双梅影闇丛书》影印本,海南国际新闻出版中心1998年版。

化"之理的神圣导师。她既能充当黄帝的性爱活动的启蒙者,又是兼具保健医师和精神导师双重资格的女仙。犹如在《神曲》一书中引导主人公游历和升天的女向导贝亚德丽彩。

上古文学中出现的这种神女形象在两千多年的中国文学史上流传演变,置换为各种不同名称的幻想女性,但是在为男主人公施以启蒙教化、解惑开窍或密授天机这一点上,却始终如一,没有实质的变化。下面要讨论的是同一模式在一千多年后的明清小说中的表现。

五、九天玄女与宋江

前文讨论素女时已经提到,素女又称玄女,二者皆为具有神秘的宗教或方术背景的神女。房中著作里有《素女经》,也有《玄女经》,可知素女、玄女的身份具有等值的性质。神女与人间的凡女不同,总有天上的背景。"九天玄女"这样的神秘女导师就这样顺理成章地被《水浒传》塑造出来了。这部长篇小说虽然是古典文学中表现厌女症主题最突出的作品,以突出男性英雄、丑化女性人物而著称,但是却没有忘记为第一号男主人公安排一位神幻的女导师,由她所传授的天书预先决定书中人物的命运。

《水浒传》第四十一回"还道村受三卷天书,宋公明遇九天玄女",写宋江回乡接老父上梁山,不料遇官府追捕,慌忙逃走,躲进还道村玄女庙,由九天玄女施法赶走官兵,召见宋江。先饮以美酒,赐予仙枣,然后:

> 青盘中托出黄罗袱子,包着三卷天书,度与宋江。宋江看时,可长五寸,阔三寸。不敢开看,再拜祗受,藏于袖中。娘娘法旨道:"宋星主,传汝三卷天书,汝可替天行道,为主全忠仗义,为臣辅国安民;去邪归正,勿忘勿泄。"宋江再拜谨受。娘娘法旨道:"此三卷之书,可以善观熟视,只可与天机星同观,其他皆不可见。功成之后,便可焚之,勿留在世。所嘱之言,汝当记取。目今

天凡相隔,难以久留,汝当速回。"①

　　《水浒传》又称《忠义水浒传》,突出男性英雄的忠义精神,是小说的道德主旨。第一主人公宋江从九天玄女那里领受"替天行道,全忠仗义"的天书圣旨,成为全书叙述的"诗眼"所在,这一情节充满了虚幻和神秘的色彩。为什么这样呢?

　　俗话说,天机不可泄露。《水浒传》要表现神圣女导师泄露天机给男主人公,就不得不细心营造出不寻常的神幻氛围。我们知道,人与神之间异类殊途,不得轻易相逢相见。只有在非常特殊的场合之下,方有这种可遇而不可求的机遇,就像《旧约》所叙摩西在西乃山遇见上帝。文学的虚构叙事往往用由现实转入梦幻的手法,为主人公遇见神灵的超时空背景。前面讲到的楚王见巫山神女就是白日梦的产物,《水浒传》描述的宋江见神女也不例外。小说叙述宋江得天书后,玄女派童子送他离去:

　　　　宋江便谢了娘娘,跟随青衣女童下得殿庭来。出得棂星门,送至石桥边,青衣道:"恰才星主受惊,不是娘娘护佑,已被擒拿。天明时,自然脱离了此难。星主看桥下水里二龙相戏!"宋江凭栏看时,果见二龙戏水。二青衣往下一推,宋江大叫一声,却撞在神厨内,觉来乃是南柯一梦。

　　著名的评点家金圣叹在此留下的评语是:"入梦时不说是梦,至出后始说,此法诸书遍用,而不知出于此。"宋江梦虽已醒,用手摸进袖子里,却果然有三卷天书,还觉得口中还有酒香。宋江想道:"这一梦真乃奇异,似梦非梦!若把做梦来,如何有这天书在袖子里,口中又酒香,枣核在手里,说与我的言语都记得,不曾忘了一句?不把做梦来,我自分明在神厨里,一交颠将入来。有甚难见处,想是此间神圣最灵,显化如此。"后从庙中走出,抬头看时,方知牌额上有"玄女之庙"四个金字。

---

① 金圣叹评点:《第五才子书施耐庵水浒传》,中州古籍出版社1985年版,第685页。

法国哲学家巴什拉说:"梦想与做梦是那么不同,后者经常带有阳性的重音,而梦想,在我们面前呈现,确实是阴性本质。"他还说:"对于任何一个人来说,无论是男人或是女人,梦想确实是心灵的一种阴性状态。"①心灵的阴性状态用神秘的女性形象来做召唤和向导,似乎也是顺理成章的了。

下面再让我们看看中国文学中最著名的一个例子,《红楼梦》的第一主人公如何由神秘的女性形象引导而经历幻境仪式,完成圣婚启蒙的性觉悟过程。

六、警幻仙姑与贾宝玉

《红楼梦》第五回"贾宝玉神游太虚境,警幻仙曲演红楼梦",一般红学家以为是全书的纲领所在,其作用恰恰相当于《水浒传》第四十一回。这里的叙述母题有:男主人公昼寝、白日梦、进入美幻之仙境、神女导游、窥见天书、性爱启蒙、梦醒回归尘俗等。几乎是标准的美人幻梦型作品。而有关神女导师即警幻仙姑和仙境的描写,则超出了以往的一切同类作品,达到登峰造极的地步。同样的窥见天书,与《水浒传》中写宋江的白日梦不同,贾宝玉的入梦在一开始就做了预兆性铺垫,而不只是在梦醒时才让主人公知道是梦。这种铺垫有如精神分析医师有计划有步骤地为患者进行催眠致幻术。

先写贾宝玉如何因中午倦怠而被带入秦可卿的卧室:刚入房中,便有一股细细的甜香袭人,宝玉便觉得眼畅骨软,连说"好香!"向壁上看时,有唐伯虎画的《海棠春睡图》,两边有宋学士秦太虚写的一副对联云:"嫩寒锁梦因春冷,芳气袭人是酒香。"这样一阵铺垫之后,贾宝玉就是不想入梦,也由不得他了。于是,合眼睡去,"遂悠悠荡荡,随了秦氏至一所在。

---

① 加斯拉·巴什拉:《梦想的诗学》,刘自强译,生活·读书·新知三联书店1996年版,第25页。

但见朱栏玉砌,绿树清溪,真是人迹不逢,飞尘罕到"①。宝玉在梦中欢喜,想到在这里过一生也好。忽听女儿歌声,但见一位丽人,蹁迁袅娜,与凡人不同。她对宝玉说:"吾居离恨天之上,灌愁海之中,乃放春山遣香洞太虚幻境警幻仙姑是也,司人间风情月债,掌尘世之女怨男痴","可试随我一游否?"于是,宝玉随她入太虚幻境,得见金陵十二钗。这乃是世间凡人无由一见的"天机"所在,书写着人间众女子过去未来的命运,正是所谓神秘知识。随后又教宝玉一边饮仙酒,一边听唱《红楼梦》十二支歌曲,希望他领会其中的玄机,所唱无非是人间儿女情皆为水月镜花,富贵荣华也到头来一场空。如其末首《飞鸟各投林》云:"为官的,家业凋零,富贵的,金银散尽;有恩的,死里逃生,无情的,分明报应。欠命的,命已还,欠泪的,泪已尽。看破的,遁入空门,痴迷的,枉送了性命。好一似食尽鸟投林,落了片白茫茫大地真干净!"②谁知宝玉经过这些教诲之后,仍旧似懂非懂,不能开悟。警幻仙姑只得采用以欲止欲的撒手锏,安排宝玉与可卿相配,"秘授以云雨之事"。让他领略此仙闺幻境之风光尚然如此,何况尘境之情景哉?

警幻仙姑这位女精神导师在超自然身份和虚幻色彩表现形式上,与穆天子的导师西王母、楚怀王的导师巫山神女、黄帝的导师素女、宋江的导师九天玄女等前辈没有太大的不同,但是在给男主人公启蒙的实质内容方面,却与以往截然不同了。那就是,她不再把延年益寿、追求长生的道家理想或替天行道的儒家教条当作真知加以传授,而是用颇具佛家特色的虚无性的色空观来让主人公觉悟。为此,她采用了与巫山神女瑶姬同样的手段,以性爱活动作为让男主人公发蒙解惑的方式,从男女之大欲的纵容与释放过程来引导精神的觉悟的契机。警幻还为此编造出一套"意淫"理论,对宝玉实施教化:"好色即淫,知情更淫。是以巫山之会,云雨之欢,皆由既悦其色,复恋其情所致也。吾所爱汝者,乃天下古今第一淫人也。"宝玉从梦幻中醒来,果然如法炮制地完成性启蒙仪式,与袭人再行"云雨"。

---

① 曹雪芹:《红楼梦》校注本,北京师范大学出版社1987年版,第91页。
② 曹雪芹:《红楼梦》校注本,北京师范大学出版社1987年版,第100—101页。

我们知道,原始部落社会中的少年只有在完成启蒙仪式后才获得成人的身份,可以开始性活动或婚娶。宝玉的启蒙式虽然是梦中进行的,其实际功效却是一样的。《红楼梦》在上演完金陵十二钗的全套故事后,让历劫红尘十九年的主人公最后遁入空门,终于完成了因情悟道和以欲止欲的修持大业,让第五回中宝玉梦幻里看到的"白茫茫大地真干净"的谶诗全部应验。这样,远古流传下来的圣婚仪式的叙述原型被改造为佛教现身说法的一种形式了。这,我们在《肉蒲团》一类"以欲止欲"主题的前代小说那里已有所领教。

从思想渊源方面看,《红楼梦》的这种构思也不是曹雪芹的独创,而是由来已久的。如钱锺书评《列子》的"恣欲"养生论所说:

> 老庄之"贵身""养生",主"损"主"啬"主"扃闭"。《列子》之"养生",主"肆"与"恣",深非"废虐之主";"勿壅勿阏"之于"扃闭",如矛盾相接,箭锋相拄。《文子·上礼》《淮南子·精神训》抨击"终身为哀或悲人"之"雕琢其性,矫拂其情",禁目所欲,节心所乐,而谓"达至道者则不然","纵体肆意,而度制可以为天下仪";则酷肖"从心所欲不逾矩",与《列子》貌同心异。王世贞记明讲学有颜山农者,每言"人之贪财好色皆自性生,其一时之所为,实天机之发,不可壅阏之,第过而不留,勿成固我而已";实与《列子》暗合。英诗人勃来克再三言:"欲愿而不能见诸行事,必致灾疾";正"勿壅勿阏"尔。斯理至近世心析学之说"抑竭""防御""占守"而大畅。智者《摩诃止观》卷二论"修大行"有云:"若人性多贪欲,机浊炽盛,虽对治折服,弥更增剧,但恣趣向。"则不仅"养生"须"恣",修行亦可先"恣"。①

巫山神女和警幻仙姑所采用的启蒙方法大致都是让主人公先恣纵其色欲,这与"不见可欲"的禁欲主义方法恰恰相反。

---

① 钱锺书:《管锥编》,中华书局1982年版,第516—518页。

总结本文的讨论，我们通过一系列文学案例的排比和分析，透视了中国的文学想象世界中一道特殊的景观：男主人公期待着同某一位具有超自然身份的女导师相遇；这场俗男与神女的相逢在功能上相当于一次启蒙仪式或成年仪式，它给主人公带来至关重要的性启蒙和精神启蒙，从而在他的俗身上实现天命意志。从总体上考察，中国虚构叙述中的这种表现模式发源于远古社会的圣婚仪式，在后代的文学想象中演化出各种不同的置换方式。

孝与鞋：中国文学中的俄狄浦斯主题

一、作为反俄狄浦斯情结的"孝"

中国传统伦理思想中的"孝"一直被看成是某种得自生物遗传的人类天性。《孟子·尽心上》云：

> 人所不学而能者，其良能也；所不虑而知者，其良知也。孩提之童，无不知爱其亲也；及其长也，无不知敬其兄也。

孟子在这里明确表示，孩童爱父母和敬兄长都是"不学而能""不虑而知"的，孝与悌就这样被理解为人的良知良能了。中国古代伦理学说正是以这种未经逻辑证明的"孝悌本能"假说为基础的。儒家思想的核心范畴"仁"便以此种虚假的本能论为其立论前提。如《论语·学而》中所确认："孝弟也者，其为仁之本与。"孟子也附和着说"仁之实，事亲是也"。① 《孝经》更是依此本能而大做文章，提出"夫孝，始于事亲，中于事君，终于立

---

① 《孟子·离娄上》。

身"的系统孝道。"孝"真的是人类与生俱来的情感或素质吗?

现代社会生物学和精神分析学为我们重新审视在中国文明史上讹传三千年的孝本能假说提供了新的角度。从人类学的跨文化比较出发,考察"孝"与中国文化的内在关系将是富有启示意义的。它将告诉人们,"孝"非但不是人的本能,而且恰恰相反,是一种"反本能"的文化建构,是华夏文明中特有的"反俄狄浦斯情结"的宗教化,是中国文化塑造出的中国人的"第二天性"。不仅如此,作为反俄狄浦斯情结的"孝"还通过它塑造的人格范型反过来适应并强化着中国式宗法社会结构。按照帕森斯的文化与个人关系理论,"孝"对于个体成员来说,乃是传统父权制文化通过父母而内化到每个社会成员心理中的"超我"要素,其初始功能在于控制和弱化个人的俄狄浦斯欲望。从总体而言,"孝"在中国封建宗法制社会中成功地完成了调解和消除父子冲突、个人与群体冲突的职能,是有效地构建个体、家庭与社会之间和谐秩序的不二法宝。如果把中国封建社会的历史看成一个大家庭的家史,那么使这个大家庭维系数千载而不至于分崩解体的至上家规就是"孝"。

按照精神分析学的观点,俄狄浦斯情结的主体是处在父、母、子三角关系中的儿子。情结作用促使儿子无意识地拒斥父亲在这个三角关系中的权威,反抗乃至企图从肉体存在上消灭父亲。作为取代父亲的另一种尝试,儿子还会本能地亲近母亲,直至从肉体上占有母亲。新兴的社会生物学从更宏阔的进化视野上为俄狄浦斯情结学说提供了旁证。爱德华·奥斯体·威尔逊在《新的综合——社会生物学》一书论证了进化过程中由性竞争引发的代际冲突问题,从一个方面说明了产生俄狄浦斯冲动的生物学依据。他指出:随着从生物向文化的发展进程,"子代需要亲代更多的服务,而亲代则试图尽可能生育更多的后代——传播更多的基因。这种需要上的差别导致了亲代与子代之间利益上的矛盾冲突。在解决这类冲突时,亲代甚至不惜对子代进行必要的惩戒性侵犯"[1]。由于亲代在社会中的地

---

[1] 爱德华·奥斯体·威尔逊:《新的综合——社会生物学》,李昆峰编译,四川人民出版社1985年版,第154页。

位永远高于他们所生育出的子代,所以人类原始文化的所有群体毫无例外地存在着长者的权威,文明社会所发展起来的法律和道德也总是有助于发挥长者权威,帮着亲代统治和惩戒子代,而不是相反。"孝"作为亲代对子代单向要求的价值规范,同史前文化中的"乱伦禁忌"一样,也是以这种社会生物学意义上的代际冲突为其发生根源的。

人类学家普遍认为,人类进化过程中所采用的最早的性禁忌是旨在消除亲代与子代之间性竞争的乱伦禁忌:首先是禁止不同辈分之间的性关系,其次是禁止同辈亲属之间的性关系。① 汉语中表示"人伦"和"伦理纲常"的"伦"概念的本义,按《说文解字》所释,便是"辈"的意思,恰相当于今人所说的"代"。可见汉民族关于乱伦的观念,最初也专指超越辈分的性关系而言。② 而作为伦理核心的"孝"自然也同针对代际间性冲突的乱伦禁忌一脉相承了。

《吕氏春秋·壹行》中有"人伦十际"说:"先王所恶,无恶于不可知。不可知,则君臣、父子、兄弟、朋友、夫妻之际皆败矣。十际皆败,乱莫大焉。凡人伦,以十际为安者也。释十际,则与麋鹿虎狼无以异。"③

这段话表明,从区别不得婚配的辈分关系的"伦"之本义,到文明中扩大了的人伦观念,原始的性禁忌成为中国式礼法道德建立的一个源头。在"十际"之中,君臣、兄弟、朋友、夫妻八际都是从父子二际——社会生物学所说的代际关系中类推出来的。用人类学家列维-斯特劳斯的话说,"乱伦禁忌乃是人类社会的基础,在某种意义上它就是社会"④。

俄狄浦斯情结具有本能的自发性,而反俄狄浦斯情结的"孝"则纯粹是一种文化建构,它用防患于未然的方式从心理上消解着儿子们对双亲抱有的潜意识中的攻击性。中国文化之所以是较为典型的反俄狄浦斯文化,

---

① 怀特(L. A. White):《乱伦的定义与禁制》,见麦克迪等编:《文化人类学读本》,美国小布朗出版公司1979年版,第95页。
② 《管子·八观》:"倍(背)人伦而禽兽行。"《庄子·渔父》:"人伦不饰,百姓淫乱。"皆是其例。
③ 《吕氏春秋》高诱注本卷二十二,《诸子集成》本。
④ 列维-斯特劳斯:《乱伦与神话》,见叶舒宪选编:《神话-原型批评》,陕西师范大学出版社1987年版,第234页。

除了正面倡导和强调的"孝"与"伦"之外,还体现在两个针对俄狄浦斯情结的特有概念上:一曰"弑",它是针对儿子敌视并试图取代父亲的无意识冲动而特设的惩戒性概念,弑之罪比一般的杀人要重得多。二曰"烝",它是针对儿子对母亲的无意识的性攻击欲而特设的惩戒性概念,烝之罪被类比为禽兽行为。弑父烝母者须从人类群体中剪除。

文明社会不同于原始社会,它对乱伦冲动的抑制除了外在于人的禁忌法则之外,更要依靠内在于人心中的超我的声音。中国文明中的"孝"正代表了这种声音。弑与烝,分别意指着已经实现了的俄狄浦斯冲动,这两个概念预示了犯罪后的惩罚。"孝"则不是以事后惩罚为威胁,而是以事前的心理建构为手段,从本源上消解俄狄浦斯冲动,防止攻击行为的出现。如罗伯特·贝拉所言:"儒家的父子关系观念阻止除了顺从之外的任何俄狄浦斯情结的矛盾情感。这样一来,这种顺从归根结底不是顺从个人,而是顺从人们认为具有最高效力的个人关系模式。"① 历代统治者之所以大倡孝道,原因之一是君王与父亲的类比直接派生出由"孝"到"忠"的引申。《孝经》明言孝者要"始于事亲,中于事君",而孔子也早意识到"其为人也孝悌,而好犯上者,鲜矣"②的道理。这都表明"孝"的作用已从对乱伦冲动的抑制扩展到对个人"犯上作乱"攻击欲的心理性"阉割"了。一代代愚忠愚孝的病态人格就这样适应着专制统治的需要而被推到官方意识形态的前台,不忠不孝者被骂为"乱臣贼子",在史传与文学中遭受着永无止境的"口诛笔伐",而俄狄浦斯式的人物却似乎从未在古典文学中露过脸面。

这最后一点很值得治中西比较文学者三思。

二、鞋:俄狄浦斯主题的中国变形

人类学家怀特曾就西方文学史上的俄狄浦斯主题做过如下论断:"从索福克勒斯到尤金·奥尼尔,乱伦一直是所有文学主题中最为流行的主题

---

① 贝拉:《基督教与儒教中的父与子》,见《信仰之外》,哈波出版公司1976年版,第95页。
② 《论语·学而》。

之一,人们对它好像从不倦,不断地发现它是历久常新而且引人入胜的。"① 学者们还发现,除西方以外的各民族文学中也都存在着这样那样类似俄狄浦斯神话的作品,因而提出了俄狄浦斯主题的"国际性"问题。② 不过迄今所知的类似故事虽然几乎覆盖了整个新旧大陆,甚至在大洋洲土著和美洲印第安人中广泛流传③,却尚未在源远流长的中国文学长河中找到名副其实的对应角色。从文化与人格的相互作用着眼,以"孝"为教的华夏文明最成功地消解着个人心理中的俄狄浦斯冲动,这也许是对上述文学现象阙如的简单解释吧。

然而,更细致的考察使我们看到,俄狄浦斯式母子乱伦的主题在古典文学中并非全然绝迹,只是其表现方式异常隐晦曲折,有待于借助原型批评的系统透视和精神分析的敏锐性做进一层的开掘和知微见著的剖析。④

清代宿儒纪昀《阅微草堂笔记》卷十三记述了如下故事:

> 凤凰店民家,有儿持其母履戏,遗后圃花架下。为其父所拾,妇大遭诟诘。无以自明,拟就缢。忽其家狐祟大作,妇女近身之物,多被盗掷弃他处,半月乃止。遗履之疑遂不辨而释,若阴为此妇解结者,莫喻其故。⑤

乍看起来,这只是个荒诞不经的怪异故事,同明清之际流行的狐鬼传奇之类无大差别。但稍微留意就发现并不那么简单了:故事中的三个出场

---

① 怀特:《乱伦的定义与禁制》,见麦克迪等编:《文化人类学读本》,美国小布朗出版公司 1979 年版,第 95 页。
② 参看威廉·N. 斯特芬:《俄钦浦斯情结:跨文化的证据》,纽约,1962 年版;洛威尔·艾德蒙:《俄狄浦斯:古老的传说及其后代类缘》,约翰·霍普金斯大学出版社 1985 年版。
③ 分别参看 W. A. 列萨:《大洋洲的俄狄浦斯型故事》,载《美国民俗学杂志》1956 年第六十九卷,第 63—73 页;叶舒宪选编:《神话 – 原型批评》,陕西师范大学出版社 1987 年版,第 233—241 页。
④ 关于俄狄浦斯主题在中国邻邦日本文学中的变体形式,可参看叶舒宪、李继凯:《光·恋母·女性化》,载《东方丛刊》第二辑,广西师范大学出版社 1992 年版;叶舒宪、李继凯:《太阳女神的沉浮——日本文学中的女性原型》,陕西人民教育出版社 1992 年版。
⑤ 纪昀:《阅微草堂笔记》,上海古籍出版社 1980 年版,第 297 页。

人物恰好构成父、母、子三角关系,其中的母子关系表现为"儿持母履戏"这一意味深长的细节,它直接导致母亲失贞的嫌疑,遭到丈夫的严厉"诉诘",遂求自尽。这个情节自然使人想到俄狄浦斯神话中的母亲俄卡斯无意中失贞于儿子后自尽。相比之下,中国故事中的母与子并未发生实际的性爱关系,乱伦主题并没有直接地出现在叙述层次之中。不过如精神分析学家弗罗姆所指出,神话、童话和小说常常像梦一样,用象征语言表达"灵魂的内在经验"和"宗教与哲学的观念",故事的表层只是这种潜在意义的象征外壳。[①] 假若我们把儿子玩弄母亲的鞋看成是一种象征语言外壳,情况又会怎样呢?鉴于这只微妙的"履"在故事中构成了母子之间关联的媒介,是否可以由此入手破译故事的象征隐情呢?

弗洛伊德在《释梦》中通过临床观察所得经验,认为一切中空的物体在梦中均可作为女性性器的象征;在《精神分析引论》中又特别指出,鞋和拖鞋都是女性生殖器的象征。[②] 若此,儿子持母亲之鞋戏玩的细节似乎很隐蔽地影射着儿子与母亲之间的暧昧关系,因而可以视为乱伦主题的象征性表现。这样理解之后,父亲发现此鞋后的暴怒和母亲试图以死解脱的情节似乎也都变得前后连贯、顺理成章了:这是一个经过无意识的伪装之后变了形的中国式俄狄浦斯故事。

在谈性色变的文化氛围中,弗洛伊德在中国的名声远不如在西方那样如雷贯耳。很可能有人会怀疑,照搬弗氏的性象征学说解释中国古代故事是否合理?当我们用原型批评的眼光考察鞋的性象征意义在中国文学中所形成的悠久传统之后,或许足以使这种怀疑顿然冰释吧。在中国各地的民间故事或民间歌谣中,常可看到以鞋象征性爱的情形,这同西方文学没有实质上的不同,甚至显得更加普及和流行。陕西凤县民歌中有一首题为《情哥带信要做鞋》,其歌词是这样的:

[①] 弗罗姆:《被遗忘的语言》第七章"神话、仪式、童话与小说的象征语言",纽约,1976年版。
[②] 弗洛伊德:《精神分析引论》,商务印书馆1984年版,第118页。

> 老鸦飞去又飞来,
> 情哥捎信要做鞋,
> 半夜子时打梢子,
> 半夜子时来取鞋。①

此处的"半夜取鞋"显然暗示着两人之间的私情。若真是取鞋,怎么会安排在半夜子时呢?这对情侣在尚未明媒正娶缔结婚姻的情况下,只能于夜深人静时悄悄幽会。民歌中用"取鞋"来表达他们的私通关系,正好可借表面意义去瞒过礼法道德的"检查"作用,使此歌不至于因"诲淫"之嫌而遭唾弃。

如果把这首歌中鞋的象征用法视为"比",那么《金瓶梅》一书中的鞋的象征用法则可称为"兴"了。按照朱熹对比兴的较权威性的解释,"兴"是一种"先言他物以引起所咏之词"的表现手法。《金瓶梅》的作者成功地把这种传统诗学的手法移植到小说中,在第二十八回"陈敬济侥幸得金莲"中以鞋起兴,敷演出许多文章来。本来陈敬济与潘金莲二人有心勾搭,却无良机,恰逢潘氏将一只大红鞋遗失在后花园葡萄架下,为陈所得——

> 这敬济把鞋褪在袖子中,自己寻思:"我几次戏她,她口儿且是活,及到中间,又走滚了。不想天假其便,此鞋落在我手里。今日我着实撩逗她一番,不怕她不上帐儿。"正是:时人不用穿针线,那得工夫送巧来?②

陈敬济袖着此鞋来见潘金莲,要求她将袖中的汗巾作为信物交换这鞋,交涉良久,但见:

---

① 《中国民间文学集成陕西卷·宝鸡歌谣集成》,宝鸡市民间文学集成办印行,1988 年版,第 154 页。
② 兰陵笑笑生:《金瓶梅》,齐鲁书社 1986 年版,第 425 页。

>　　妇人笑道："好个牢成久惯的短命！我也没气力和你两个缠。"
>（张竹坡批语：口诺心许矣。）于是向袖中取出一方细撮穗白绫挑线
>莺莺烧夜香汗巾儿，上面连银三字儿都掠与他。有诗为证：
>　　郎君见妾下兰阶，来索纤纤红绣鞋。
>　　不管露泥藏袖里，只言从此事堪谐。

这一段关于鞋的情节象征性地完成了缔结私情的任务。张竹坡在二人交换汗巾与鞋的叙述后批语说："何啻山盟海誓。"而小说作者也特意在诗中点明"从此事堪谐"，暗示二人得遂鱼水之欢。由此看来，拾鞋的情节乃是作为引出后文中的私通而预设的起兴之笔。兰陵笑笑生对于鞋与女性性器的象征联系无疑是了然于心的，唯其如此，他才能巧妙安排这场"鞋兴"引出的闹剧。如张竹坡在本回回批中所言："因金莲之脱鞋遂使敬济得花关之金钥，此文章渡法也。"张氏对鞋的敏感甚至驱使他对此处的鞋展开了空前的统计定量分析："此回单状金莲之恶，故惟以鞋字播弄尽情，直至后三十回，以春梅纳鞋，足完鞋子神理。细数凡八十个鞋字，如一线穿去，却断断续续，遮遮掩掩。……"[①]

其实，张竹坡批语虽颇具慧眼，但在表达上却也是"遮遮掩掩"，因为他运用了另一种象征语汇来解说鞋的象征蕴含。所谓陈敬济因拾鞋而"得花关之金钥"，按照精神分析的思路可以得到原义还原：花关为女阴之隐喻，而钥匙则为阳物之隐喻。[②] 在作家与批评家这种欲露故藏的遮掩之下，鞋在《金瓶梅》中的性象征功用始终未能得到充分的认识。也许更多的人把它看作是一种可有可无的道具，就像诗中常见的起兴，只求语音上的呼应而无意义上的作用。当我们读到另一位明代作家冯梦龙在《山歌》中收集的一首吴中山歌《鞋子》后，对《金瓶梅》中"鞋兴"的理解自然会有所深化：

>　　姐儿生来鞋子能，

[①] 兰陵笑笑生：《金瓶梅》，齐鲁书社1986年版，第420页。
[②] 参看弗洛伊德：《精神分析引论》，商务印书馆1984年版，第119页。

身上花苗颜色精,

吃个搭袜缠个情,

郎看见了我。

整日在面前引了引。①

歌中这位夸耀自己"鞋子能"的姐儿,实在是用象征语言炫耀自己的性吸引力,与《金瓶梅》中的兴法相比,这里的鞋的寓意显豁多了。可见在明代民间,早已流行了以鞋喻性的用法。再往上溯,在唐代传奇《霍小玉传》里已可看到"鞋者谐也,夫妇再合"的隐喻对应,足见《金瓶梅》以"红绣鞋"兴"事堪谐"的写法绝非作者独创,而是沿用文学传统中早已提供的鞋喻原型。值得注意的一点是,鞋喻在《金瓶梅》中既是写作技巧上的起兴,又是内容上的乱伦性爱的媒介物。

陈敬济本是西门庆的女婿,因而他称潘金莲"五娘",在她面前自称"儿子"。"儿子"拣到了"五娘"的鞋,遂与"五娘"建立起私通关系。如此说来,陈敬济也成了一位变相的俄狄浦斯式人物。《金瓶梅》的这一写法为前述《阅微草堂笔记》中的故事作者所继承,甚至连遗鞋的地点——"后圃花架下",都同《金瓶梅》的"后花园葡萄架下"遥相呼应,谁说这纯然是偶然的巧合呢?

所不同者,《金瓶梅》中的鞋,是先言之他物,为后文中的乱伦之恋起兴;而《笔记》中的鞋则充当了乱伦本身的象征。前者堪称亦虚亦实,虚实相映;后者则是避实就虚,以虚寓实,因而也就更为曲折晦涩,仅从字面上看不出来了。以精神分析的理论去观察,这种隐晦表达法说明作者的俄狄浦斯冲动因强大的压抑和消解作用而潜藏得更深,其编创故事的过程也就是释放此一情结的剩余力量的过程。它有如梦的运作,为逃避"检查"而给达成的愿望饰以种种伪装。鞋这个原型因其约定俗成的象征蕴含而有幸充当表达乱伦主题的表层伪装。即便如此,作者还怕伪装得不够,又给变了形的俄狄浦斯故事加上狐妖作祟的怪异结尾。使"遗履之疑不辨而

---

① 冯梦龙:《明清民歌时调集》,上海古籍出版社 1987 年版,第 411 页。

释",其实是替处在三角关系阴影中的母子双方彻底开脱了责任。

三、鞋喻、鞋恋与鞋证

古典文学中鞋的原型通常表现为女性人物之鞋,它在作品中总是或比或兴地与女主人公构成隐喻或换喻关系。这种情形在明清两代的小说中极为普遍,甚至会直接表现于作品的题目上。清同治七年江东巡抚丁日昌查禁的小说中就有两种以鞋为题:《十双红绣鞋》和《偷鞋戏美》。后者一看名目就知道照例用鞋为引子去预表性爱的达成。蒋瑞藻《小说考证》录《分鞋记》和《易鞋记》,也都运用鞋喻作为展开叙述的主线索。在《分鞋记》中,男女主人公夫妻离散三十多年,以分别时互赠的鞋一只为信物,竟能于沧桑历尽之后(女主人公已出家为尼)凭鞋相认,重为夫妇。① 这又一次印证了蒋防《霍小玉传》中所说鞋者谐也、夫妇再合的哲理。鞋在《分鞋记》中作为男女定情的见证者,几乎成了婚配关系的守护神。

更加具有神幻色彩的鞋喻出自蒲留仙笔下。《聊斋志异·莲香》写桑生与女鬼李氏相好,李氏留恋不已,愿常侍枕席。

> 鸡鸣欲去,赠绣履一钩,曰:"此妾下体所着,弄之足寄思慕。然有人慎勿弄也!"受而视之,翘翘如解结锥,心甚爱悦。越夕无人,便出审玩。女飘然忽至,遂相款昵。自此每出履,则女必应念而至。②

这位女鬼的一只鞋有如《一千零一夜》中的宝物神灯一样,能使男主人公随时如愿,真可谓"神鞋"了。桑生"审玩"秀鞋,且"心甚爱悦"的细节,更有代表性地揭示了封建中国的男性心理中对女人之鞋的特殊敏感。对此,高罗佩曾称之为"恋鞋癖"(shoe-fetichism),并认为只有从心理分析

---

① 蒋瑞藻编:《小说考证》,上海古籍出版社1984年版,第94—95页。
② 蒲松龄:《聊斋志异》铸雪斋抄本,上海古籍出版社1979年版,第92页。

角度才能做出有效解释。① 这种看法值得考虑,不过似不能一概而论。在某些场合,"恋鞋癖"还不足以解释与鞋相关的情感。如《聊斋·阿宝》中的孙子楚魂化为鸟与阿宝相会,衔走阿宝的一只鞋。阿宝的母亲后为她择婿时,"女以履故,矢不他"。最终仍因此履而与孙子楚相结缘。这种以鞋为神圣信物的现象恐怕就不是用病态心理"恋鞋癖"所能说明的了。如联系《霍小玉传》《分鞋记》等一系列以鞋为性爱关系见证者和守护神的现象,或可从中依稀感觉到鞋的某种偶像化、神化倾向。推考其源,至少在六朝时代,即中国女性缠足习俗尚未流行以前的时代,此种鞋的神化现象已经存在了。且看晋陶渊明《搜神后记》中《李仲文女》一篇:

> 晋时,武都太守李仲文在郡丧女,年十八,权假葬郡城北。有张世之代为郡。世之男字子长,年二十,侍从在廨中。夜梦一女,年可十七八,颜色不常,自言:"前府君女,不幸早亡。会今当更生。心相爱乐,故来相就。"如此五六夕。忽然昼见,衣服薰香殊绝。遂为夫妻,寝息,衣皆有污,如处女焉。后仲文遣婢视女墓,因过世之妇相问。入廨中,见此女一只履在子长床下。取之啼泣,呼言发冢。持履归,以示仲文。仲文惊愕,遣问世之:"君儿何由得亡女履耶?"世之呼问,儿具道本末。李、张并谓可怪。发棺视之,女体已生肉,姿颜如故,右脚有履,左脚无也。子长梦女曰:"我比得生,今为所发,自尔之后遂死,肉烂不得生矣。万恨之心,当复何言!"涕泣而别。②

这是一则典型的冥婚型故事,男女主人公在既无父母之命又无媒妁之言的非礼情况下,全凭一只鞋的媒合作用打破了生与死的界限,实现了人鬼两界的沟通。李氏女的一只履在此已充当了性爱关系的见证。发冢的情节也是因"此女一只履在子长床下"被发现而引起的,可知"鞋证"母题

---

① 高罗佩:《中国古代房内考》英文版,布里尔出版公司1974年版,第219页。
② 陶潜:《搜神后记》,汪绍楹校注本,中华书局1981年版,第27页。

由来甚久。大约在同一时代,所谓"恋鞋癖"也先于"拜足狂"心理而出现在文学中。如《玉台新咏》卷五所收《脚下履》一首,专门歌咏女性绣鞋,其膜拜艳羡之情已溢于词表。从该诗末句"见委入罗床"中可以推知,鞋与性的隐喻关联同常用来暗示性行为场所的"床笫之间"密切相关。一般说来,发现某位生人的鞋在床下,常常喻示着合法婚配之外的两性关系,这是鞋喻原型在古代叙事文学中衍化出的一种常见的亚型,姑且称之为"鞋证"。在这一意义上,鞋往往并不是夫妇婚姻的守护神,而是非婚之恋的见证,这里自然也包括母子之间的悖伦之恋。

从鞋证的这种特殊意蕴着眼,另一部变形改装的俄狄浦斯式作品《薛仁贵征东》中的一个戏剧性场面也将获得原型性透视。薛仁贵出征,与妻柳迎春阔别十八年,回家后发现妻子床下有一双男人的鞋子,怀疑妻有外遇失贞,当即盘问不止。柳迎春心里明白那是他们的儿子薛丁山之鞋,但薛仁贵当年离家时并不知妻已有身孕,想不到已有儿子长大成人,所以一心要找出妻子的情人。柳氏见丈夫如此醋意大作,就想故意气他一下:

柳:这穿鞋的人儿比你强得多啊。

薛:自然比我强啊,如今我有了这个讨厌的东西(指胡须),就不喜欢了啊。

柳:不但比你强,自从你去后,我还靠着他吃饭呢。

薛:自然啊,你要是靠着我啊,一十八载,饿也把你饿干了。

柳:薛郎,还有一件希奇的事儿呢。

薛:还有什么希奇的事啊?

柳:我与他白日一同吃饭,到了晚上,我还搂住他一起睡觉呢。

薛:哎吓吓,真真的不要脸,难为你说得出口来,好!你不死啊,待我来碰。

柳迎春调侃丈夫至此已无以复加,遂道出真相:床下男鞋的主人是儿子薛丁山的。薛仁贵急于见儿子,柳氏说出外射猎未归,薛仁贵想起自己回来前在半路射杀了一位青年猎人,原来正是亲生儿子。以上是小说《薛仁贵征东》和京剧《汾河湾》的主要纠葛,其中父、母、子三人间的俄狄浦斯冲突较为明显。在表现这种冲突时,中国民间文学照例选用了鞋证这一文学原型,这就同希腊传说所表现的直接冲突有所区别:三角关系虽然相同,但处理方式却大异。中国故事不直写乱伦主题,弑父情节被改换为父亲射杀儿子。不过在《薛仁贵征西》这部后出小说中,薛丁山被王禅老祖救活,后随父西征,在一次解围之战中误杀了化为白虎的父亲。这个补充情节倒是与俄狄浦斯的误杀父亲一事完全吻合了。可见中国文学虽可勉强接受杀父情节,但毕竟完全回避了娶母的情节。台湾学者颜元叔先生曾称薛丁山为"中国的俄狄浦斯",并指出这个具有人类性的冲突模式借民间想象力而进入中国文学的事实:"在这个模式中有两个特别显著的现象:父子之间的冲突;母子之间的性影射和父亲的性妒嫉。"父子冲突的结果表现为薛仁贵射杀薛丁山,这一层较易识别,另一层关系则不易看出。"薛丁山是否如俄狄浦斯一般,直接表现恋母的行为,故事中了无陈述。但是,柳迎春的恋子倾向,在《汾河湾》中却有意无意地显了出来。恋母与恋子,其实就是一个铜板的两面。"[①]这一看法值得注意,它有助于理解俄狄浦斯主题在中国文学中的隐晦化和含糊化现象。需补充说明的是,鞋喻母题对于这种隐晦化和含糊化所发挥的关键作用。简言之,构成俄狄浦斯主题的两大基本要素——杀父和娶母在中国文学中首先被分解开来,不能同时出现于一部作品,然后又用鞋作为象征物,使母子之间的性关系变得若有若无,含混迷离。无论是母亲床下的儿子之鞋,还是儿子手中的母亲之鞋,都异曲同工地起到了这种化实为虚的转化作用。

四、结语:文化学的解释

最能代表西方文化特征的《圣经·旧约·创世记》中的禁果神话告诉

---

① 颜元叔:《薛仁贵与薛丁山》,见古添洪、陈慧桦编:《比较文学的垦拓在台湾》,东大图书有限公司 1976 年版,第 171—181 页。原文"俄狄浦斯"作"伊底帕斯",由引者改。

人们:外在的禁忌往往导致相反的结果,因为它不断刺激着主体试图冲破禁锢、以身试法的内在欲求。古希腊的俄狄浦斯神话又告诉人们,为防止乱伦而采取的预防措施却在实际上促成了乱伦的发生。从象征层次上着眼,可以说希伯来人的禁果神话和希腊人的乱伦故事讲的是同一个主题思想[1],即"禁忌—破禁—惩罚"的三段式。倘若我们承认列维-斯特劳斯的观点,把神话的深层结构视为展现人的文化心理结构的窗口,那么以上两则神话已经透露了西方文化中"超我"构成上的一大特点,那是一种"罪与罚"的文化建构。换言之,该文化赋予其个体成员的超我主要体现为一种"罪感意识",它以事后惩罚为威胁,希望个人不要违反禁忌而走向罪恶。然而正像神话所表现的,罪感意识的压迫往往导致物极必反的结果。

相形之下,中国文化由于以"孝"为立身立国之本教,便成功地将一种正面的、褒奖型的,而非反面的、惩戒型的超我建构在个体成员的内心。"孝"是一种理想化的却又是切实可行的人格目标,它既不同于西方文化从反面提出的惩戒目标——罪,也不同于西方传统的理想目标——人道主义。"孝"并不像人道主义那样虚无缥缈,因为它是切实可行、能够落实到每一个个体成员的。追求"孝"一旦成为全民性的普遍要求,诸如割股奉母、陆绩怀橘、杜孝投鱼、陈纪画像、丁兰图形乃至剜肝、卧冰、尝毒等等至孝愚孝的行迹也理所当然地成为正统意识形态中的典范,统治者大力表彰和倡导的楷模了。在这种情形下,谁还能想象出儿子娶母亲这样冒天下之大忌的禽兽行为,进而表现到文学中呢?于是,与"孝"相对立而出现于文学中的另一极就只能是"鞋"了。尽管民间故事中不乏"太上老君的拐杖错插进了西王母鞋中"之类的奇想,但只要一涉及母子之间,鞋的隐喻便不那么显豁和明朗了。下面一则故事可以说明,儿子即使在无意识中与母亲有了性的影射关系,也会被自然而然地转换方向,戴君孚《广异记》云:

---

[1] 据英国人类学家利奇(Edmund Leach)的分析,《创世记》中犯有乱伦罪的人物自亚当、夏娃的兄妹婚开始,计有该隐、亚伯、挪亚、含、罗得与女儿、亚伯拉罕和撒莱、以扫等。参看《作为神话的〈创世记〉》,见叶舒宪编:《结构主义神话学》,陕西师范大学出版社1988年版,第127—144页。

顾琮为补阙，尝有罪系诏狱，当伏法。琮一夕忧愁，坐而假，忽梦见母下体。琮愈惧，形于颜色。波辈问琮，以梦告之，自谓不祥之甚也。时有善解者，贺曰："子其免乎？"问何以知之。曰："太夫人下体，是足下生路也。重见生路，何吉如之？吾是以贺也。"明日门下侍郎薛稷奏刑失入，竟得免。琮后至宰相。①

这个故事中男主人公梦见母亲下体后恐惧和不祥之感可以从旁说明，为什么俄狄浦斯主题不能在中国文学土壤中生根。如果举出一则与此故事类似的希腊神话作为比较，或许更易从相同母题的置换中洞悉文化上的差异。据阿波罗多洛(Apollodorus)的《韵文编年史》所述，希腊盲预言师忒瑞西阿斯(Teiresias)在一个偶然的机会中看到了同雅典娜女神一起在圣泉中沐浴的母亲的裸身。一位美国学者考德威尔分析说，盲目的惩罚针对的是儿子的俄狄浦斯式好奇心(oedipal sexual curiosity)和乱伦欲念，忒瑞西阿斯只因窥见了母体性器官而倒霉，那部位是儿童"最愿望的也是最害怕的地方"。正如俄狄浦斯的自盲行为是对乱伦罪的自我惩罚，忒瑞西阿斯虽仅用视觉犯了罪，却也遭到同样的惩罚。② 这个神话其实先于俄狄浦斯神话表达了同样的三段式主题思想：禁忌—破禁—惩罚，男主人公因看了不该看的母体而致盲，成为"罪与罚"文化中的牺牲者。中国的顾琮所犯过失完全一样，但结果却是转悲为喜：善解者把梦见母亲下体解释为"重见生路"，这就彻底消解了儿子梦见母体后可能产生的性联想，把那看成是自己生命的神圣本源了。俄狄浦斯式好奇心被理性化地转换为不忘生身之恩的一份孝心，难怪他能幸免于刑，还荣升到宰相之高位。③

---

① 戴君孚：《广异记》，收入吴曾祺编：《旧小说》乙集三，商务印书馆1914年版。
② 考德威尔：《希腊神话中的占卜术心理学》，见《20世纪思想与文学中的古典神话》，德克萨斯技术大学出版社1980年版，第47—48页。
③ 关于东西方不同文化中出现的梦中乱伦及其对比研究，可参看格雷·阿兰等：《东西方的俄狄浦斯：一种梦境的分析》，载美国《跨文化心理学杂志》第二卷四期，第337—352页。

中国少数民族英雄史诗的类型及文化生态

中国的文明是世界四大文明古国中长存至今、未曾中断的唯一文明。中华民族历经数千年的融合发展,至今有五十六个民族。除了汉族、蒙古族、满族等少数曾经建立全国性政权的民族外,大多数民族在文明历史进程中处于相对边缘的地位,没有得到足够的重视和记载,以至于现有的中国文学史基本上是汉文学的历史,在文化视界上存在许多偏见和盲点。民间文学领域,是最早冲破偏见,展开少数民族文学调查与研究的领域,20世纪以来取得了举世瞩目的成绩。尤其是在少数民族史诗研究方面,出现了以《格萨尔》《江格尔》《玛纳斯》三大史诗的全方位搜集、整理、翻译为标志的研究热潮,为世界范围内史诗学的开展做出了卓越贡献。现已查明的少数民族英雄史诗数量相当可观,在世界史诗的文化地理分布格局中几乎可以说占据半壁江山。只可惜过去的文学教科书受欧洲中心主义和大汉族主义的制约,对此不是避而不谈就是轻描淡写。像维吾尔族的《乌古斯可汗传》《艾米尔古尔乌古里》,哈萨克族的《阿勒帕米斯》《胡布兰德》《哈木巴尔》《英雄塔尔根》《阿尔卡勒克》,柯尔克孜族的《考交加什》《库尔曼别克》《艾尔塔毕勒迪》《英雄托什吐克》《阿勒帕玛沙》,赫哲族的《满都莫日根》《安徒莫日根》《松香德都》《希尔达日莫日根》《爱珠力莫日根》,鄂伦春族的"摩苏昆"英雄复仇故事《英雄格帕欠》,傣族的《召树屯》

《相勐》《兰嘎西贺》等,都只是在近年来才开始受到文学史家的关注。大批史诗的发掘整理也为比较文学提供了更开阔的视野和大量田野作业的新资料。随着后现代主义、后殖民主义理论的传播,以发掘少数话语、弱势话语为宗旨的文化研究开展迅速,中国少数民族史诗研究正迎来前所未有的新局面。它一方面可以反衬出汉民族没有保存下来长篇史诗的文学史难题,另一方面也可以为人们重新思考史诗的发生、传承及其文化土壤条件提供新的启发。

从总体上看,中国少数民族的英雄史诗相对集中在自青藏高原至北方草原区的半月形地带,与长期从事游牧生产的诸草原民族的分布和迁徙有密切的对应关系。这种情况再次表明,英雄史诗的产生主要以游牧文化为现实土壤,游动的生活方式所导致的民族、部落社会的大迁徙和由此引发的民族冲突与战争,构成了史诗叙述的基本题材,而战争所必需的勇武精神和英雄品格,则自然成为这一类英雄史诗的共有主题。相形之下,大凡在社会呈稳定形态,千百年间提倡安土重迁,父母在不远游一类农业文化定居生活价值观的地域中,反战的和平主义精神占据着主导地位,尚武精神受到意识形态的某种抑制,英雄史诗的产生有如无源之水、无本之木,呈现为不发达的状态。更进一步考察还可以发现,中国少数民族英雄史诗的主人公,在某种程度上同中古以来产生于欧亚大陆腹地的诸多英雄史诗的主人公一样,均可归入"战马英雄"之类型,他们是人类驯养马匹以来在草原文化带所形成的"骑马民族"之英雄理想的文学表现。

从这一文化学的角度看,中国境内最典型的骑马民族——蒙古族,恰恰也是创作和保留英雄史诗最多的一个民族,就可以得到顺理成章的理解了。现已整理出的材料表明,蒙古族英雄史诗中较著名的有《江格尔》《格斯尔可汗传》《勇士谷诺干》《智勇王子希热图》《乌赫勒贵灭魔记》《英雄希林嘎拉珠》《仁钦·梅尔庚》《阿拉坦嘎鲁》《英武的阿布拉尔图汗》《英雄忠毕力格图》等十多部。从地域上看,英雄史诗(或称英雄歌)"几乎为所有的蒙古部落所熟知(至少过去曾熟知),如喀尔喀部,蒙古西北、新疆及藏北的卫拉特部,卡尔梅克部,布里亚特部,巴尔虎部,乌珠穆沁部,扎鲁特部,科尔沁部,察哈尔部,阿巴嘎部,鄂尔多斯部,乃至达斡尔部和蒙古尔

(土族)部都知道"①。从世界范围看,蒙古族可以视为英雄史诗滋生繁盛的一大渊薮。如果说农业民族的文明总是把写成文本的圣人教训当成经典,那么蒙古人则把史诗奉为世代传唱不已的生活经典。

《江格尔》是蒙古族英雄史诗的代表作,它发源于西蒙古的阿尔泰山地区,那里正是欧亚大陆腹地的游牧文化大本营,这部史诗历经四百多年的口头流传,于1804年首次用文字记录下来。"江格尔"在蒙古语中是"强者"的意思,突出代表着这个强悍骁勇的民族价值观,与农业文明中产生的老子柔弱谦下哲学适成对照,这就像草原牧民的摔跤竞技与汉民族的太极拳所形成的鲜明对照一样。《江格尔》主要叙述阿鲁宝木巴地方以江格尔为首的十二位雄狮式英雄以及六千勇士,同来犯的敌人展开殊死战斗,最终获胜的故事。史诗除了突出歌颂英勇善战的骑马英雄江格尔,还同时突出表现了主人公与其战马之间亲密无间、唇齿相依的关系。那"神奇的骏马"不仅有名字叫阿兰扎尔,而且通达人情世故,甚至会说人话,有如神灵一般无所不能。

> 阿兰扎尔的丰满的臀部,
> 集中了一切瑰丽;
> 阿兰扎尔的眼睛,
> 集中了一切锐利;
> 阿兰扎尔的挺劲的前腿,蕴藏着一切速力;
> 阿兰扎尔的挺起的胸脯,和阿尔泰山一样齐;
> 阿兰扎尔的坚硬的四蹄,能把敌国的土地踩成稀泥。

从某种意义上可以把神马与主人公的关系看作神话中神人关系的置换表现,主人公的兴衰祸福在很大程度上取决于战马。法伊特研究蒙古叙事诗中的"勇士"概念,曾列出主人公的六大特征:1.他生来就有神奇本

---

① 谢·尤·涅克留多夫:《蒙古人民的英雄史诗》,徐昌汉、高文风、张积智译,内蒙古大学出版社1991年版,"前言"第1页。

领;2.他生活在他的人民的幸福存在受到外敌破坏的时期;3.他受到双亲和夫人的挚爱和信任,并肩负着对他们的责任;4.预言、占卜或梦兆向主人公预示了他的冒险经历;5.他虽勇敢却少智谋,计谋和法术总是出自他的骏马;6.他的勇敢不是纯粹用于冒险,而是为恢复被破坏了的秩序。① 这里的第五特征足以说明为何阿兰扎尔对于江格尔的建功立业具有举足轻重的作用,同时也可推及一切"马背上的英雄"的塑造秘诀。在《英雄希林嘎拉珠》中,同样可以看到神异的战马对主人公不可或缺的作用:

  英雄希林嘎拉珠,
  有一匹心爱的银合马:
  它昂着金光闪闪的头,
  它垂着金丝般的尾,
  颗颗牙齿似白玉,
  一对眼睛像明珠。
  它那利箭般的耳朵,
  不停地前后剪动。
  它那敏感的舌头,
  不住地上下颤动。
  它疾走如飞,窜纵若龙,
  所向披靡,无往不胜。

在这类对战马的神化夸张中不难理解,主人公的战无不胜是以其相依为命的战马的无往不胜为前提条件的。

生活在世界屋脊的另一个骑马民族藏族,为世界文学贡献出迄今发现的最长的英雄史诗《格萨尔》。它流传在西藏、青海、四川、云南、甘肃、内蒙古等省区的藏族人中,波及周边的纳西族、裕固族和土族等,甚至在巴基

---

① 谢·尤·涅克留多夫:《蒙古人民的英雄史诗》,徐昌汉、高文风、张积智译,内蒙古大学出版社1991年版,第110页。

斯坦、不丹、尼泊尔等邻国也有其异文。现已搜集记录下来的《格萨尔》藏文长达两百多万行,在篇幅上比过去公认的最长史诗《摩诃婆罗多》还要多十倍左右。作品讲述神奇英雄格萨尔战斗的一生,其中心部分写格萨尔率领岭国军队同敌人的一系列战斗,从降妖伏魔一部起,到降伏十八个大宗、七个中宗、四个小宗,全是马背上打天下的战争故事。

格萨尔生而神异、武艺高超、神通广大,能变幻形体、未卜先知,是一位被神化的英雄。"赛马称王"是主人公命运的重要转折点:赛马的获胜者除了得到登上岭国王位的殊荣,还能得到大富豪嘉洛头人家的财产及他的女儿——有第一美人之称的珠牡。主人公因有赤兔神马相助,在强手如林的大赛中夺魁称王,并娶珠牡为妻。这一情节奠定了马背英雄的本色生涯,也集中显现了骑马民族的英雄观:在马背上决雌雄。《格萨尔》同《江格尔》一样突出表现了神马在主人公征讨妖魔、苦战强敌过程中的重要作用。格萨尔虽被赞颂为有勇有谋的奇才,但在智慧方面总需要神马的教诲和启示。如攻打萨旦魔王一仗,主人公听从神马的指点,用箭射中了魔王眉间的七根毛,使魔魂坠落在地,他以为魔王已死,是神马及时提醒他:"大王啊!您身为英主,难道还不知道,这魔魂变幻多端,已被地魔饿鬼接去。它会与地魔一道,危害岭国百姓。必须再射一箭,把它彻底消灭。如若不能,后患无穷。"格萨尔听从劝告,再发一箭,才将魔王之魂射杀。此类情节反复喻示人们:战马对英雄来说有如神助。

借用我国三大史诗的另外一部——柯尔克孜族的《玛纳斯》主人公的一句名言来说:

要是徒步行走,我便成了一条不能直立的狗。

《玛纳斯》得名于柯尔克孜族传说中的英雄。该族人民在历史上屡经迁移和战乱之苦,东自黑龙江、西至帕米尔高原,都有这个骑马民族的踪迹。柯族由于长年受异族统治,总是不断地展开反抗、征战,史诗反映了该族12至18世纪的社会状况,有柯尔克孜族诗史之称。除我国新疆外,在苏联与今日的吉尔吉斯斯坦、阿富汗等地亦有流传。迄今搜集到的共有八部,记述玛纳斯家族八代人的斗争生活。第一部讲述玛纳斯的降生及统一天山北部各部落的功业;第二至第八部分别讲述玛纳斯的儿子赛麦台依、孙子赛依台克直至第七代英雄奇格台依先后战胜异族入侵和诸恶魔的故事。全诗充满了刀光剑影,散发着血与火的气息,记述了柯尔克孜族的神话传说、宗教习俗和社会生活。与《江格尔》和《格萨尔》不同的是,《玛纳斯》具有更多的写实色彩,八部之间按照严格的历史顺序展开,主人公的命运也较少神幻色彩,并且以悲剧性的死亡作为结局。英武盖世的玛纳斯在胜利的陶醉中一时大意,遭到敌人暗算,结束了他战斗的一生,"好似一盏明灯,顷刻熄灭!"出人意料的另一种结尾是,主人公的战马表现出无限悲哀,感动了天使,又让主人复活。

　　根据"三大史诗"所表现出的共同特征——主人公与战马的特殊关联,我们可以概括为草原文化生态中产生的"战马英雄"型史诗模式。日本民族学家江上波夫指出,骑马术的出现不仅是战争史上划时代的事件,在人类史上也有着不可估量的意义。它不仅对欧亚内大陆游牧民族的骑马民族化和开展对外扩张战争提供了决定性条件,而且,连阿拉伯民族伊斯兰文化的发展、蒙古民族的崛起、欧洲人对美洲大陆的征服,也都因为有了骑马战术才具备了可能性。[①] 立足于世界文学流变史,我们可以说,中古史诗群诸多作品中与战马相得益彰的主人公们,也全是因为有了骑马术才有可能成为驰骋在这一时期的历史疆场上的英雄豪杰。无怪乎战马的母题不约而同地构成这些骑马民族的史诗的有机组成部分,乃至成为神灵的置换化身,暗中制约着主人公命运的升降乃至战争的胜负。

　　在喀尔喀史诗《窝迪莫尔根》中,英雄中了敌人奸计,跌入陷阱而死。其通晓人言的战马脱缰而走,飞入天庭带回天国可汗之女,让她行起死回生术,救活主人公。在布里亚特史诗《阿拉坦沙盖夫史诗》中,死去的英雄的坐骑把主人尸体带至安全地,藏于山洞中,再召来掌握起死回生术的公主,逼迫她救活主人,使之复活。此后,同一战马又协助主人对另一勇士吉尔高岱施行起死回生术,使之复生。诸如此类的母题在蒙古史诗群中屡见

---

① 江上波夫原著,铃木武树编:《骑马民族征服王朝说》,大和书房1974年版。

不鲜。美国学者伊尔塞·洛德·西尔托特斯所著《蒙古和中亚突厥史诗中的几个共同点和不同点》一文,从比较文学立场上对战马母题在叙述中的功能做出归纳,认为蒙古史诗中与主人公同甘共苦的战马具有神异能力,能够幻化变身或使他人变形;它会讲人的语言,并常常具有超越主人的智力。它驮着主人克服千难万险,逢凶化吉,还能上天入地,使主人死后复生。中亚突厥史诗中的马对主人忠心耿耿,但不具备特殊魔力,不能上天。[①] 我们或许可将升天入地的骏马认同为汉族古神话中的"龙马",这一意象本身就是神力的象征。在坦克和枪炮正式出现于战争场合之前,除了战马以外,没有任何东西能使人的机动能力、远距离攻击能力和军事行动的快速化得以全面提高。战马在游牧文化中被神化为超自然力的代表,就因为它是游动和攻击型的生活方式的命脉。这正像使农作物生长成为可能的太阳在农耕文化意识形态中被神化为生命之源、四时的赐予者一样。"战马英雄型"史诗与"太阳英雄型"史诗代表着两种截然有别的文化生态及其人格理想。

与北方草原文化带的骑马民族相对应,我国西南少数民族中较普遍流传以"创世记"为主要内容的史诗,唯有个别民族也兼有英雄史诗性质的作品,如傣族和纳西族。

傣族分布于云南省西部和南部边疆,现有人口八十五万,属于古代百越族群,与壮、侗、布依、黎族以及缅甸的掸族,老挝的佬族,泰国的泰族,越南的岱族、侬族等有同源关系。传说傣族中世纪的长诗多达五百余部,是少数民族中叙事诗体最为发达的民族之一,其中明确表现出英雄史诗特征的作品不下五部,它们是《召树屯》《厘俸》《粘响》《相勐》与《兰嘎西贺》。这些作品虽不像草原民族史诗那样突出战马的作用,却同样以敌对民族间的战争为基本题材。记述傣族原始宗教教义的古籍《咋雷蛇曼蛇勐》中写道:

[①] 原载联邦德国《亚洲研究》第六十八卷,赵洵译,见《民族文学译丛》第一集,中国社会科学院少数民族研究所编印,1983年版。

一、要杀生害命：要打猎，要用快刀剥兽皮。要杀猪、杀牛、杀鸡、人类也要厮杀。用杀生来求得人类的生存。①

一个把人类之间的厮杀奉为首要教义的古代民族能够流传众多以征战为内容的史诗，显然是合乎情理的，这也为英雄史诗所由产生的社会观念类型提供了又一个参证。

值得注意的还有，傣族历史上多次经历过大迁徙，其英雄史诗同泰国、印度乃至印欧文学有一定的渊源关系。《兰嘎西贺》被人视为印度史诗《罗摩衍那》的中国傣族翻版，其间起中介作用的却是泰国史诗《拉玛坚》。而《召树屯》的故事原型来自缅甸的《清迈班纳沙》文集（又叫《清迈经》），该故事集于19世纪在缅甸失传，现有流传于柬埔寨和泰国的异本称作《五十个故事》，其中最流行的一个故事《树屯和曼诺拉》与《召树屯》的全名《召树屯与喃诺娜》几乎完全吻合。

《召树屯》讲述在遥远的古代，勐板加王子召树屯在金湖边与远方飞来的孔雀公主喃诺娜相逢，两人结为夫妻。美好的生活刚刚开始，遭外敌入侵，召树屯出征迎敌之际，父王听信谗言，赶走了喃诺娜。战争结束后，召树屯获胜还乡，不见爱妻踪影。他不顾艰险，跋山涉水走了三年，终于找到孔雀之乡，夫妻团圆。这部半是幻想半是现实的史诗数百年来为傣族人民所珍视。在竹楼的火塘边，在节庆的表演中，每当赞哈演唱该诗时，人们总会全神贯注地沉浸到热烈相爱的男女主人公的情境之中，不觉手之舞之，足之蹈之。而从比较视野看，《召树屯》又具有典型的印欧史诗的故事特征，同"口头程式理论"在荷马作品中归纳出的讲述英雄与妻子分离又再度团圆的所谓"复归之歌"故事模型大体上吻合，只不过故事的场景不在雅利安民族，而在属于汉藏语系壮侗语族壮傣语支的一个中国南方民族。这究竟是为什么？

从《召树屯》的泰国原版《树屯和曼诺拉》的题材流变可以找到合理的解释。包括《树屯和曼诺拉》故事在内的《五十个故事》原是以佛教经文

---

① 转引自《中国各民族宗教与神话大词典》，学苑出版社1993年版，第79页。

《玛哈巴塔亚达卡》为范本而改编的,其最早的故事来源正是属于印欧语系的印度。"在印度的《里格维达》和《婆罗门女人沙塔帕赫塔》文集中,可以见到这种内容的最古老的说法,其中谈道:女神兀拉瓦期爱上了普努瓦拉萨王子,预先提出许多条件以后,就同他成了亲。有一次,普努瓦拉萨违背了妻子的禁律,兀拉瓦期就不知去向了。丈夫找她找了好久,终于在湖上找到:她变成了一只天鹅。经过许多考验,夫妇俩才在天上重新结合。"[1]在《摩诃婆罗多》等印度作品中也有这一类故事,民间故事学称为"天鹅处女型"或"羽衣升天型"故事。到了傣族诗人手里,这个源远流长的题材被再创造为充满傣族风情的英雄史诗。

傣族的另外几部英雄史诗也或多或少受到印欧文学的间接影响,诸如王权、战争和美人的印欧史诗三功能模式在《厘俸》《相勐》和《兰嘎西贺》中的不同变奏,为主题学的比较研究提供了典型的案例。

在地缘上与傣族相距不远的云南纳西族,也是拥有英雄史诗的民族。作为东巴教经典的《黑白之战》用五言体诗写成,整理本一千八百多行[2],叙述东西两大部落之间的大战,以东部落的全胜告终,由此形成纳西族。这种以叙事诗体讲述祖先由来、民族渊源的作品,正符合英雄史诗的基本特性。尤其具有特殊意义的是,纳西族的象形文字、宗教仪式和神话传说均表现出强烈的象征性。《黑白之战》亦不例外,仅从命名上即可令人对其象征蕴含有所感动。进一步考察使人们发现,这部被奉为经典的纳西英雄史诗的黑白二元对立主题,正是战马英雄型的游牧文化史诗模式与太阳英雄型的农耕文化史诗模式通过象征思维的运作相互结合后的产物。使这种文化融会成为可能的则是纳西人远古以来由游牧向农耕的文化变迁历程本身。

《黑白之战》的叙述始于开天辟地的创世神话母题,由白、绿、黄、红、黑五色之蛋衍生五种生存世界及其人民。随后展开的是以东部落的东主

---

[1] 弗·柯尔涅夫:《泰国文学简史》,高长荣译,外国文学出版社1981年版,第42页。
[2] 《黑白之战》,杨世光整理,载《玉龙山》1980年第1期;散文译本名为《东埃术埃》,和志武译,见《东巴经典选译》,云南人民出版社1994年版,第1—27页。

和西部落的术主为首的白、黑两世界间的争斗。争夺的主要对象有发光的太阳、月亮以及海中神树。术主从东部落偷来太阳月亮,拴于铜柱、铁柱之上,东地则陷入黑暗。东主设计夺回太阳、月亮。术主企图派美貌女儿格拉茨姆引诱东主之子阿璐,将其俘获并杀害。美人格拉茨姆则在假婚姻中动了真情,为阿璐生下一双儿子,后自刎殉情。东主为儿子复仇展开大决战,斩了术主的头,把西部落军队全部歼灭。从此,太阳、月亮永照东部落,子孙昌盛,形成纳西族。

把《黑白之战》同在东巴经中地位更为显赫的创世神话《崇搬图》(又名《崇邦统》《人类迁徙记》)相对照,可知黑白对立的象征蕴含源自纳西创世神话。所不同处是,《崇搬图》中先述黑为恶、白为善的价值对立,后来转变为黑白的统一与和谐。《黑白之战》则自始至终坚持黑恶白善的对立模式,让善战胜恶作为解决冲突的结局。日本学者诹访哲郎所著《中国西南纳西族的畜牧民性与农耕民性》一书辟有专节(第五章第七节)探讨"黑白的对立统一"的象征,其中认为:

> 《崇搬图》中黑白从对立到统一的转化很可能象征着纳西族社会以黑(畜牧民)为统治者,并融合了白(农耕民)的历史。纳西族神话中关于黑白从对立转向统一,以及畜牧民之代表与农耕民之代表相婚生下民族始祖的情节正是对笔者所提出的由北南下的畜牧民集团统治土著农耕民集团,最后,两者实现一体化,形成现今纳西族之观点的有力支持。①

如果两大集团融合说可以成立,那么《黑白之战》显然是从农耕民的立场和价值观来解说这场文化冲突的,代表外来的游牧集团的西部落实际暗示着该集团迁徙云南之前的方位所在。《崇搬图》结尾讲到主人公与天女生育三子,长子为藏族、次子为纳西族、季子为民家(白族),他们骑马奔

---

① 诹访哲郎:《黑白的对立统一》,见白庚胜、杨福泉编译:《国际东巴文化研究集粹》,云南人民出版社1993年版,第346页。

向各自的领地,成为这三族的祖先。民族学者大都认为纳西人和藏族均源自古之羌人,历史上曾经历自西向东、自北向南的大迁徙。唯其如此,《崇搬图》才有《人类迁徙记》的别名,以示后人永志不忘这场跨越万水千山的民族迁移。日本学者君岛久子认为,结尾处所述三子"骑马"各奔其所,正"可以窥见他们作为游牧民族的特点";作为广义羌族分支,纳西人与其原居住地甘肃、新疆地区的游牧民族有着联系。[①] 如此看来,《黑白之战》中东部落王子与西部落公主的结合,也可以从两种文化在冲突中融合的意义上去理解;而东部落战胜西部落的结局也不能简单视为善良战胜邪恶或白吞并了黑,其文化蕴含在于外来的游牧集团面临山地生态而被迫放弃以游走放牧为主的生活方式,同化到当地已有的农耕生活之中。

以上对中国南北方少数民族英雄史诗的分布及其同特定的文化生态相对应的故事模型做了初步分析,其结论如下:

第一,少数民族英雄史诗的故事类型大部分可归入"战马英雄",是草原骑马民族的产物。

第二,游牧文化的变动不居和尚武能战是催生英雄史诗的主要条件,民族冲突则构成其主要题材。

第三,定居的农耕文化不利于英雄史诗的繁生,与和平主义价值观相应的是"太阳英雄"的叙述类型。而在民族迁徙和文化融合的背景上也可产生两种故事类型的组合现象。

[①] 君岛久子:《纳西族的传说及其资料——以〈人类迁徙记〉为先》,见白庚胜、杨福泉编译:《国际东巴文化研究集粹》,云南人民出版社1993年版,第293—294页。

中国"鬼"的原型

一、画鬼何难

汉语中的"鬼"字在汉英词典里有三个对应的翻译词：ghost, spirit, apparition。这就表明这个词在跨文化语境中会面临理解上的困难。从人类学提供的材料看，世界上有些原始民族并没有神的概念，却有鬼的概念。这就意味着鬼的信仰先于神，成为宗教起源的标志。人类学家斯宾塞（H. Spencer）便认为，初民的语言中有特别崇拜的祖先之名，甚至视为神明。由于对祖先的崇拜和对鬼灵的畏惧心理相结合，因而变为宗教信仰。[①] 英国伦敦大学人类学教授雷蒙德·弗思曾根据自己丰富的田野作业经验，针对与西方不同的鬼魂概念撰写专题论文《魂归何处》。[②]

这篇经典性的文章专门用注解的方式对魂、灵、鬼三个容易混淆的概念作了区分性的定义，兹引用如下：

---

① 芮逸夫主编：《云五社会科学大辞典》第十册《人类学》，"鬼灵信仰"（Manism）条，台湾商务印书馆1971年版，第196页。
② Raymond Firth, "The Fate of the Soul", *Anthropology of Folk Religion*, Chaeles Leslie ed., New York: Vintage Books, 1960, pp. 301–332.

魂(soul)，非物质的存在，代表人类生命在身体死亡之前和之后的续存的人格；

灵(spirit)，非物质的存在，它可以包含魂的范畴，也包含其他强调与人类联系最少的、不精确的范畴；

鬼(ghost)，人类生命在死后的续存的人格，以幽灵的(apparitional)或显灵的(manifestational)形式出现。①

有了这样的区分，我们就可以确定所要讨论的对象的精确范围。本文所说的中国鬼，基本对应弗思界定的鬼，而与魂、灵的范畴不同。这种区分较清楚的情况也许并不适应更为原始的文化群体，如中国台湾的少数民族。俄国汉学家李福清在台湾少数民族中调查神话，他指出，原住民九大族群有不同的信仰，如布农、泰雅、赛夏族没有神的观念。泰雅族只有一个utux概念。据泰雅族陈阿朱先生报道："他们泛称所有的超自然存在为utux，而没有生灵、鬼魂、神祇或祖灵之分。"②李福清还引出云南佤族的情况，作为信仰进化程度的对比："这样的比较是模糊的，灵、鬼、神不分的观念，大概是原始思维的特征，如云南较原始的南亚语系佤族的观念中，鬼、神、祖先(灵)不分，尚未出现反映神祇概念的词。但是，佤族原始信仰中某些'鬼'，亦具神圣性、权威性，已与神具有同等意义。但要说明云南佤族观念与泰雅族不全同，因佤族还是有创世者'木依吉'，把他也称'鬼'，却是最大的鬼。泰雅或布农没什么创世者，更无最大鬼，疑是他们保留比佤族还素朴的信仰。"③这种分层比较的情况可以帮助我们理解，为什么上

---

① Raymond Firth, "The Fate of the Soul", *Anthropology of Folk Religion*, Chaeles Leslie ed., New York: Vintage Books, 1960, p.305, note 5.
② 李福清:《从神话到鬼话——台湾原住民神话故事比较研究》，晨星出版社1998年版，第246页。
③ 李福清:《从神话到鬼话——台湾原住民神话故事比较研究》，晨星出版社1998年版，第246页。

古汉语里总是说"鬼神",而不习惯说"神鬼"。① 在语词组合的先后顺序之中,是否反映着事物本身出现的先后顺序呢?

中国古代有个俗语至今仍活在日常语言中,那就是"画鬼容易画犬马难"。此话最早的出处是战国时期思想家韩非子。后来《后汉书·张衡传》里也说:"画工恶图犬马,好作鬼魅,诚以事实难作,而虚伪无穷也。"虽说鬼并不难画,但是真正为人们所公认的鬼的造型究竟是什么样的呢?又有哪个画匠真正画出了鬼的标准像呢?

德国宗教哲学家奥托在他的名著《神圣的观念》第五章"对神秘的分析"中指出:神秘感来自于人的畏惧,即对某种"完全相异者"(the wholly other)的畏惧。鬼就是这种所谓"完全相异者"的代表:

> 鬼(ghost)的真正吸引力其实就在于它自身,在于它能够以超常的程度激发想象,唤起强烈的兴趣与好奇,唤起幻想的是那神秘事物本身。鬼能做到这一点,不是因为它是一种"又长又白的东西"(曾有人这样定义鬼),也不是通过有关鬼的幻想所发明出来的肯定的和概念的特征,而是因为它是一种"根本不存在"的东西,是"完全相异者",是在我们的现实图景中莫须有的、却又属于绝对不同领域的东西,它同时在人心中激发起不可抗拒的兴趣。②

既然鬼是现实图景中莫须有的东西,对它的外在特征的把握就会有困难了。研究社会语言学的陈原先生在撰写《释"鬼"——关于语义学、词典学和社会语言学若干现象的考察》这篇长文时,曾经在各种外语工具书中

---

① 《论语·雍也》:"敬鬼神而远之。"《论语·泰伯》:"子曰:'禹,吾无间然矣。菲饮食,而致孝乎鬼神。'"《论语·先进》:"季路问事鬼神。子曰:'未能事人,焉能事鬼?'"《周易·乾九四·文言》:"夫大人者,与天地合其德,与日月合其明,与四时合其序,与鬼神合其吉凶。"《周易·谦·彖》曰:"鬼神害盈而福谦。"
② 《周易·归妹·彖》曰:"天地盈虚,与时消息,而况于人乎?况于鬼神乎?"《周易·系辞上传》:"精气为物,游魂为变,是故知鬼神之情状。"

去寻找鬼的图像资料,结果是一无所获。他不无感慨地说,欧洲流传很广的《杜登图解词典》,一边是词,另一边是图,三百六十行,行行都有图,就是缺了"鬼图"。

鬼真的没有标准形象吗？其实在特定的文化共同体中,因为想象的发生有一定的范式,所以对鬼的描述还是有些共同特征的。在我们读了以下几则鬼故事以后,就不难体会到中国汉文化中鬼的基本形貌特征了。

二、鬼大头与大头鬼

清朝人许秋垞在《闻见异辞》卷一记述了一则《大头鬼》故事:明朝的兵部尚书于谦当年做秀才时,正值八月中旬一天三更半夜,趁着明月之光去上厕所,寂寞无聊,便随口吟出一句诗来自我解闷,诗云:"三更半夜三更半。"正在琢磨下句,忽然看见地下冒出一个鬼,头有笆斗那么大,口吟一诗为上句作对:"八月中秋八月中。"于谦向来以胆大著称,见此情景却不忙不慌,伸手摸着鬼的巨大头顶说:"小鬼好大头啊！"鬼答道:"相公好大胆呀！"人鬼就此相安无事,互道敬意。

这个故事在表现于谦的不怕鬼精神的同时,也传达了关于鬼的一种信念:鬼的外在特征是头与身的比例不同于活人,头显得比身体大。所以按照这种与人形不同的比例,人们又把鬼称作"大头鬼",或者干脆简称"大头"。那么,这种信念是怎么得来的呢？研究鬼的学者们绝不能像于谦那样,仅仅满足于道出"小鬼好大头"这一句感叹,他们必须寻求对这个现象的理性解释。

其实,解释的线索用不着到别处去远求,就暗含在汉字"鬼"的字形结构之中。商代甲骨文中已有了"鬼"字,写作🦴,简直就像一个头比身体大的人形跪下的样子。到了小篆中,又写作🦴,仍然保留着大头的突出特征,只是身边又增添了一个表示阴私的符号"厶",这正是公私的"私"的古写法。汉代字书《说文解字》对"鬼"字的解释是:"人所归为鬼。从人,像鬼头。鬼阴气贼害,从厶。"这就把"鬼"字的构成交代清楚了:原来就是画一个长着特大头颅的人形,再加上表示与活人不同的"阴气贼害"特征的

"厶",这就是沿用了几千年的"鬼"字字形表象。郭沫若甚至因此说,"鬼"就是人死后头部肿大变成的。由此可知,在自殷商时代直到今天的整个中华文明史中,"鬼"自始至终都保持着"大头"的特点。可见清人关于"大头鬼"的故事不是什么新发明,只不过是对"鬼大头"这个由来久远的古老信念的图解而已。

这种从造字特征出发而敷演出来的故事十分常见,甚至足以使我们认识到,鬼故事起源的一个重要因素便是以直观表象方式保留在"鬼"字中的鬼大头观念。

请再看下面两则故事,第一个叫《老面鬼》,出自清人沈起凤《谐铎》卷三:

> 我的老师张楚门先生在太湖东山教书时,一天晚上正在谈文章写作,昏暗灯影中忽然冒出一颗鬼头。初见时脸像簸箕一样大,不一会儿又变得像大锅那样又圆又大,后来干脆大得像车轮一般了。眉毛像两把扫帚横在眼上,眼睛大得像铃铛,面部的颧骨高高耸出,满脸上堆着的尘灰足有五斗多呢。老师眯着眼向鬼微笑,取出自己所著的书对鬼说:"你认得这上边的字么?"鬼不答话。老师又说:"既然连字都不识,干嘛还装出这样的大面孔来吓人!"说完便用手指去弹鬼脸,发出的响声就好像腐朽的皮革一般。老师听响声后大笑道:"这么厚的脸皮呀,怪不得你不懂人事呢!"鬼听这话顿觉惭愧,一下子变得小如黄豆。老师转向弟子们说:"我原来还以为他是大头大脸的,谁知却是没有脸面的,竟然也跑到书房里来鬼混。"说罢抽出佩刀去砍鬼,只听铮然一声,有东西堕地,拾起来一看,是一枚小钱。

第二个题为《老段》,见于清人钱泳《履园丛话》卷十六:

> 话说陕西太白山中有四十多位砍柴人,夜宿山下,取出二胡、板胡等乐器,作秦腔以自我娱乐。残月初升,看到一人身长数丈,

头大得像柳条大筐,嘴阔二三尺,慢慢向这边走过来。柴夫们仗着人多,并不怕这怪物,继续唱秦腔。一曲唱罢,怪物大笑道:"唱得好,再唱一曲给老段听听。"柴夫们壮着胆子再唱,自称老段的怪物又高兴得大笑起来。有一胆大的少年,把烧红的斧头扔到怪物口中,只听一声怪叫,就不见了怪物,山谷中激荡着怪物的回声,树木枝叶也飒飒生阴风。第二天众人去找那斧子,只见斧子劈在一棵巨大的枯树中。

以上两个鬼故事都体现出了活人战胜鬼怪的道理。前一个故事还表达了知识分子对有钱但无文化的富人的辛辣讽刺。冒充大头大脸前来学堂鬼混的,不过是一枚小钱。这个具有寓言性质的情节,充分表现了张楚门老师对知识学问的推崇和对金钱的蔑视,可以说是对"君子喻于义,小人喻于利"这一儒家古训的现实演绎。故事中除了突出刻画鬼的丑恶面目以外,还表现了不识字的鬼在有文化的人面前羞愧难言的窘态。后一故事则写了鬼怪也像人一样有欣赏艺术表演的极大兴趣,那听秦腔竟然入了迷,以致张口大笑误了性命的巨鬼,不是体现着鬼怪对人类文化的艳羡和渴求吗?这可真足以让我们活着的人感到欣慰和幸运了。

这两个鬼故事同前述《大头鬼》一样,也都着意刻画了鬼的外在特征:大头大脸。虽然小钱化的鬼可以不断扩张自己的面目,但那原来只是一种虚张声势的举动。而"老段"的身长头硕,却是一棵老枯树在人们心中的幻影。看来鬼话的制作者也明白鬼本来不存在,只不过是人心营造出来的幻觉。这里有一个悬而未决的问题是:既然鬼本不存在,为什么故事在描绘鬼的形象时总按照大头和奇丑无比这样的既定标准呢?诚然,"鬼"字本身已暗示了部分答案,而汉语中"丑"的概念原来也是从鬼的形象引申而来的。"丑"的古字写作"醜",这个形声字的左边是个"酉"字,表示字的读音;右边是个"鬼"字,表示意。后来汉字简化,才借用原表示天干地支的"丑"字替代了形容鬼难看的"醜"字。这一换不要紧,鬼故事中一再表现的鬼怪面目丑陋可憎的特征,就失去了像鬼大头那样的直观联想的字源学根据,变得较难捉摸了。"醜"字在较早期指鬼的可怕面目,引申为指人的相貌难看。所谓"美丑不分"便是这个意思。从外貌上的不好看又引申为事物性质上的不好、恶劣,如"丑闻""丑行"等说法。人们对此类不好的事物总是感到不安和讨厌,就像怕见到鬼一样,于是"丑"又有了憎恶的意思。《荀子·荣辱篇》所说的"我甚丑之",便是把"丑"字用作动词,表示非常憎恶之义。

难怪鬼故事大都流露出对鬼的讨厌和憎恶。

三、鬼的原型是什么

上面的讨论好像已经解释了两个疑问:中国的鬼有没有相对公认的标准形象?这种形象的外在特征是什么?答案是:有。鬼的外在特征一是大头,二是难看。按照这两个特征去表现鬼,总会八九不离十的吧。不过,所以然的问题尚未完全解决。如果说鬼的造型特征首先埋藏在汉字"鬼"和"醜"的原始字形上,那么,为什么我们的造字祖先会认为鬼是大头和丑陋的呢?其主要的线索还是作为"活化石"而留下来的象形汉字本身。大致归纳起来,有以下五种。

1. 死人说。上古文献对鬼的传统解释,我们已经从《说文解字》中了解到,是把鬼训为"归",人死曰归,所以鬼就是归人、死人。《礼记·祭法》说"人死曰鬼",这就很明确很肯定地把鬼等同于死人了。另一部汉代古字书《尔雅·释训》说:"鬼之为言归也。"《韩诗外传》也说:"死者为鬼,鬼者归也。"这就把鬼、归和死三者合一了。为什么人死叫作"归"呢?原来古人认为人之生是阴阳两种不同出处的宇宙元素汇合的结果,阳元素为魂,来自天上,阴元素为魄,来自地下。人一死亡,这两种元素也就回归各自的本源,所以把死看成是"归"。《列子·天瑞》说:"精神离形,各归其真,故谓之鬼。鬼,归也。"东汉唯物主义思想家王充的著作《论衡》中有一篇讨论死亡问题的《论死》,对这个问题讲得更明白了:人死,精神升天,骸骨归土,故谓之鬼,鬼者归也。更严格地区分:古人常把升天的"精神"即魂视为神,只将"归土"的骸骨即魄视为鬼。由此而知,鬼的原型就是白花花的死人骨呵!

2.异族丑人说。自从清朝末年发现了甲骨卜辞,古文字学家们看到比《说文解字》早一千多年的、更为原始的汉字资料。在卜辞中经常提到的"鬼"字,或与梦事相关,例如"鬼梦"或是作为地名、国名,写作"鬼方"。这就为《周易》中"高宗伐鬼方"的说法提供了坚实的证据。王国维等学者经过考索,终于弄明白了"鬼方"的真相:在远古时候,我国境内有一支强大的游牧民族,它的势力西起甘青草原,环绕在黄河流域以北广大地区,东至太行山一带。这一外族有时分化,有时汇合,经常凭借武力入侵中原地域。该族强悍善战,但文化水平远不如中原文明,尚没有文字。因此,中原的华夏族人对它的叫法也随时代而变化,商周之际叫"鬼方"或"鬼""混夷",春秋时代以后叫"戎"或"狄",战国以后叫"胡人"或"匈奴"。由于华夏人逐渐产生了"非我族类,其心必异"的种族偏见,所以总是把异族人视为丑陋的劣等人,惯用一些侮辱性的称呼加在异族人身上,或者把他们原来并无贬义的名字加以曲解,像犬戎、夷狄、蛮等等,鬼亦是其中之一。按照这样的看法,鬼的原型不是死人,而是活着的异族人。出于自我中心的优越感和审美偏见,异族人总是丑恶的,用"鬼"来称呼,正体现了这种蔑视心理。直到今天的口语中,人们不是还把外国人叫"洋鬼子",把日本人叫"日本鬼子"吗?

3.类人动物说。在高等灵长动物中,与人相像的猿猴、猩猩等有时也能直立起来,常常给人们造成一种"野人"的错觉。鬼的原型是不是有可能与这些类人动物有关呢?汉代字书《尔雅·释兽》讲到一种名叫"魋"的动物,从这个字形上可知是算在鬼怪一类中的,据说像黄毛的小熊。这使我们想起当代神农架的多次"野人"风波,多与熊有关。同书中还说到狒狒,说它像人一样披散着头发用两条腿飞跑并且能伤人,这倒是与"鬼"更接近了。此外,还讲到一种叫"蒙颂"的动物,说它长得像猕猴。郭景纯《尔雅注》解释说,"蒙颂"即"蒙贵"。训诂学家们大都相信"贵"字与"鬼"字音义兼通,所以这种猿猴类动物"蒙颂"也就是"蒙鬼"。汉字中与"鬼"字在造型上极相近似的另一个字"禺",相传也是一种猿猴类动物。《山海经·南山经》说禺是猩猩(狌狌)。《西山经》又讲到一种类似禺的动物"嚣",注家以为即是"夔",而对夔的标准解说则是"母猴,似人"。文字学家高鸿缙说,禺就是母猴。之所以称"禺",是因为它似人非人,禺字的本义就是指似人非人的"鬼头"动物。①

以上这些材料都说明,猿猴一类灵长动物自古就与"鬼"的观念有关。现代学者沈兼士先生于1936年的打鬼节之际写出一篇《"鬼"字原始意义之试探》的大论文,把鬼的原型为类人动物的观点做了系统论证,最后得出四点结论:(1)鬼与禺同是类人动物的名称。(2)由类人动物引申为异族人种之名称。(3)由具体的鬼引申为抽象的畏,及其他表示奇怪的形容词。(4)由实物的名称借来形容人死后所想象的灵魂。②

4.骷髅说。纪昀《阅微草堂笔记》卷十四有一个题名为《田不满》的鬼故事讲到,佣工田不满一天做完工回家,夜晚迷了路,误入一片坟地,脚下踩到一颗骷髅头。只听骷髅厉声喝道:"你踩坏了我的脸面,我要使你遭殃!"田不满也不示弱,反唇驳道:"谁让你挡住我的路呢?"骷髅答道:"别人把我放在这里,并不是我要挡路。"田不满说:"那你为什么不叫放你于此的那人遭殃呢?"答曰:"那人运气正盛,我拿他没办法。"田不满听了这话更生气了:"原来你们鬼也欺软怕硬呀!你以为我气衰了吗?"骷髅做哭声答道:"你的气也很盛,所以我不敢作祟于你,只是用大话吓一吓你。欺衰怕盛是人的本性,你干嘛光责怪我们鬼呢?如果你发点慈悲,把我放入土坑里,那可真是为我做了大好事。"田不满不由分说,迈过骷髅头扬长而去。只听背后呜呜的哀哭声渐渐远去。这个故事中的鬼是以实物形象出现的,那就是骷髅头。其实,骷髅头正是某些学者认定的鬼的原型,例如日本汉学家中岛竦对"鬼"字的解释。上古之人,生活简陋而质朴,没有墓葬棺材,更没有宗庙祭礼。人死后就扔到草野之中,盖上张席子就行了。鸟兽闻到味道前来吃人肉,再加上风风雨雨的侵蚀,最后剩下来的就只有一具骷髅白骨了。尸体的血液渗入地中,出窍而逝的灵魂作祟害人,只有这骷髅无声无息地躺着,脸上尽是黑乎乎的窟窿。人走到草野间,一不小心遇到骷髅,顿时毛骨悚然。若是死者的亲人,会以为耻辱;若是外人,便觉

---

① 参见高鸿缙:《中国案例》,文艺出版社1960年版。
② 沈兼士:《沈兼士学术论文集》,中华书局1986年版,第199页。

得可怕可厌。随着社会生活的发展，人们开始筑墓埋葬，建庙祭祀。古代造字之人亲眼目睹过人死后化为骷髅的情景，所以造出的"鬼"字恰恰像鬼头的形状，显然不是凭空虚设的字呀！表示阴气贼害之义的"厶"，在甲骨金文中都没有，所以是后人另外附加上去的。最初的鬼字，简直就像骷髅头的一幅写生草图。[①] 骷髅作为鬼的观念的实物原型，具有直观可感的特征，因而也较容易理解。人死后皮肉毛发等先后消解，唯有骷髅留存永久，给人们的印象当然是头骨大而突出，头与身的比例与活人明显有别。这不正是"鬼大头"观念发生的直观依据吗？而骷髅头那可怕的形象不也是"鬼最丑"这一观念的现实基础吗？由此看来，鬼的两大外貌特征都可一一落实到骷髅头了。有它作鬼的代表性造型，画鬼的问题也就基本不成问题了。至今在表示有死亡危险的高压电和剧毒药等方面，不还是用骷髅头那可怕而奇丑的形象来警诫世人的吗？

5. 魌头神像说。与骷髅说相接近的另一种确认鬼之原型的观点是所谓魌头神像说。什么是"魌头"呢？"魌"字又作"䫏"或"倛"，指的是一种竹笼子。魌头则是做成竹笼形状的假面具，用来模拟鬼的大头。《太平御览》引《风俗通》云："俗说，亡人魂气飞扬，故作魌头以存之，言头体魌然盛大也。"据此可知，鬼之所以大头，也是为了收藏更多的"魂气"。由活人戴上这种鬼头假面，坐在神的位置上，这就是与天神地祇并列的人鬼。人鬼就是人死后化成的神，所以鬼的意思就是归来的死人。日本汉学家加藤常贤和池田末利等人都持这种观点，池田末利对此阐述最详。他认为，"鬼"字本义指的是用鬼头蒙面装扮神的人。大概远古时用死人的头代表该死人，古代战争中流行的割首级之风习即是明证。[②] 以鬼头装扮起来的人代表着死者的归来，这就有了字书上"鬼之为言归也"的解释。这里的"归"不指骨骸归土，而是指逝去的灵魂重归鬼头。鬼头的原初形态就是死人头骨，所以骷髅崇拜才是一切鬼神崇拜的最早形式和发展源头。后来人用竹

---

① 译自中島竦:《书契渊源》第二册，文求堂1931年版。
② 池田末利:《中国祖神的原初形态——鬼的来义》；加藤常贤:《汉字的起源》，东京，1970年版。

笼制品模仿和替代了头骸,充当鬼头。这既保持着"鬼大头"的观念,又为后代的"大头鬼"故事联想奠定了实物原型的基础。

综观以上五种说法,似乎每一种都是言之有据,自成一家之言。究竟哪一种更切近事实真相呢？我想还是把最后判断的权力留给读者自己较为稳妥吧。不过,若论个人意见,我觉得第5说更具有包容性,它实际上除了第2说"异族丑人"说以外,大致上包容了其余几种说法。死人说的归宿在于死者的白骨,但没有突出尸骨的部位。骷髅说比它更具体了一步,把鬼的原型落实到死者头骸。而魁头神像说更从鬼神崇拜演变史着眼,指出了由真的鬼头即骷髅到模拟的鬼头竹笼之间的发展轨迹,透过鬼的实物原型的变迁看到宗教观念进化的过程。不仅如此,此说的倡导者之一池田末利还解释了鬼头与猿猴等类人动物之间的象征性联系:猿猴的头与人类死者头骸有惊人相似处,古人说的"猴""获"又可指称人头与颅腔。这就把第3说类人动物说也包容到魁头说之中了。

最后有待于说明的一个问题是,魁头竹笼也好,死人头骨也好,作为崇拜的对象,其价值和意义是什么呢？对此,考古学和人类学足以做出圆满的解答。早在旧石器时代的人类居住遗址中,考古学家们就屡屡发现类似宗教祭坛的布局,如用一些专门精选出的圆形石头围成一堆或一圈,中间放置一颗骷髅头,有时也可发现动物特别是熊的头骨。可见这是一种延续了几万年的古老崇拜习俗。例如,"尼安德特人有对熊的崇拜,从熊的头骨我们得知它们是按仪式有意识埋葬的。最引人注目的发现是在法国南部的瑞戈尔多,在那里一个排列着石头的长方形浅坑中,至少包含有20个洞熊的头骨"[1]。再如,围绕人头骨的仪式场所发现于罗马以南约九十七千米(六十英里)的奇尔切奥山洞穴。"一个尼安德特人的头骨被发现在一个由一圈石块围成的独立内室之中。头骨底部朝上放着,它是为获取脑髓而被砍下的。"[2]

---

[1] B.M.费根:《地球上的人们——世界史前史导论》,云南民族学院历史系民族学教研室译,文物出版社1991年版,第172页。
[2] B.M.费根:《地球上的人们——世界史前史导论》,云南民族学院历史系民族学教研室译,文物出版社1991年版,第173页。

根据人类学家的比较考察所得出的结论,头骨崇拜的实质在于生命力的崇拜:史前人类确信灵魂即人之生命条件是寓居在头骨之中的。许多未开化的部落都曾盛行"猎头"风俗,以吃人脑髓著称于世,原来这种残酷的食脑习俗也是以上述信仰为背景的。美国哥伦比亚大学的人类学家拉·巴尔(Weston La Barre)所著《脑髓》一书指出,旧石器时期开始的吸食脑髓的习俗一直延续了二十五万年之久。① 他还将欧洲的尼安德特人的吸髓习俗同周口店发现的北京猿人遗址中的头骨相比,认为同样的习俗和信仰也为北京猿人所拥有。现代原始部落中盛行的猎头习俗乃是此种数十万年的实践之延续。准此,我们中国文化中相沿至今的"活吃猴脑"的食俗,显然只不过是吃人脑的较为缓和的替代形式。信仰者们始终坚信,猴作为类人动物,其头骨中的脑髓也同人脑一样,是神圣生命力的象征,食之当然会使自己也增强生命。这种迷信观念在汉代纬书《春秋元命苞》中说得十分明白:

　　头者神(人)所居。上圆,象天气之府也。岁必十二,故人头长一尺二寸。②

如此看来,从骷髅头的崇拜到鬼魅观念的发生,再到神观念的发生,是我们有效地追踪信仰变迁的一条重要线索。中国汉族的鬼概念先于神概念而发生,也就可以理解了。中国人对头颅的重视,年画中老寿星们大头凸额的模式化造型,原来均源自旧石器时代以来的神秘信念。

---

① Weston La Barre, Muelos, *A Stone Age Superstition About Sexuality*, New York: Columbia University Press, 1984, p. 14.
② 《纬书集成》,上海古籍出版社1994年版,第1050页。

原型与汉字

一、引　言

在"弗莱与中国"这一研究课题之中,蕴含着文化人类学所说的"文化传播"(diffusion)和"涵化"(acculturation)现象,因而可以从人类学的角度去加以观照。按照美国人类学者赫斯科维茨(M. J. Herskovits)的区分:"传播是对已经完成的文化变迁的研究,而涵化是对正在进行中的文化变迁的研究。"① 换言之,文化涵化可理解为外来文化要素在本土的传播过程,而这一传播过程中实际产生了两种文化相互作用的结果。

20世纪80年代以来的中国文学批评在西方各种理论流派的冲击和影响下发生了重大的变革,弗莱的原型批评和精神分析理论、接受美学、女性主义等外来学说一样,在不到十年的时间里就已在中国的学术土壤之中扎下了根,并且日益增大其辐射力,滋生出越来越广泛的花果。文化涵化过程中常见的"取代""增添""排拒""综摄"等现象均有不同程度的表现,原型批评同中国原有的批评模式如何在相互适应和调整之中求得新的变

---

① 赫斯科维茨:《文化动力》,阿尔弗雷德出版公司1964年版,第170页。

化生机,已成为译介和引进的热潮之后学界所瞩目的课题。

据人类学家的看法,文化涵化中最有效也最具生命力的不是单向的移植和取代,而是双向交融的"综摄"。以此来评估"弗莱与中国"这一课题,似应从双重意义上获得理解:弗莱的原型理论对中国文学研究的启示和借鉴作用,以及中国的文化传统对于弗莱的文学人类学构想所应有的启示和帮助又是什么。关于前一方面,学者们已做出了相当的努力,出现了不少应用原型批评方法于中国古代和现代文学研究的实例;可是后一方面的问题却几乎没有得到相应的关注,甚至还没有作为学术课题提到议事日程上来。笔者过去也曾致力于弗莱理论在中国的介绍和传播,在本文中拟对后一方面被普遍忽略的问题做一点探讨,以期使西方的批评理论同中国文化土壤达成更加有机的"综摄"(syncretism)性融合。

二、原型批评的中国视角

在《批评的解剖》一书中,弗莱强调了原型批评特有的视界对于系统理解文学现象的重要意义,并且相当成功地为如何从上古宗教与神话中探寻和把握文学原型的问题做出了示范性的说明。按照弗莱的看法,对于西方文学传统而言,有两大文本体系构成了原型的渊薮。那就是古希腊的神话和希伯来人的《圣经》。相对于中国文学传统而言,是否能够按照同样的方式从神话与宗教中梳理出原型意象的完整体系呢?

我对此持有保留态度。主要的理由在于,在中国的汉语文化史上,既不存在像古希腊、罗马神话那样丰富而完整的神话体系,也没有产生类似于犹太-基督教那样的人为宗教及其圣典。我们只有少量残缺、零碎的神话文本片断和叙事规模尚未成熟的史诗雏形,其原型意义显然不能同西方神话与史诗相提并论;在上古时期的中国,像犹太-基督教那样占据着意识形态中心地位的是"儒教"——个别学者认为它构成了中国式的人为宗教,多数人则认为它还不是宗教,只是一种社会政治和伦理的思想体系(儒家)。儒家不仅没有为汉族保留传承远古的神话,反而以激进的理性姿态拒斥神话以及一切超自然的幻想,这种态度在孔子关于"不语怪力乱神"的教训中表现得非常明确。就在儒家理性的压制和消解之下,以神话和史诗为源头的叙事文学在中国文学史上先天发育不良,直到封建时代的后期才以小说和戏剧的形式获得相对的繁荣发展。有鉴于此,在中国文化中探求文学原型的尝试似应与西方批评家弗莱所倡导的途径略有不同。笔者在此着重提出探讨的是汉字对于原型研究的重要价值。

三、原型、汉字与"象"

中国古代宗教与神话的相对不发达并没有使中国文化中源远流长的神话思维传统受到阻碍和挑战。与西方哲学相比较,中国哲学并没有向形而上的抽象思辨方向获得长足发展,反而在相当大程度上保留着神话思维即象征思维的特征。《周易》所言"观物取象"和"因象见意",儒家诗教所倡导的"引譬连类",都表明中国传统的思维方式以具象符号为媒介的特点。为什么神话文本的匮乏和神话思维的盛行在中国文化中并行不悖呢?其主要因素似乎在于汉字。

中国神话的零散和无系统是以世界上保留神话思维表象最丰富的符号系统——汉字的象征性为补偿的。汉字的早期形态本身就是研究神话思维象征系统的极宝贵的直观性材料,它会为象征人类学做出重大贡献,可惜此一笔罕见的文化遗产尚未得到人类学家的足够重视。今以原型批评的眼光来看,古汉字对于原型研究确实大有助益。

从荣格和弗莱等人对"原型"的释义来看,它实质上是一种以语言为主要表现媒介的形象。正因为是形象,才与哲学思维的符号形式——概念范畴区别开来。荣格所说的原型是人类集体无意识的显现形式。它近似于列维·布留尔所说的"集体表象"和毛斯所说的"想象的范畴"。[1] 这些说法都暗示出原型的具"象"特征。

弗莱不像荣格偏重从心理学的意义上解说原型,而是侧重从文学艺术

---

[1] Jung, *The concept of the Collection Unconscious*, The Collected Works of C. G. Jung, vol. 9, part 1. Routledge and Kegan Paul, 1968, pp. 42–43.

角度去解说,他把原型界定为文学中典型的反复出现的意象①;在另外一场合又说原型是一些"联想群"(associative clusters)②。不论把原型理解为"意象"还是"联想群",它在有"象"这一点上都是一致的。汉字之所以和原型有内在关联,因为作为象形文字的古汉字也正是以"象"的保留为其符号特性的。哲学教授成中英先生指出汉字的构成规则"六书"均与"象"有关:

> 中国语言以形象为主导。中国文字是象形文字,"六书"就是以象形或取象为主,当然也有象声,都是对客观自然现象的模仿。指事也以形象——符号显示自然关系,模拟自然关系。会意则是对事态的复杂关系的显示,不是单纯的象形。这基本上决定了中国文字的形象性。转注、假借则是语义的延伸,是象形文字的形象性延伸出去。语义延伸也代表了形象延伸。③

既然汉字本身保留了造字之初的许多集体表象、象征意象和模拟性形象,这对于发现和归纳原型的尝试显然大有裨益。举例来看,汉语中意指"象"这个概念的字,其本身至今仍保留着概念化抽象意义所产生的那个具体的表象。如古文字学家唐兰先生所述,象形字的来源便是图画字,先民造字者描摹一种物形的时候,由于观察和表现上的偏差,显得不很逼真。经过长久训练后才能把物体画得逼真。当一头巨象的图画完成后,看画的人不约而同地喊出"象",于是"象"这个字在中国语言里就成了"形象""想象""象效""象似"等语的语根。④ 在这里,中国人关于"象"的概念之原型可以从这个字的古写法中直观地加以认识——甲骨文中的"象"字乃是当时中原地区常见的大象之写生符号。弗莱在《批评的解剖》结论部分

---

① N. Frye, *Anatomy of Criticism*, Princeton: Princeton University Press, 1957, p. 99.
② N. Frye, *Anatomy of Criticism*, Princeton: Princeton University Press, 1957, p. 102.
③ 成中英:《中国语言与中国传统哲学思维方式》,见张岱年等著:《中国思维偏向》,中国社会科学出版社1991年版。
④ 唐兰:《古文字学导论》影印本,齐鲁书社1981年版,第73页。

赋予批评家的职能——重构或再造(reforge)被历史遗忘的一些原始联系，如在创造与知识、艺术与科学、神话与概念之间的联系①，我们可以利用汉字的活化石作用去更有效地完成。汉族先民如何通过直观理性从大象这一庞大动物的表象中抽绎引申出与形象相关的各种概念，都将在语源材料的参证下得到明确揭示，而此种"再造"功能，是无法从西方的表音文字中直接完成的。② 如汉语中"象征"和"想象"一类概念皆由"象"这一原型表象引申和抽象而来。

象征：《周易》用卦爻符号象征自然变化和人事休咎，用象辞加以解释，构成一种因象见义的象征思维模式，对中国哲学思维影响深远。《系辞》："是故易者象也，象也者像也。"孔疏："谓卦为万物象者，法像万物，犹若乾卦之象法像于天地。"

想象：《韩非子·解老》，"故诸人之所以意想者，皆谓之象也"。"象"既用于象征类比式的推理，更适用于想象活动，在汉民族的精神活动中占有极重要的地位。构成汉字的基本原则"六书"，如果从"象"的标准来看，皆可视为"象形字""象意字"和"象声字"三类，三者依次发生和衍化的过程正与华夏文明的展开过程同步。

四、汉字中的原型表象与文化重构

原型批评注重再造文学与原始文化的联系，其溯本求源式的历史透视眼光对于发掘汉字中的原型表象，重构华夏文明的发生线索，是颇有启发的。汉字中原型表象的发掘和系统研究也将反过来对原型理论做出相应的补充，使神话思维研究获得实证基础并且对文学人类学的建构提供宝贵的素材。

从原型批评立场出发探寻中西审美观念的本源，我们发现西方文化中"美"的概念导源于神话思维时代的爱与美女神。希腊神话中的阿弗洛狄

---

① N. Frye, *Anatomy of Criticism*, Princeton: Princeton University Press, 1957, p.354.
② 参看赵元任：《赵元任语言论文选》，叶蜚声译，中国社会科学出版社1985年版。

试作为"世间最美者"的形象正是哲人所云美的理念之感性呈现。美神的原型是爱神即性爱之神、生殖与丰产母神①,由此可推知,希腊人的审美意识与性活动与性快感密切相关。中国文化中没有爱与美女神,从感性形象入手探寻美感概念的唯一有效途径为语源学和字源学。汉字中的美学从羊从大,最早的权威性解释出自《说文解字》:

美,甘也,从羊从大。羊在六畜主给膳也;美与善同意。

甲骨文中已发现美、善等字,其字形上部均为羊的头角形象,作为给膳对象的羊因体大肉丰而为初民称道,"美"字本义显然专指食快感。我们知道中华始祖之一的炎帝为姜姓,甲骨文中姜、羌二字通用,意指从河西走廊过来的牧羊人种。由此可推知,游牧民族在融入中华大家庭的过程中把基于肉食欲饮食习惯的味觉美观念输入到意识形态中,形成汉语里美、甘互训的情形。留存在美字中的原型表象不仅使我们可以直观把握由具体到抽象的概念发生轨迹,而且对美、善、羌、姜等从羊字例的系统分析还将具有文化寻根的重要意义。

中国哲学的最高范畴"道"和"一",均可根据由文字本身提示的原型表象得到溯源性的认识。"道"常被类比为古希腊哲学中的"逻各斯"(Logos)。笔者曾从太阳运行规则的角度解释"道"概念的发生,认为其中蕴含着生命之道循环往复、运行不息的意思。② 现在再就字形构造而言,造字者创制这个会意字时保留了相当古老的猎头巫术信仰的祭祀表象——人头。"道"从首从辵,前者即人头,后者表示行进、运行。农耕文化中的猎头者坚信人首中蕴藏着生命力和生殖力,并可同谷物之头(穗、种子)中的生命力相互感应,循环不已,故于祭谷时供献人头,以祈丰收。"道"这个形而上概念正是此种信仰古俗在文明社会中哲理化的产物。

---

① 参看叶舒宪:《爱神的东方家园》,载《东方丛刊》1993年第4辑。
② 参看叶舒宪:《探索非理性世界——原型批评的理论与方法》,四川人民出版社1988年版,第164页;叶舒宪:《中国神话哲学》第四章,中国社会科学出版社1992年版。

"一"与"道"相通,在道家文本中常用。如《老子》第十章、第二十二章所言"抱一",第十四章所言"混而为一",第三十九章又言"得一":

昔之得一者,天得一以清,地得一以宁,神得一以灵,谷得一以盈,万物得一以生,侯王得一以为天下贞。

《庄子·天地》也将"一"作为宇宙创生的本源来陈述:

泰初有无,无有无名;一之所起,有一而未形。物得以生,谓之德;未形者有分,谓之命……

老庄的话相互参照,可知这神秘的"一"既可隐喻作为万物本源的"道"("万物得一以生"),又可隐喻作为生命原动力的"德"("物得以生,谓之德")。"抱一"为天下式的圣人理想,老子五千言《道德经》的核心主题,皆可用这个数字"一"来概括。

"一"作为哲学理念是如何从初民的朴素思想中归纳出来的?它为什么具有如此神圣而又神秘的形而上蕴含呢?要回答这一类难题,正是弗莱赋予原型批评的职能之一——重构从神话到哲学的原始联系。具体而言,就是如何探求形而上的概念"一"的形而下原型意象。汉字的象形特征在此又一次显示其优越性,使我们得以窥见这个千古哑谜的谜底。

"一"作为汉字中笔画最简单的一个,的确无法从其字形中看到神话表象了。不过,与"一"相互置换的"壹"字却保存着完整的神话表象。古文字学家们只确认二字间的通用情形及语义差别,对其间的神话联系却几乎忘却干净了。许慎《说文解字》释"一"的一段话很像是表述创世神话的主题:

惟初太始,道立于一,造分天地,化成万物。

从"一"到"万物"的过程,也就是哲学上说的"一"与"多"的转化。许慎的这十六字真言中包含了中国哲学宇宙发生论的观念系统,它与神话传统密不可分。"一"在神话思维中并不只是单纯的数目字,作为创世后万物有秩序存在的"多"之对立面,喻指创世之前的神秘状态。神话描述这种状态时常常使用各种异形而同质的象征意象,如混沌、鸡卵、元气、人体、葫芦等等。从象征性着眼,这类意象都与"一"相通,意指那种无差别的、未分化的、原始混一的浑融状态。创世过程的展开则表现为此种浑融体的分化,分化的第一步通常是所谓"元气剖判,乾坤始奠";或天父地母从拥抱合一状态的分离;或宇宙之卵的一分为二:上壳为天,下壳为地;或葫芦瓜的中分两半;或混沌海怪肢体的分解离异;等等。万变不离其宗,都是在演出老子所说的"道生一,一生二"的创世活剧。

了解到"一"的宇宙论语境,再来看"壹"字的原始表象,就可以心领神会了。《说文》释"壹"云:"壴,专一也,从壶,吉声。"从古字形上看,正像一有盖之壶的表象。朱骏声《说文通训定声》云:"《易·系辞传》:天地壹壹。"按:气凝聚也。亦双声连语。这里说的"壹壹"又可写作"氤氲"或"絪缊"。丁福保《文选类诂》释为"元气也",亦指创世前的未分化状态。而"壹"字取象之"壶",则是葫芦剖判创世观的活化石。上古"壶""瓠"二字通用,瓠即葫芦。高鸿缙《中国字例》说"古代之壶则极类葫芦",似乎天然生成的葫芦为人工造成的器皿提供了模型。由此看来,"壹"字取象实为葫芦,这正说明了"壹"与"一"的宇宙论意蕴源自葫芦剖判型创世神话。验证于至今流传在中国少数民族的神话传说,葫芦作为原型意象仍具有相当的普遍性。中国哲理所说的"一分为二"或"合二为一"均可在瓠瓜的剖瓢现象中获得形而下的具象原型。

从弗莱的原型批评观的形成过程看,有一个核心性的原型发挥了催化剂的作用,那就是弗雷泽等早期人类学家所揭示的神的死而复生。弗莱在其处女作《威严的均称》中详尽分析布莱克诗歌的意象系统,已经意识到文学想象受制于某种自然生命循环的基型。甚至进而把它视为"所有宗教和艺术的根本要旨",那就是"从人的死亡或日和年的消逝中看到一种原生的衰亡形象,从人类和自然的生命新生中看到一种超越的复活的形象"。① 在10年之后的《批评的解剖》中,弗莱把从此一基型中获得的启迪扩展建构为以春、夏、秋、冬的生命循环为基础的原型叙述程式系统。笔者曾依据弗莱的叙述程式理论重构中国上古神话宇宙观的模式系统②,在此拟就汉字中的此类原型表象与中国神话的发生再作探讨。

汉语中"神"这一概念的发生其实正得益于死而复生的原型。"神"字从示从申,申在《说文解字》里便释为神,字形象征七月阴气自屈而申。从现已发现的甲骨文全文材料判断,"申"字本作"⁀"或"ᔓ",这种表象的原始蕴含似乎不是阴气的屈申,而是生命的运动不息,即生而死、死而复生的永恒循环。《周易》把大地母亲特有的生生不息的生育力命名为"坤",这才是"神"概念产生的信仰根源吧。训诂学的旁证告诉我们,"申"字本来就有循环往复之义。《诗经·小雅·采菽》"福禄申之"句,毛传:"申,重也。"《尔雅·释诂》和《广韵》等均以重释申。生命的绵续秘诀就在于重复,其最常见的经验现象乃是大地一岁一枯荣的循环变易,初民理解为地母的周期性孕育。汉字中"地"从土从也,而"也"字是公认的女阴符号,可见"地"的概念和"坤"的概念一样,都源于原始的地母崇拜。中国汉族关于"神"的观念显然植根于此。《论衡·论死篇》便这样解释说:"神者,伸也。申复无已,终而复始。"这和弗莱所说的作为一切宗教和艺术观念核心的死而复生原型正相吻合。

值得关注的是,汉字中还有一系列与这个原型相关的表象,对它们的分析识别有助于神话文本的解读和文学与文化关系的重构。日与月,在神话思维中都是典型的死而复生之神,其周期性升落变化被理解为生命、死亡与再生的永续过程。屈原《天问》曾对月神的这种再生能力提出理性置疑:"月光何德,死则又育?"与月神相认同的嫦娥则被神话表现为窃食不死药的妻子。嫦娥又叫婵娟,这两个女性化的名字若去掉其女字旁,换上虫字旁,便可露出其各自的原型意象——蛾与蝉。这两种动物都是以周期性改变形态为特征的,初民观察到从产卵、成蛹、化蛾(蝉)飞行,再到产卵

---

① N. Frye, *Fearful Symmetry*, Princeton: Princeton University Press, 1969, p. 217.
② 叶舒宪:《探索非理性世界》,四川人民出版社1983年版,第146—165页。

的循环过程,视之为永生不死的象征。至于月中有蟾蜍的中国神话也当从此一原型获得解读。蟾蜍作为水陆两栖动物,它同陆空两栖的蝉、蛾一样,也有明显的周期变化:蝌蚪到蛙再到蝌蚪。难怪它也成了不死的象征呢!中国神话中最著名的女神叫女娲,又叫女娃或女蛙,相传她具有"一日七十化"的生命力,从原型的角度看,不正是生育力旺盛的蛙类图腾的人格化吗?

用原型批评眼光分析汉字中或显或隐的神话思维表象,可以对流传千古的神话文本做出新的理性认识,也可以通过对汉字中保留的丰富的形象化材料的发掘整理,对原型模式理论做出修订和补充,构建世界性的文学人类学体系。

"大荒"意象的文化分析

《红楼梦》这部一百二十回的长篇巨著是如何开始叙述的？熟悉该书的人马上就会想到曹雪芹故弄玄虚般的安排的那个宇宙时空的极限场景：

> 看官：你道此书从何而起？说来虽近荒唐，细玩深有趣味。却说那女娲氏炼石补天之时，于大荒山无稽崖炼成高十二丈、见方二十四丈的顽石三万六千五百零一块，那娲皇只用了三万六千五百块，单单剩下一块未用，弃在青埂峰下。①

贾宝玉"红尘历劫"，来到人间富贵场温柔乡走一遭，他的终极来源却早自女娲补天之际，也就是所谓开天辟地之初。他的终极出处被曹雪芹确认为"大荒山无稽崖"，这究竟是什么地方呢？用现代人的语汇来说，那就是远在天边、无从稽考的地方。何以见得？脂砚斋给《红楼梦》一书的前身《石头记》所加的批语中说：

> 大荒山，荒唐也；无稽崖，无稽也。②

---

① 曹雪芹：《红楼梦》卷一，校注本，北京师范大学出版社1987年版，第1页。
② 陈庆浩编：《新编石头记脂砚斋评语辑校》，中国友谊出版公司1987年版，第4页。

从"大荒山""无稽崖"的具体意象,到"荒唐""无稽"抽象判断,表现出隐喻的功能转换原理:"隐喻不仅是文学想象和修辞之工具,而且也是制约着个人思想行为的价值观念。"①《庄子·天下篇》自述庄周的著述风格时曾用"荒唐之言,无端崖之辞"来形容。看来特别喜好庄子的曹雪芹是有意套用庄周的措辞来为他笔下主人公的出身做出欲露故藏的交代,同时也为他这部"满纸荒唐言"的世情小说张本。用他自己的话说:"看官,你道此书从何而起?说来虽近荒唐,细玩深有趣味。"脂评:"自占地步。自首荒唐,妙!"

"荒唐无稽"看起来不可追究,但实际上都还是各有出处的。确切言之,《山海经》中的《大荒经》早已为大荒山提供了想象的原型;而《尚书·大禹谟》中"无稽之言勿听"的训诫则给庄子的"无端崖"和曹雪芹的"无稽崖",乃至庄子的"无何有之乡""无极之野""芴漠无形"等预设了"禁果"及破禁的逆反冲动。

弗莱指出:"如果我们不承认把一首诗同另一首诗联系起来的文学意象中的原型的或传统的因素,那么从单一的文学阅读中是不可能得到任何系统性的思想训练的……把我们所遇到的意象扩展延伸到文学的传统原型中去,这乃是我们所有阅读活动中无意识地发生的心理过程。一个像海洋或荒原这样的象征不会只停留在康拉德或哈代那里;它注定要把许多作品扩展到作为整体的文学的原型性象征中去。白鲸不会滞留在麦尔维尔的小说里,它被吸收到我们自《旧约》以来关于海中怪兽和深渊之龙的想象性经验中去了。"②本着这种从整体考察局部的批评原理,曹雪芹笔下的大荒山意象只有还原到中国文学传统中对荒远渺茫的想象经验中去,方可得到透彻的解析。在这方面,具有本源性和奠基性的一部古书就是《山海经》。

---

① George Lakoff, Mark Johnson, *Metaphors We Live By*, Chicago:The University of Chicago Press,1980,p.3.
② 弗莱:《批评的解剖》,见叶舒宪选编:《神话-原型批评》,陕西师范大学出版社1987年版,第153—154页。

《山海经》是上古典籍中唯一的以"荒"为其篇名的书,也是"大荒山"意象的最早出处。《山海经·大荒西经》云:

> 大荒之中,有山名曰大荒之山,日月所入。有人焉三面,是颛顼之子,三面一臂,三面之人不死,是谓大荒之野。①

在这短短的数十字中就出现了三种以"荒"为名的意象:大荒、大荒之山和三面一臂的神人大荒之野。先看"大荒",这并不是专用的地名,而是泛称边远荒凉之地。《大荒东经》也说:"东海之外,大荒之中,有山名曰大言,日月所出。"左思《吴都赋》沿用此意象:"出乎大荒之中,行乎东极之外。"刘逵注:"大荒,海外也。"这一意义的"荒"又可加上指示方位的定语,称作"四荒"或"八荒"。

《楚辞》是《山海经》以外最多言及"荒"之意象的先秦古书。《离骚》中云:"忽反顾以游目兮,将往观乎四荒。"朱熹注四荒云:"四方绝远之国。"看来"荒"的想象同距离感有一定关系。空间上的"绝远"是"荒"的条件。那么,究竟远到何种程度呢?《大荒西经》所说的"日月所入"和《大荒东经》所说的"日月所出"透露了答案:远到空间上不能再远的地方。古人相信太阳月亮的出入之处在天地交界的东极西极,那也是想象中世界的最边缘处。《尔雅·释地》讲到四荒的所在:

> 觚竹、北户、西王母、日下,谓之四荒。

这是中原人心目中四方荒远之地。觚竹即孤竹,相传为北方山戎所居之地。北户在极远的南方,《淮南子·地形训》又称作"反户"。高诱注:"在向日之南,皆为北向户,故反其户也。"旧说以为指日南郡,在今越南中部。但是开北户以向太阳的情况在越南见不到,倒是南半球的典型现象。可知古人已隐约知道遥远的南方太阳北行的事实。西王母是神话中的女

---

① 袁珂:《山海经校注》,上海古籍出版社1983年版,第413页。

神,又是西海远荒之国名。日下指东方古国。邢疏:"日下者,谓日所出处其下之国也。"太阳出处之国,神话想象中的扶桑国。郑樵认为"日下即日本"。有关四荒的认识在《尔雅》这部字典及其注解中大致就这么多。令人除了几个神秘莫测的国名以外,实际上什么也没了解。再看《山海经》的"荒经"部分,情况就完全不同了。这里不仅有关于四荒的具体位置的坐标说明,还详细描述了各荒远之地的国家特点、民俗与物产情况,这些内容大部分都很难在其他古书中找到,因而更显得稀奇和宝贵。可以说,如果没有《山海经》对四荒的叙述,中国文学想象中的荒远空间的构成就会受到很大的限制。反过来说,《山海经》的"大荒四经"基本上奠定了汉语文化共同体有关非"中国"部分的远方世界的想象图景。从《博物志》《神异经》《列子》到《西游记》,此种荒远世界的景象虽然有所发展有所增补,但其怪异、凶险或者奇妙的表现特征却同《山海经》如出一辙。

为什么荒远就会怪异呢? 这和人的认识局限有关。大凡不易了解的事物就容易在想象中怪异化,而司空见惯的近处事物则不会如此。汉语中的"古怪"这个词表明:时间上的远距离"古"会导致怪异化的主观反应。《吕氏春秋》引《商书》云:"五世之庙,可以观怪。"而"荒怪"这个词则暗示着空间上的远距离同样会引起类似的心理反应。俗语中所说的"少见多怪",良有以也。苏东坡诗《次韵孙职方苍悟山》:"苍梧奇事岂虚传,荒怪还须问子年。"后世大凡怪异荒唐、查无实据之事皆可称荒怪。鲁迅《中国小说史略》第二十二篇云:"明末志怪群书,大抵简略,又多荒怪,诞而不情。"此类荒诞不近情理之事物的渊薮,毫无疑问当推《山海经》。《山海经》的"大荒四经"中不仅将空间上的荒远怪异详加表述,而且同时穿插着时间上的荒古遥远之叙述,那就是一系列关于神圣祖先、帝王世系的传说。仅以《大荒东经》为例:

东海之外大壑,少昊之国。少昊孺帝颛顼于此,弃其琴瑟。①
大荒之中,有山名曰合虚、日月所出。有中容之国。帝俊生

---

① 袁珂:《山海经校注》,上海古籍出版社1983年版,第338页。

中容,中容人食兽、木实,使四鸟:豹、虎、熊、罴。①

……有司幽之国。帝俊生晏龙,晏龙生司幽,司幽生思士,不妻;思女,不夫。食黍,食兽,是使四鸟。②

有白民之国。帝俊生帝鸿,帝鸿生白民,白民销姓,黍食,使四鸟:虎、豹、熊、罴。③

有黑齿之国。帝俊生黑齿,姜姓,黍食,使四鸟。④

东海三诸中,有神,人面鸟身,珥两黄蛇,践两黄蛇,名曰禺䝞。黄帝生禺䝞,禺䝞生禺京,禺京处北海,禺䝞处东海,是为海神。⑤

有困民国,勾姓而食。有人曰王亥,两手操鸟,方食其头。王亥托于有易、河伯仆牛。有易杀王亥,取仆牛。河念有易,有易潜出,为国于兽,方食之,名曰摇民。帝舜生戏,戏生摇民。⑥

从《大荒东经》的上述引文中可知,少昊、帝俊、黄帝、王亥四位神祖的世系被安排在荒远空间的描述中。这究竟是什么原因呢?后世之人关于"荒古"事件的追忆往往带有神圣的意义。而任何类似乌托邦的美妙奇异幻想总要在世俗居住区以外的遥远地方寻找非现实性的空间。充满神秘色彩的"大荒"自然成了祖先神们出演的舞台。李丰楙先生指出:"《山海经》保存在大荒经、海内经的记录方式,是每个民族常见的口传文学的传播方式:不论是历史悠久进入文明社会的民族,像埃及、巴比伦,或现在仍散见于世界各地而犹无文字记录的待开发民族,像澳洲、非洲土著,他们都多少保存了自己的部族如何创业、成立的古老传说,虽然有些已被记录在简册中,成为各民族的圣史(sacred history),但最早期,都是利用十口相传

---

① 袁珂:《山海经校注》,上海古籍出版社1983年版,第344页。
② 袁珂:《山海经校注》,上海古籍出版社1983年版,第346页。
③ 袁珂:《山海经校注》,上海古籍出版社1983年版,第347页。
④ 袁珂:《山海经校注》,上海古籍出版社1983年版,第348页。
⑤ 袁珂:《山海经校注》,上海古籍出版社1983年版,第350页。
⑥ 袁珂:《山海经校注》,上海古籍出版社1983年版,第351页。

的方式,叙述自己种族的来源,以及祖先创业的丰功伟绩。这些圣绩都是各民族文化的根,标示着民族成长的艰辛历程。大荒经、海内经就是其中一部分中华民族的圣史。"①从黄帝为华夏民族共祖,帝俊和王亥为商代信仰的祖先神,少昊为远古信仰中的白帝和百鸟之神等情况看,"大荒经"中有关"荒古"帝系的追述显然旨在同现实社会的空间相区别,使"圣"与"俗"的划分获得空间尺度上的基准。诸如帝喾、尧、舜、鲧、禹、伏羲、女娲、炎帝等其他见于《山海经》的古帝王事迹,亦可作如是观。

然而,无论是时间上的"荒古",还是空间上的"荒远",都难免在世俗理性的观照之下呈现为"荒怪"或"荒唐"的一面。尤其是以儒家理性主义为代表的正统思想,更加不能容忍怪力乱神现象的流传。《荀子·正名》云:"无稽之言,君子慎之。"《中庸》亦云:"戒慎乎,其所不睹;恐惧乎,其所不闻。"正是在这种正统意识的制约下,我国第一部通史的作者司马迁竟然也不敢正视《山海经》中记载的上古圣史素材。他在《史记》中追溯民族文化根源,作首篇《五帝本纪》,基本按照儒家传播的古史体系来展开叙述。篇后太史公曰:

> 学者多称五帝尚矣。然《尚书》独载尧以来。而百家言黄帝,其言不雅驯。荐绅先生难言之。孔子所传宰予问五帝德及帝系姓,儒者或不传。……书缺有间矣,其轶乃时时见于他说。非好学深思,心知其意,固难为浅见寡闻道也。余并论次,择其言尤雅者,故著为本纪书首。②

司马迁超出孔子、孟子等儒家圣人之处在于:儒书中只讲尧舜,"荒古"之事被视为无稽;而他却从民间大量传闻中注意到比尧舜更早的黄帝,从各种"不雅驯"的说法中精心选择出"其言尤雅者",写进了《史记》。但除此之外,如伏羲、女娲等更古的传说中帝王神祖,就一概按儒家的"戒

---

① 李丰楙:《神话的故事——〈山海经〉》,三环出版社1992年版,第96—97页。
② 司马迁:《史记·五帝本纪》会注本,上海古籍出版社1986年版。

慎"标准,排斥在正史叙述以外了。在《史记·大宛传》后的太史公曰中,司马迁不仅明确表示他看到过《山海经》这部书,还公开表明他对此书不信任的态度:

> 故言九州山川,《尚书》近之矣。至《禹本纪》《山海经》所有怪物,余不敢言之也。①

司马迁不敢正视《山海经》,因为其内容"怪"。挪用荀子的话做解释,就是"无稽之言,君子慎之"。与"荒"有关的东西,大都属于无稽,"荒怪"一词的出现,实非偶然。而"荒诞"与"怪诞"等近义词所构成的语义场,大致勾画出儒家理性主义所指认的谈论禁区。殊不知,"怪"与"圣"之间的差异实在太微妙,"不语怪"的戒条难免把"荒经"中的民族口传圣史阉割殆尽。见闻广博、行万里路的司马迁尚且如此,遑论后世之俗儒。

道家则反其道而行之。《庄子》开篇就以《逍遥游》中的无稽之谈为"怪"翻案,在陈述了鲲鹏变化的神话后,专门交代"无稽"之言的"有稽"出处:"《齐谐》者,志怪者也。"难怪后世儒者把《庄子》和《山海经》视为同类,更将后者称为"古今语怪之祖"。由此形成的对抗儒家理性话语的悠久传统,给了上自屈原、李白,下至蒲松龄、曹雪芹们历代文人驰骋幻想、寄托叛逆情怀的灵感之源。"荒经"及其所标榜的"荒"之理念,就这样同其对立面——中心的观念相互依存,为一切试图反叛或挑战中心价值的非正统言论提供着空间背景。怪不得生来就与儒家四书五经格格不入的贾府公子宝玉会走上叛逆之途,因为他的终极来源便是"大荒山无稽崖"。

荒远与中央的空间对立还具有另外一层文化蕴含,那就是以怪异荒诞来打破人们习以为常的世俗秩序的合法性,为超越和创新的思想提供契机。因为对荒怪事物的关注必然会引发人们对熟悉的现存事物的反思,产生某种"陌生化"的效果,而这种空间转换和价值转换最有利于观念上的去蔽和更新。符号学家指出:

---

① 司马迁:《史记·大宛传》会注本,上海古籍出版社1986年版。

……在每个世界中,事情的发生都遵照那个世界的文化代码,所以可以预料——因而不是"新的"。与此相反,如果进入别的世界,这不论对原属的世界,还是对要进入的世界,都会见到无法预料的事,会导致打破以往的秩序。①

同样的道理还可以通过"中心"与"边缘"的对立范畴来加以说明:"中心"的秩序化是完整的和稳定的,而"边缘"的秩序化则是不完整和不稳定的。"中心"由于受完整的代码控制而处于优势状态,"边缘"则由于脱离代码或无法编码而呈现为"异化"状态。"中心"并不能发生什么"新的"事情,倾向于沉闷呆滞;而"边缘"则是新生事物产生的地方,呈现出一种活泼的状况。两者之间的对立产生张力:"中心"意欲扩展自己的秩序而排除"边缘","边缘"则寻找秩序的缝隙而威胁"中心"。② 由此不难理解,正统意识形态控制下的文化代码系统为何要选择"荒""诞""怪""异"这样一些代表"边缘性""异端性"的语汇来为"王化之外"的空间和事物命名。③

与《山海经》中的"大荒"概念相对应,上古社会统治阶层的权力话语还特别炮制出"五服说"中的"荒服"。"五服说"首见《尚书·禹贡》,把天下划分为由中心向外展开了五种空间层次,分别叫作甸服、侯服、绥服、要服、荒服。这里的"服"是什么意思呢?古代注家以为:"服,事也。"外层空间如同众星拱月一般接受着中央的统治。更加简捷明快的理解是把"五服"之"服"看作是"辟土服远"之"服",也就是统治向外拓展,一层层地确立其征服者权威。"荒服"是最外层的政治空间。《禹贡》传说为大禹所作,正如《山海经》传为禹、益所作。但是学者们发现,夏朝时中国尚未有五服制,只有所谓九州制。《禹贡》的大部分篇幅是讲九州制的,突然插入

---

① 池上嘉彦:《符号学入门》,张晓云译,国际文化出版公司1985年版,第168页。
② 池上嘉彦:《符号学入门》,张晓云译,国际文化出版公司1985年版,第169页。
③ 参看叶舒宪:《〈山海经〉神话政治地理观》,载《民族艺术》1999第3期。

一段有关五服制的议论,可能是后代人添加进去的。① 王成组先生说:"五服一段,另外提供一种依据距离帝都远近而改变赋制和政治影响减弱的地带观念。从孔子在拟订政治规划的角度来估量五服的差异性和九州的相似性显然有矛盾。五服的作用主要表明他意识到在政治文化方面必然会受到距离远近的影响。"② 这就把五服说的发明权归属到儒家圣人孔子那里去了。我们当然不必认同这一看法。从"辟土服远"的权力话语要求着眼,可以把五服说以及随之而来的九服说看成是标准的"政治地理"观念。如果说九州的划分还只是对天下领土的一种数字单位式的分类,那么五服或九服的划分则更加明确地体现了王政教化征服边远异族的政治意图。此种意图在后起的九服说中可以看得更为分明。《周礼·夏官·职方氏》云:

> 乃辨九服之邦国:方千里曰王畿,其外方五百里曰侯服,又其外方五百里曰甸服,又其外方五百里曰男服,又其外方五百里曰采服,又其外方五百里为卫服,又其外方五百里为蛮服,又其外方五百里曰夷服,又其外方五百里曰镇服,又其外方五百里曰藩服。③

从处于九服之外层的蛮、夷、藩这些名目看,显然是中央帝国对边远民族的习用蔑称;而"卫"与"镇"之类的名目则毫不掩饰地流露着文化冲突所导致的政治的、军事的意蕴,已根本不是纯粹空间划分意义上的地理概念。人类学者曼革纳若(Marc Manganaro)指出:当代批评理论和社会理论中的"权力""他者"概念,特别是由福柯、萨义德和托多洛夫等人所做的理论化阐述,给人类学及其研究对象之间的关系带来相当的震动。此类研究表明,对另一种文化提出解释的是此文化中隐含的权力,它足以对所解释

---

① 参看顾颉刚:《几服》,见《史林杂识》初编,中华书局1963年版,第1—19页。
② 王成组:《中国地理学史》,商务印书馆1982年版,第8页。
③ 孙诒让:《周礼正义》第十册,中华书局1987年版,第2684页。

的对象实施改造和重构,创制出符合其话语需要的另一种版本的他者形象,如蛮夷戎狄之类,随便你怎么称呼。①

"荒服""蛮服""夷服"一类术语的出现,一方面体现着中央帝国霸权话语对边远异族人的他者化改造,另一方面也表明了要征服和控制这些地区的人民和物产,使之臣服于中央政治的意图。《国语·周语上》记祭公谋父之言曰:"先王之制,邦内甸服;邦外侯服,侯卫宾服;夷蛮要服,戎狄荒服。"这是对五服制的解释。顾颉刚先生分析后二服说:把"夷蛮"与"戎狄"区别为要服和荒服,原因在于,夷蛮虽不是前代王族,但久居中原,其文化程度已高,只由于同新王室关系较疏,所以被排斥在华夏的行列之外。要服之名表示自我约束。戎狄者,未受中原文化陶冶之外族,性情强悍,时时入寇,故谓之荒服。荒,犹远也。②

将五服说中的"荒服"同《山海经》的"大荒"观念对比,后者较少带有政治军事的霸权意味,更多地表现出对远方异国的神奇化和神圣化,尤其是将华夏民族的祖先神谱系大量穿插在大荒的地理叙述中时。这是特别值得研究者关注的一点。尽管从地理学史的观点看,人们惯于把《山海经》和《禹贡》视为同类著作,但是以上的观念分析表明二者在思想渊源上有着重大差别,这种差别有助于审视《山海经》成书背景与主流意识形态的若即若离关系。

"荒"不仅同象征社会秩序的"中央"相对立,而且还同文明社会所崇尚的若干正面价值相对立,成为某种负面价值的编码符号,如"荒淫""荒废""荒乱""荒亡""荒失""荒昧""荒色""荒恣""荒耽""荒疏""荒宁"等等。《孟子·梁惠王下》云:"从兽无厌谓之荒,乐酒无厌谓之亡。"这是儒家话语中从道德贬义上对"荒"的一种较早的解说。《周书·谥法》则有"好乐怠政曰荒"一说。《诗经·唐风·蟋蟀》笺:"荒,废乱也。"《淮南子·主术训》注:"荒,乱也。"贾谊《新书·道术》提出另一种道德贬义的

---

① Marc Manganaro, *Myth, Rhetoric and the Voice of Authority*, New Haven: Yale University Press, 1992, p. 2.
② 顾颉刚:《几服》,见《史林杂识》初编,中华书局1963年版,第2页。

解说：

> 以人自观谓之度，反度为妄，以己量人谓之恕，反恕为荒。[1]

这样，"荒"与"妄"相呼应，成为"度"和"恕"等道德品质的反面了。围绕着"荒"概念的这些语义层面虽然有别于标示空间之远距离的"大荒"，但是由此构成的语义相关性仍然是文化编码中值得分辨的现象。当西方人用英文中的"荒原"之"荒"来对译《山海经》中的"大荒"概念时，古汉语语义场中的原有张力结构也就基本上被遮蔽住了。约翰·希夫勒（John Wm. Schiffeler）著《山海经中的传说生物》一书，便用 Classic of the Great Wilderness 来意译"大荒经"，并注解道：大荒指四海之外的"空无"（emptiness）。四海指文明人居住的世界，而大荒则在文明界域之外，被看作是一种"文化的荒漠"（cultural wilderness）。[2] 希夫勒注意到"荒"所蕴含的文化意义，但毕竟无法在西文中找到与之吻合对应的词。因为脱离了上古华夏文化中儒道对峙的观念背景，诸如"荒""荒唐""荒怪"一类语词是无法得到透彻理解的。另一位西方学者亨瑞提·默子（Henriette Mertz）在《淡墨：中国探索美洲的两个古老记录》一书中提到《山海经》的《大荒东经》，英译名为 The Great Eastern Waste，[3] 以"荒地"之"荒"来译大荒之"荒"，同样难免传达中的遮蔽效应。日本神话学家松田稔对比分析"大荒四经"与"海外四经"的异同点，认为清代注释家毕沅提出的"荒经"为"海外经"注释的观点不无合理性，并进而指出二者中都存在对绘画的文字化叙述现象。如大荒经总计事项一百二十八项中，绘画的叙述有十六项。[4] 这使我们注意到与"荒"相应的想象图景。

森林，尤其是荒无人烟的原始森林，通常会成为民间想象中"荒"的典

---

[1] 贾谊：《贾谊新书》卷八，上海古籍出版社1986年版，第754页。
[2] John Wm. Schiffeler, *The Legendary Creature of The Shan HaiChing*, San Francisco, 1978, p. vi.
[3] Henriette Mertz, *Pale Ink*, Chicago：Swallow Press, 1972, p. 142.
[4] 松田稔：《〈山海经〉的海外经与大荒经》，载《学苑》，昭和女大1994年第649期。

型代表。欧洲中世纪以来的大量神话和童话故事都讲到这种陌生的、险恶的森林背景。"在这些作品中森林是邪恶的化身,是凶兆,是危险的、无法控制的。应该回避或赶快穿过森林和荒野,还要对它们表示敬畏并以听天由命的方式加以接受。红衣小骑士胡德匆匆穿过森林,一路上都在发抖,汉瑟尔和格里特尔遭到一个森林巫婆的凌辱。许多故事都反映出人屈从于中世纪时期的黑暗、阴郁、不祥和危险的森林。"①至于是什么原因使森林如此显得可怕,从神话中得到的线索是:那里往往是恶魔、妖怪、凶兽栖息和出没的地方。

美国学者纳什(R. Nash)在《荒野与美国人的心理》一书中将西方民间想象中的可怖森林上溯到古希腊和古罗马神话观念:古希腊神话提到森林之主潘神(Pan),他"被描绘成长着羊腿、羊耳、羊尾巴和人身的形象。他兼有粗野的肉欲和无穷尽的玩耍精力。必须穿越森林或大山的希腊人都怕遇上潘神。英语'惊恐'(panic)一词就起源于过路人在荒野中听到奇怪的叫声时产生的恐惧,他们认为叫声意味着潘神的来临。与潘神有关的是一帮森林之神的性情凶恶的羊人,专事饮酒、跳舞和淫欲……根据希腊民间传说,森林之神强抢女人,掳走敢于进入他们的荒野魔窟的孩子。森林之神和半人半马怪集希腊森林精灵于一身。这些半人半马怪有人的头和躯干以及马的身体、腿和尾巴"②。

在早于古希腊神话两千多年的苏美尔神话中,森林妖怪的母题已经存在了。如果从文化传播源流的意义上看,以苏美尔、巴比伦为代表的西亚两河流域上古幻想中的恐怖森林或可视为欧洲文学上此类母题的原型。在根据苏美尔神话改编的巴比伦英雄史诗《吉尔伽美什》中,写到一位隐匿于杉树林中的可怕妖怪芬巴巴:

为了把那杉林守护,

---

① 欧·奥尔特曼、马·切默斯:《文化与环境》,骆林生、王静译,东方出版社1991年版,第25页。
② R. Nash, *Wilderness and the Psychology of Americans*, New Haven: Yale University Press, 1967, p. 11.

恩利尔让他形成人间的恐怖。
芬巴巴的吼声就是洪水,他嘴一张就把火吐,
他一口气,人就一命呜呼。
森林里"六十比尔远的野牛吼叫",他都听得清楚。
那森林谁敢擅入!①

在这里,森林同城邦社会形成空间的对立。比较神话学家齐默尔(Heinrich Zimmer)指出:与房屋、城市和耕地这一类安全的地方相对,森林成了所有的凶险、妖魔、敌人和病症之所在。也正因为这样,祭拜神灵的首选自然场所中就有森林,祭品则常常悬挂在树上。② 日本学者伊藤清司也同意用这种二元划分的空间观来看待《山海经》,认为它主要表现的是与黄河流域为中心的农业文明相对的"蛮荒野生的空间"。前者可称为"内部世界",后者则为"外部世界",它构成文明社会的外围空间。

在这个"内部世界"的外围,是莽莽苍苍的森林和泽薮,死一般寂静,即使在白天也十分阴森可怖。在那无边无际的原野的尽头,则耸立着云遮雾罩的山岳。在这个陌生、恐怖、蛮荒的世界里,野兽猛禽横行,蝮蛇猖獗。对这个世界,《淮南子》描述为:"猛兽食颛民,鸷鸟攫老弱。"所以,在当时人们的观念里,"外部世界"是一个充满危险的"负的空间"。③

作为"负空间"而存在的"大荒"或"海外"的想象图景,可以在很大程度上反衬"正空间"的价值和秩序,引导人们的自我认同方向,就像趋利避害一样自然地归顺于"内部世界"。然而,森林、荒野作为负空间并不是固定不变的文明对立面,在相互转化的意义上,它可以经过人为的开垦、驯化而变成正空间的边缘部分。"捍卫领土边缘的有效性可使整个领土成为比较紧密和巩固的地域单元;领土内可生存人口数的增长或导致对领土内

---

① 《吉尔伽美什》,赵乐甡译,辽宁人民出版社1981年版,第36页。
② 参看 J. E. Cirlot, *A Dictionary of Symbols*, English translation by Jack Sage, New York: Philosophy Books, 1971, p. 112。
③ 伊藤清司:《〈山海经〉中的鬼神世界》,刘晔原译,中国民间文艺出版社1989年版,第1—2页。

的完全控制,或导致向领土外的扩张,抑或两者兼有。因此,任何重大的文化进步终将引起文化群体对领土单元的重新定义……文化群体中发生的文化演变也会造成领土分布格局的改观。就总体而言,从森林走向草原,又从草原走向荒漠,人类领土范围逐渐扩大并与文化演进的步伐一致。"[1]从这一层意义上看,正因为有"荒"的存在,才不断激发人类"开荒""垦荒"的文化行为。从往古的"大荒"幻境到今日现实中的开垦"北大荒",中国人关于"荒"的文化想象如何伴随着文明和理性的增长而变得"祛魅化",于此可知一斑。

---

[1] 王星等:《人类文化的空间组合》,上海人民出版社1990年版,第83页。

性与火：文学原型的跨文化通观

性在所有的具有禁欲主义特征的文化中都会被看成是罪恶之源和灾祸之因,用水和火来形容性欲也成了一种普遍的比喻模式。弗洛伊德说:"生火和烧火有关之事都含有性的象征,火焰代表男生殖器,火灶和火炉则代表女人的子宫。"[1]

在汉语中,性欲可以同水之大者——海——相互为喻,构成"欲海"这样的词汇;也可同火相比,组成"欲火"之类的新词。《楞严经》卷八云:"十方一切如来,色目行淫,同名欲火。菩萨见欲,如避火坑。"可见佛家把性欲之危险性喻为火坑。在更多的场合,"欲火"一词的使用不是为了强调性欲的可怕一面,而是形容性冲动的强烈不可抑制,就像火烧一般。这种比喻把抽象的性冲动加以形象化和具体化,"欲火中烧"这个成语遂成为使用频率极高的妙喻。《金瓶梅》第十二回:"话说西门庆在院中贪恋桂姐姿色,约半月不曾来家。……别人犹可,惟有潘金莲这妇人,青春未及三十岁,欲火难禁一丈高。"把火焰的高度夸张到如此地步,也就使抽象的欲变得更为具体明晰了。值得注意的是,古代小说中用火喻性时多少总带有讽刺意味。

---

[1] 弗洛伊德:《精神分析引论》,高觉敷译,商务印书馆1986年版,第123页。

《金瓶梅》第六十一回写西门庆与李瓶儿的对话：西门庆："罢罢，你不留我，等我往潘六儿那边睡去吧。"李瓶儿道："……他那里正等的你火里火发。"

用火来比喻女性的性欲，看来是中西文化的一个不谋而合之点。英语俚语中的"烧火"(fire up)就可喻指"性亢奋"状态。[①] 而英语中的 burning cant(燃烧的女阴)的说法也基于此种比喻。站在女权主义批评的立场来看，这显然是男性中心文化特制的语汇。孙光宪《北梦琐言》卷九："金陵徐氏诸公子宠一营妓，卒乃焚之。月英谓徐公曰：'此娘平生风流，没亦带焰。'时号美戏也。"可见在中国古文化中，火焰同风流之事有着一种特别的联想关系。

以火喻性，联想是直接的，因而较易领会。以火的特征"烧"喻性，联想是间接的、隐蔽的。在中国的礼教文化中，社会超我的监控是不容许性得到公开表现的，这种较为隐蔽的比喻成为曲折表达性爱活动的秘密语而流行民间，在特定的时空范围内为说者和听者普遍意会，这便是陕北民歌《公公烧媳妇》之类表现模式的起源。在此种秘语中，"烧"的主动者总是男性，因此男性又被戏谑地称为"烧神"。如一首题为《干大烧干女》的安塞民歌，起首五句是：

> 太阳出来一点红，
> 尘世上有个老烧神，
> 劳动干活他不行，
> 面前里摆下洋烟灯，
> 大烟抽上个瘾。

这段歌词值得注意的地方有两点：一是用太阳起兴，引出尘世中的"烧神"。二是将比喻性的烧与抽洋烟的烧相联系。

太阳与"烧神"之间的联系，作为诗歌起兴而出现，特别值得研究。按

[①] J. Green, *The Dictionary of Contemporary Slang*, London: Pan Books, 1984, p.94.

照中国传统诗学中的比兴说,"兴"是"先言他物以引起所咏之词"(朱熹),其中先言的"他物"与后言的"所咏之词"之间没有必然的联系,纯粹出于起兴的音韵需要。但是笔者在另一著作中已指出,比兴作为诗歌的表现模式并非作诗者的创造发明,而是神话思维的遗留物。换言之,他物与所咏之词之间,本来在神话时代是存在内容上的联系的,只是由于随着神话时代的逝去,这种联系逐渐被后人所遗忘,才成为似乎无联系的纯粹起兴。[1] 仍以太阳与烧神的关系为例,神话思维的联系是显而易见的。《金瓶梅》中的"烧神"西门庆就因其性能力的旺盛而被作者喻为太阳神"赤帝"兼火神祝融。小说第二十七回是性描写最突出的章节之一,作者有意把这场热烈的性战斗安排在一年中最酷热的日子里。

……却是六月初一日,天气十分炎热。到了那赤乌当午的时候,一轮火伞当空,无半点云朵,正是铄石流金之际。有一首词单道这热:

祝融南来鞭火龙,
火云焰焰烧天空。
日轮当午凝不去,
万国如在红炉中。
…………[2]

在这一连串的火的意象的起兴之后,写到尘世间的"烧神"同李瓶儿的花园做爱。

在这场性战斗刚刚结束之后,烧神西门庆又叫孟玉楼和潘金莲弹唱套曲"赤帝当权耀太虚"。美国学者柯丽德考证说,这个在《金瓶梅》中并没有唱出的套曲原出于南戏《唐伯亨因祸至福》,在16世纪的许多词曲集中

---

[1] 参看俞建章、叶舒宪:《符号:语言与艺术》,上海人民出版社1988年版,第158—160页。
[2] 兰陵笑笑生:《金瓶梅》,齐鲁书社1987年版。

都有收录,其中有一句是:"扇频挥,汗如珠,空彻损玉骨冰肌。"柯丽德对此做了如下分析:西门庆的淫威和太阳的赤热都属阳性,因此它们在这一回书中被相提并论的时候,显然是相互影射的。西门庆点唱此曲,表明他有意以自己与火神相比。赤帝的"烧"直接导致对"玉骨冰肌"的损害,而"玉骨冰肌"这个女人身体的标准隐喻在两页以前刚被用来描写过李瓶儿:

西门庆见她纱裙内罩着大红纱裤儿,日影中玲珑剔透,露着玉骨冰肌,不觉淫心辄起。

由于随后的性交行为是导致李瓶儿和她儿子死亡的一系列事件之一,西门庆对李瓶儿"玉骨冰肌"的摧残正好与曲子里赤帝的暴虐相对照。就这样,热与冷的联想借助于小说中的隐喻暗示了小说后面的情节发展。[1]

从原型批评的角度看,《金瓶梅》用太阳和火神来比喻西门庆,用火烧和炎热的意象为性描写起兴,这并非独创或偶然之笔,而是因袭了自远古神话时代以来的约定俗成的原型性象征。"在埃及的墓里,带圆的十字架时常与生殖器放在一起。这两种东西到底有什么关联,迄今仍是热烈争辩的问题。姑勿论十字架是否生殖器的象征,或只是太阳神话的一个象征,而太阳崇拜,又是人类普遍的宗教。十字架既为太阳神话的一部分,自然很容易变成生殖的象征,因为太阳与人类的性器官一样被认为是地上繁殖力最大的象征。"[2]汉语称男性生殖器为阳物或阳具,称日为"太阳",这就反映了远古时曾把太阳视为宇宙间阳性力量之本源的信仰。所谓"太",是至高至极的意思,"太阳"则指阳性生殖能力的总代表,这种残留在汉语中的原始信仰,又可得到比较神话学的旁证。夏·罗科(Sha Rocco)在《性神话》一书第四章"阳具与太阳崇拜"中列举了大量实例说明原始人相信

---

[1] 柯丽德:《〈金瓶梅〉中的双关语和隐语——评第二十七回》,见徐翔方编:《金瓶梅西方论文集》,沈亨寿译,上海古籍出版社1987年版,第230—231页。
[2] 卡纳:《性崇拜》,台湾国际文化事业有限公司1985年版,第49页。

太阳神具有广大无边的生殖力,是世间一切生命的本源。因此,古代的阳具或生殖器崇拜不仅仅是发生在同一时期的不相干现象,而且是在同一信仰之中相互交织的"教义",它们具有同样的或类似的意义,都代表性神。①古埃及的《亡灵书》颂赞太阳的诗句云:

> 我是光明的主宰,自生的青,
> 原始生命的"初生",无名事物的"初名"。②

这里的太阳神被视为生命之源和作为性神的创造主。基于类似的信仰,在世界各地普遍产生了太阳使处女授孕的神话。如古印度大史诗《摩诃婆罗多》处女怀胎故事:

> 赐给全世界以光明和生命的太阳神使贡蒂怀了孕。神的儿子是一怀孕就出生的,用不着像人类那样经过九个月漫长而又痛苦的妊娠期。
> ……贡蒂由于太阳神的恩典,生下孩子后又成为处女。③

又如《魏书·高句丽传》所载朱蒙出生传说:

> 高句丽者,出于夫余,自言,先祖朱蒙。朱蒙母河伯女,为夫余王闭于室中,为日所,引身避之,日影又逐,既而有孕,生一卵,大如五升……其母以物裹之,置于暖处,有一男,破壳而出,及其长也,字之曰朱蒙。④

以上两则故事,都把太阳的性能力加以神秘化和幻化,突出了生命再

---

① 夏·罗科:《性神话》,伦敦,1898年版,第57—59页。
② 《亡灵书》中译本,吉林人民出版社1987年版,第17页。
③ 《摩诃婆罗多的故事》中译本,中国青年出版社1959年版,第34页。
④ 参看王孝廉:《朱蒙神话》,载(台北)《大陆杂志》1985年七十一卷四期。

生产的意义,而淡化了性的内涵,似可看作文明社会对原始信仰及神话的置换改造。尽管如此,太阳作为阳性性能量之源的史前观念还是保存在故事中。

由于太阳与光和火的关系至为密切,所以太阳的性能力也自然而然地转换到光和火。美国哲学家威尔赖特指出:"地上的火和光的终极来源都是每天运行在明亮的天空中的太阳。……在神话中,光明之神或者在一神教发展中的光之上帝都居住在明亮的天界,或者在日光照耀的神圣高山上。在下则有地母的黑暗的子宫。她虽然在象征意义上与天相对,但在价值上却并不是对立的。因为地母的自然内涵不光包括死尸和鬼,也包括新生命的潜在可能性及助力。"①光明、火同生命就这样以太阳为中介建立了隐喻的联系。中国的《易经》中有代表火的离卦,此卦的彖辞曰:

离,利贞,亨;畜牝牛,吉。
彖曰,丽也。日月丽乎,百谷草木丽乎土。
重明以丽乎,乃化成天下。柔丽乎中正故亨,是以畜牝牛吉也。②

这里的"丽"字含义丰富,既有光明之意,又有生命之意,是"化成天下"的动力源。在"畜牝牛"一句中似还潜伏着火神话的性方面的遗留意蕴。古人把火视为"阳之精也"③,太阳的性功能也因此可以集中显现在火的表象中。弗雷泽在《火的起源神话》中还指出,原始人取火的主要方式钻木,是一种能引发快感的有节奏的活动,按照神话的类推联想,这种钻木活动便成为性活动的象征,许多民族关于火起源的神话都有火最初藏在女性生殖器中的情节,足以说明这种象征功能的普遍性。④ 弗雷泽的这一发现使后代语言中的某些隐喻模式得到了神话发生学或语源学的说明,如前

---

① 叶舒宪选编:《神话-原型批评》,陕西师范大学出版社1987年版,第223页。
② 王弼注:《周易》卷三,四部丛刊本。
③ 《艺文类聚》卷八十引《春秋考异》。
④ 弗雷泽:《火的起源神话》,伦敦,1930年版,第23页。

引《金瓶梅》中形容女性性饥饿的措辞"火里火发",及英语中"燃烧的阴户",等等。关于火最初潜藏于女性生殖器的神话观念除了与钻木取火的类比有关以外,或许还基于下述经验现象,即女性在性兴奋时常伴随有生殖器内的一种特殊的焦灼感,这种无法用抽象语词来确切传达的肉体感觉常借助火烧的隐喻(参看劳伦斯《查太莱夫人的情人》第十章)。稍委婉一些的表达如陕北民歌《有心和你一搭里坐》:

> 有心和你一搭里坐,
> 我的身子不由我。
> 一来年轻脸皮嫩,
> 想交朋友不敢问。
> 蛤蟆口灶火填白杨柴,
> 心思对了慢慢来。

从"蛤蟆口"的隐喻可以推知,这里的"灶火填柴"之喻脱胎于两性交合现象。不过既然与"心思"联系起来,整个表达就不那么直露了。

另一首陕北民歌《浑身上下都想你》云:

> 太阳上了西山畔,
> 情人几时回家转?
> 想你想得吃不下饭,
> 心火上来把口燎烂。
> 想哥哥想得迷了窍,
> 抱柴火跌在洋芋窖。
> 山柴湿溜点不着火,
> 知心朋友你想死我。[①]

[①] 山民编:《野玫瑰——中国民间私情歌选评》,大众文艺出版社1998年版,第114—117页。

这首歌里用了一系列与火相关的隐喻。"太阳"对应"心火","心火"对应"柴火",还用山柴"点不着火"的反面表达喻示欲望不能满足的苦楚。

在较为原始的神话叙述中,人类学会性交和学会使用火的过程可以联系在一起。如台湾阿美族的一则开辟神话说:"太古时,有一对男女神降至人间,彼此情投意合,而后又领会男女媾和之道,遂生育众多子孙。一日,女神无意间拉动干枯的藤枝,竟因摩擦了几下而燃烧起来,这便是天地间有火的开始。"①如果追问为什么交媾与取火两件事联系在一起,或许是由于二者都与"摩擦"的运动表象有关。《世界文化象征辞典》关于火的性象征意蕴,便是这样解说的:"火在性方面的意义与性行为的一种写照有关:来回摩擦。G.迪朗认为,火的超俗化与撞击取火联系在一起。米尔恰·艾利亚德也有相同的观点。摩擦取火被视为性结合的结果(子孙后代)。"②不过,这种因果关系不是固定不变的,神话也可以反过来叙述,即先发现火,随后学会交合。阿美族的另一则人类起源神话便是如此:

> 古时,一男神降临台湾本岛东海,一个小岛上,一个女神降临在其小溪对岸上,二神互生好感,遂同居。
>
> 一日,二神发现了火,想烤瓜,奇怪的事发生了,男神拥有多出的东西,女神拥有不足的东西,二神彼此注视,突有二鸟飞来摇摇尾,二神见之,始悟媾合之道。③

现代人可能不易明白,火的发现与所谓"奇怪的事"——男女二神身体的变化有什么必然的逻辑关系。既然我们对火与性及性器官的潜在象征关系有了足够的了解,这个困惑也就迎刃而解了。

---

① 尹建中编:《台湾山胞各族传统神话故事与传说文献编纂研究》,台湾大学人类学系印行1994年版,第6页。
② 谢瓦利埃等:《世界文化象征辞典》中译本,湖南文艺出版社1992年版。译文将"艾利亚德"误为"利亚德",引者改正。
③ 尹建中编:《台湾山胞各族传统神话故事与传说文献编纂研究》,台湾大学人类学系印行1994年版,第7页。

无论是东方还是西方,火与性的原始关系在正统文化——即占统治地位的官方意识形态中都是被排斥、被拒绝的,只能以各种各样升华了的形式而出现。在中国,火与性的隐喻关系是按照哲学抽象的方式而升华的,这便是阴阳哲学的根源及《易经》中离卦的教义解释。在西方的基督教文化中,火与性的隐喻关系是按照宗教抽象的方式而升华的,这种宗教性的升华早自犹太教祭司们改编古神话为《旧约》的时候就初步完成了。

《旧约》中的创世主耶和华之所以作为生命的创世主而存在,正因为其前身乃是太阳神兼火神——性能量的源泉。尽管《圣经》的编者一再强调上帝是没有形象特征的超验存在,以适应犹太教禁绝偶像崇拜的教义,但是《旧约》中的不少叙述依然透露出耶和华的本来面目。《创世记》一开篇便说上帝之灵一开口便给世界带来光明,这显然暗喻出上帝本为太阳神的特征。此外,《旧约》中的耶和华还常常在火中显现,并以火为武器惩罚叛教之人。耶和华的创世工作没有借助于配偶神进行生育,性的因素在这里完全被遮盖住了。但是《新约》中讲述的耶稣诞生故事却又多少透露出古神话的真貌:处女玛丽亚感圣灵而孕的母题无疑脱胎于感日或感日光而孕的神话原型,只不过较为具体的太阳或阳光被较为抽象的"圣灵"替代了而已。在这种宗教抽象中,感生神话的性的意义被过滤掉了,剩下的是一种神圣的、神秘莫测的宗教观念。后来基督教的三位一体教义给圣灵的解释是:

  圣灵是主,是赐生命的,从父出来,与圣父圣子同受敬拜,同受尊荣。

这里的"赐生命"与"从父出来"二句表明,圣灵不过是阳性生殖力崇拜的基督教变体而已,潜藏在圣灵背后的仍是阳光和火的原始表象。一旦基督教的信仰发生危机,随着"上帝已死"的现代无神论的觉醒,原始表象又将取代"圣灵"而重新获得评估和确认。在 D. H. 劳伦斯的小说《查太莱夫人的情人》一书末尾,我们清楚地看到这种原始表象取代圣灵的宗教"解构"之实例——一对私通的情人认为性爱之火便是"圣灵":

虽然我惧怕，但是我相信你我终必结合的。一个人得竭力抵抗挣扎以后，才能相信什么事物。一个人对于将来的唯一的保证，便是相信他自己有最好的东西和它的权力。那么我相信我们间的小火把。……现在，那小火把是我生命中唯一在怀的东西了。至于孩子呢，那只是旁枝末叶。你我间的那把熊熊之火，便是我的"圣灵降临"。人们往日所信的"圣灵降临"是不太对的。"我"与"上帝"，这无论如何是有点傲慢的。但是你与我间的熊熊小火，那便是可持的东西了！

……我的灵魂温柔地在"圣灵降临"的小火把中，和你一起翱翔着，这好像是性交时的和平一样。我们在性交的时候，便产生了那种火焰。即使植物的花，也是由太阳与大地相交而产生的……

……当真正的春天来了的时候，当我们相聚之日来到了的时候，那时我们便可以在性交之中使那小小的火把光辉起来，鲜艳而光辉起来。[①]

劳伦斯为了表达他的"拜火教"即性崇拜思想，充分运用了自神话时代以来广为流传的原型意象，将性与火、太阳、光辉之间的所有隐喻关系都和盘托出了。在他看来，西方的基督教文化传统对人类犯下了一个莫大的错误，即用一些虚无缥缈的语词剥夺了人的现实存在，用精神剥夺了肉体。"劳伦斯认为圣父代表肉体，圣子代表字词；……肉体造就了字词。肉体属于圣父，这是不可改变的；但人们是属于字词的，而字词枯萎了。圣子篡夺了圣父的地位；肉体便离我们而去，只剩下残败的字词——也就是说，我们用精神意识替掉了肉体意识。字词无法使我们与女人融于一体，因而我

[①] 戴·赫·劳伦斯：《查太莱夫人的情人》，饶述一译，湖南人民出版社 1986 年版，第 438—439 页。

们只有毁灭。"①拯救人类免于毁灭的唯一途径是摒弃字词的束缚,同肉体重新结合,在性爱之火中找回失落已久的圣灵。

> 真正的学问是从全部的有意识的肉体产生出来的,不但从你的脑里和精神里产生出来,而且也从你的肚里和生殖器里产生出来。②

可见劳伦斯的新宗教实质在于重振远古的生殖器崇拜,以之对抗阉割了人性的基督教文化。在这场史无前例的宗教革命中,火的隐喻发挥了重要作用。由生殖器的交互作用所产生的"小小的火",竟然大声疾呼地向上帝宣战,并自诩为新时代的"圣灵降临"。借助于这古老的性象征语汇,劳伦斯成功地将长久以来不得登大雅之堂的性问题摆到了意识形态中的核心位置。相比之下,火的隐喻蕴含在其他西方作家笔下还有许多其他层面,如法国哲学家巴什拉所指出的,被"性化"的火之意象构成多种象征的联系中介,它把物质和精神、罪恶和德行联系起来,火既外在于我们的身体,又内在于我们的身体;既是可见的物质,又是不可捉摸的精神。③著名英国批评家大卫·洛奇在《火与爱:夏绿蒂·勃朗特的尘世元素之战》一文中,从火的原型入手,分析勃朗特的小说《简·爱》,充分揭示出火作为这部名著的主导意象,是怎样以其特有的多重语义蕴含在作品中发挥作用的。洛奇指出,火是人类生活必不可少的光与热之源。在英国气候条件下,火是家庭生活的象征。火常常用来暗喻情欲——欲火能带来欢乐,也能烧毁一切,火还可以代表基督教的净化或永恒惩罚。《简·爱》中一百多次提到火的地方,上述各种意义都可以找到。只是随着不同的语境而起不同的作用。

洛奇还发现,勃朗特创作中大凡出现火的意象,其语义效用总是由上

---

① 克默德:《劳伦斯》,胡缨译,生活·读书·新知三联书店1986年版,第42—43页。
② 戴·赫·劳伦斯:《查太莱夫人的情人》,饶述一译,湖南人民出版社1986年版,第47页。
③ 巴什拉:《火的精神分析》英译本,波士顿,1964年版,第55页。

下文中的另一种与火相对立的元素的意象来限定的。简和罗彻斯特之间的激情关系被表现为熊熊燃烧的火,而这种关系的冷却或断裂则表现为石、冰、雨、雪的意象。简和里弗斯之间格格不入的情况暗喻在后者的名字里:里弗斯(Rivers)一词本意即为河水。简在内心独白中曾用"火山"意象,有效地传达出她对罗彻斯特的那种敬畏与爱欲相交织的矛盾心理。罗彻斯特也正是爱上了简那如火的叛逆性格,屡次表明自己是能够赏识这种火的人:"我已经看见了,你生气的时候简直像个火神。"经过洛奇的原型分析,《简·爱》一书在火的意象的辉映之下,显示出前人未曾注意到的深层内涵。

在中国文学中,与火相关的性隐喻由于受到强大的礼法压抑,会变得较为暧昧隐晦,而且局限于民间亚文化中,在士大夫作家笔下很少出现。这样一来,性隐喻就变成了隐语乃至谜语,非但后人难以理解,就连同时代的读者也大都不知其底蕴。下面举一个"烧香的"例子略作说明。20世纪20年代,北大研究所歌谣研究会出版的《歌谣周刊》在中国民俗学史上占有重要地位。著名历史学家顾颉刚先生在该刊上发表了一系列民歌研究的文章,其中连载的《写歌杂记》文中有一段名为"跳槽",论及《吴歌甲集》第九十首"自从一别到今朝"与百代公司唱片中以"跳槽"为题的曲调之异同。跳槽,指嫖客更换妓女,该歌以妓女的口吻唱道:

…………
你有洋钱别处嫖;小妹身体有人要!你走你的阳关路;奴走奴的独木桥!偕奈各处去卖香声!

此歌末句难解,著名戏曲研究家钱南扬致函顾颉刚先生,举出了"跳槽"的不同唱法以为补正:

…………
你有(呀)银钱有(呀有)处嫖,
小妹妹终生有人要,

（郎呀！）不必费心了！

（唅呀，唅唅呦，郎呀！）不必费心了！

你走你的阳（呀阳）关路，

奴走奴的独木桥。

（郎呀！）处处（去）买香烧。

（唅呀，唅呦唅，郎呀！）处处（去）买香烧。

顾先生看到此唱本后写道："从这首歌里，可知我原本写的，'偕奈各处去卖香声'句乃是'买香烧'之误（声与烧同纽）。这烧香不知何义，或者是永不见面的祈求吧？"①这一句之改动恢复了歌中"烧香"的隐喻，但即使像顾颉刚先生这样的博学者也不知为何意，乃至做出不确切的推测。其实，烧香是与性交相关的隐喻，《金瓶梅》中就有其例。第六十一回"西门庆乘醉烧阴户"写的是西门庆在王六儿心口里、盖子上、尾停骨儿上烧了三处香。第七十八回写西门庆与林太太性交后在她心口烧了两炷香，后又写西门庆与如意儿偷情时再次在女方身体上烧香：

须臾那香烧到肉根前，妇人皱眉啮齿，忍其疼痛，口里颤声柔语，哼成一块，没口叫，达达爹爹，罢了我了，好难忍也。

对于这两段烧香的描写，古今未有确解，一般认为是性虐狂的表现。刘辉先生新近举出早于《金瓶梅》的明代小说《如意君传》中的类似情节，才给烧香的隐喻找到合理的解答。该书写武则天与薛敖曹之间的淫乱行为，有一次武后在敖曹身上烧香——

后谓敖曹曰："我闻民间私情，于白肉中烧香疤者，以为美谭，我与汝岂可不为之？"因命取龙涎香饼，对天再拜，设誓讫，于敖曹尘柄头烧讫一圈，后于牝户上烧一圈，且曰："我为汝以痛

---

① 《歌谣周刊》第九十五号，第七版。

始,岂不以痛终乎?"①

这段记载告诉我们,在肉体上烧香是民间私情传为美谈的一种风俗,烧香的行为总是与性行为相伴,这就表明二者之间是有关联的。究竟是什么关联呢?从火烧的隐喻之意来看,烧香于肉体乃是性交的类比行为,借烧香所留在肉体上的疤痕来铭记性爱关系,这正是民间私情特有的做法,不像明媒正娶的婚姻有公众社会所认可的合法性。② 在这里,民间歌曲《自从一别到今朝》中末句"郎呀!处处去买香烧"的意义也就自然冰释了,那正是对"跳槽"者朝秦暮楚般的性行为的隐喻讽刺。

理解了烧香是性行为的密码表达方式,或许对下面的情歌可以做出确切的判断:

> 井水溜溜插把刀,
> 你有衷情我才交,
> 你是绫罗才下剪,
> 你是长香我才烧。③

由这首民歌中的比喻来看,民间男女结私情时烧香的风俗并非局限于一时一地,而是具有相当的普遍性。如另一首关中民歌所唱:

> 莫把真情当假意,
> 莫把沉香当柴烧。④

---

① 刘辉:《〈如意君传〉的刊刻年代及其与〈金瓶梅〉之关系》,载《徐州师院学报》1987年第3期。
② 《金瓶梅》第二十一回西门庆语:"他说吴家的不是正经相会,是私下相会。恰似烧夜香,有心等我一般。"
③ 凤县民歌《你是长香我才烧》,见《中国民间文学集成陕西卷·宝鸡歌谣集成》,宝鸡市民间文学集成办1988年印行,第107页。
④ 凤县民歌《莫把沉香当柴烧》,见《中国民间文学集成陕西卷·宝鸡歌谣集成》,宝鸡市民间文学集成办1988年印行。

还有一首贵州民歌《烧火不燃要火燃》，也把调情比作烧火。

> 烧火不燃要火燃，
> 情哥不玩要哥玩。
> 好比后园嫩豇豆，
> 慢慢牵来慢慢缠。①

当代墨西哥诗人，1990年度诺贝尔文学奖得主，奥克塔维奥·帕斯，研究色欲与文学的关系，写有《双重火焰——爱与欲》，用不同色彩的两种火焰来分别比喻爱情和欲望。他在序言中写道："根据《权威词典》的解释，火焰是'火最精华的部分，它向上移动，以金字塔的形状升高'。最初的、原始的火就是性欲，它升起爱欲的红色的火焰，后者又升起另一个摇曳不定的蓝色火焰并为之助燃：爱情的火焰。爱欲与爱情，生命的双重火焰。"②

通过上述追索与探讨，性与火的原型联系及其在中外文学中的表现具有相当的普遍性。它可以说明这样一个道理：文学语言的象征性特质植根于神话思维时代的类比联想。文学原型的跨文化发生体现了人类早期思维的趋同性，而原型语义的引申和变异则取决于不同文化的文学传统。

---

① 山民编：《野玫瑰——中国民间私情歌选评》，大众文艺出版社1998年版，第33页。
② 奥克塔维奥·帕斯：《双重火焰——爱与欲》，蒋显璟、真漫亚译，东方出版社1998年版，第3页。

原型与科普写作

原型批评作为20世纪兴起的一种文学批评理论,已经广为文学圈内的人们所知,可是科学圈内的人也许还不知道诺斯洛普·弗莱(Northrop Frye)这个名字。熟悉当代圣经学研究的读者当然会认出,弗莱就是那位撰写《伟大的代码——〈圣经〉与文学》的多伦多大学教授。这所大学在过去的一个世纪里为世界贡献了两位文科学术大师:一位是文学理论家弗莱,另一位是最早提出"地球村"概念的传播学家麦克卢汉。

弗莱在该书中运用他的原型理论重新解读《圣经》,提出了一系列发人深省的见解。比如说,《圣经》的叙事背后潜在一种先下降后上升的U型模式,该模式即充分体现了犹太教和基督教的原罪、惩罚、救赎的教义思想,又构成西方文学标准的喜剧叙事结构之原型。再比如说,《圣经》自身的结构形成一个完整循环,《新约》是《旧约》原型叙事的某种置换变形(displacement):耶稣来自约书亚,玛利亚来自摩西的姐姐梅利安,摩西逃出埃及后组织起以色列人的十二支部落,耶稣则有手下的十二个门徒,等等。这些观点很容易在神学领域引发争议,却也给文学创作带来启示。1998年,美国的朱比特科学出版社推出《爱因斯坦的圣经》,可以看作是现代科普写作利用原型理论的一大创举。在世纪之交的时刻我们看到这部书的中译本(李斯、马永波译,海南出版社2000年版),篇幅虽不大,却感觉异常厚重。

《圣经》作为西方文学中宏大叙事的原型经典,是世界上自古及今发行量最大的一部书。美国哥伦比亚大学的萨缪尔等教授撰写的《爱因斯坦的圣经》,讲述的是太阳系和地球的演化,生命的起源和人类的诞生等全套的故事,其叙事的宏大性比《圣经》有过之而无不及。它涉及的知识领域之广,涵盖了生物、物理、化学、地质、天体、考古、人类等各门学科;讲述的内容之新,包括了近年来刚刚出现的一些理论假说。仅凭这两个特点,就不能简单地把它看成是所谓旧瓶装新酒的现代包装术之产物,而应理解为尝试使科学理论和科学观念"再经典化"(recanonize)的一种示范。

借用《圣经》的名义来向世人宣讲牛顿、达尔文、爱因斯坦、普朗克等科学大师的理论发现,确实是一件事半功倍的大胆创举。因为西方世界中的基督徒每个礼拜日都在教堂里读《圣经》,他们对这部书的熟悉程度,显然要远远地超过其他的一切读物。完全模拟《圣经》的篇章结构和叙述口吻、句式而写成的这部科普书,首先就在形式上一步跨越了宗教与科学之间的传统对立鸿沟,拉近了上帝、摩西们与爱因斯坦们之间的距离。这多少有一些调和折中的味道,似乎要在势不两立的科学与神学传统之间,来一场化干戈为玉帛的和亲运动。我们看《列王记》篇尾的"科学十诫"与《圣经·旧约》原有的摩西十诫遥相呼应;再看《物理学之书》卷首题词:

> 宗教是内在的沉思;
> 沉思的对象是灵魂和精神。
> 物理学是外在的观察;
> 观察的对象是宇宙及其内容。
> 宗教与科学相辅相成。

就不难明白作者们的良苦用心了。《列王记》之第六书题为"爱因斯坦",并特意引用爱因斯坦的名言作为开端:"没有宗教的科学是跛子;没有科学的宗教是瞎子。"在此,读者会顿时开悟:为什么这部书的书名要把伟大科学家和伟大的宗教经书结合为一体。

《爱因斯坦的圣经》的一大特色是陈述上的"并置"法,往往在章节开始处先引述《圣经》原文的警句,接下来再宣讲新的科学原理。让读者从这种古今之间、圣俗之间、新旧之间的文本对应与学理对应中,亲身体味到阅读的张力,从张力中获得相互对照和相互陌生化的反思契机。例如,《爱因斯坦的圣经》的《旧约》创世纪之第一书称为"普朗克时代",开篇引《圣经》原文:"太初,地是空虚混沌,渊面黑暗。"接下来讲的是:

> 太初,并无初始可言。普朗克时代以前,没有时间,亦无空间。宇宙处在量子状态,一片狂乱波动。量子宇宙为兆万亿的世界。潜在世界沸腾而出,继而烟消云散,有如热锅沸水。隧道效应及波动在这些世界里推动原始世界。量子引力发起旷世浩劫,引力波无处不在,宇宙如一千个解不开的结。(p193)

如此鲜明的"并置"写法,大大增加了"文本间性"所带来的理解空间。对于科学家来说,可以促动他们对古老的《圣经》文本做出新的思考;对于宗教学和神学学者来说,可以提供一个机会,使他们在神的启示与人的启示(科学)之间做出重新权衡。难怪这部书问世不久,就受到了普遍的关注,还有多位诺贝尔奖的得主加以推荐。

如果用一句话说出《爱因斯坦的圣经》的成功秘诀,那就是:科学家也学会了《尤利西斯》的笔法,把原型结构的原理应用到传播科学的书写实践中。

古今中外,像《哈姆雷特》《浮士德》《西厢记》等一批最有生命力的文学杰作都是利用原型进行再创造的范例;我们面前这本科普作品《爱因斯坦的圣经》能否同样幸运呢?

诗可以兴：孔子诗学的人类学阐释

中国古代诗学关于诗歌功能的最早也最有系统的见解出自儒家思想的奠基人孔子。《论语·阳货》所提出的"兴、观、群、怨"说是中国诗学和美学史上具有开创性和经典性的艺术作用论。孔子所列举的诗歌的四种功用对于后世文艺思想的发展有重要和深远的影响，尤其是"诗可以兴"的理论命题始终占据着传统诗论的中心地位。然而，对孔子这一命题的理解和解释两千多年来却未能定论，至今在国内外学者之间仍然存在着很大的分歧。本文拟从人类学的跨文化角度重新审视"诗可以兴"的命题，希望能从思维与文化的关系上对"兴"的概念做新的阐释，把它作为透视我们这个东方诗国文化特质的一个窗口。

一、兴的研究：从孔子到当代

孔子的文学观和美学观集中表现在他对"诗"的见解上。相传作为"六经"之一的《诗经》是经过孔子挑选和整理后编为定本的。尽管孔子删诗说的真伪至今尚未有定论，但孔子与《诗经》的特殊关系却是无可置疑的。《论语》一书中"诗"的概念共出现了十四次，其中大部分是特指周代诗歌的选本《诗经》的。这样，孔子"诗可以兴"的命题同作为"诗六义"

(《周礼·春官·大司乐》又称"六诗")之一的"兴"概念之间的对应关系也就不言自明了。可以说,真正透彻地理解"兴"这个中国诗学的核心概念所特有的文化蕴含,将是从整体上把握中国文学特色的一个有效基点。以下的讨论将从古今学者对"兴"的训释和阐发入手。

《论语·阳货》中记述孔子论诗一节是:

> 子曰:"小子何莫学夫诗?诗,可以兴,可以观,可以群,可以怨。迩之事父,远之事君;多识于鸟兽草木之名。"

这里所用"兴"一词本义为"起""发动",引申为"兴盛"。这些意义在《诗经》中都有用例。如《小雅·小明》:"念彼共人,兴言出宿。"郑笺:"兴,起也。夜卧起宿于外。"《大雅·绵》:"百堵皆兴。"毛传:"兴,起也。"《秦风·无衣》:"王于兴师,修我戈矛。"《大雅·大明》:"矢于牧野,维予侯兴。"毛传:"兴,起也。"《小雅·天保》:"天保定尔,以莫不兴。"郑笺:"兴,盛也。无不盛者,使万物皆盛,草木畅茂,禽兽硕大。"

"兴"字在日常语言中的这些意义一直保留到今天,现代汉语中的"兴起""振兴""兴旺"等合成词便是明证。《论语》一书中"兴"字共九见,其中有七次用于上述意义,如《泰伯》中的"则民兴于仁",《子路》篇的"礼乐不兴"和"一言而可以兴邦",《卫灵公》篇的"从者病,莫能兴",《尧曰》篇的"兴灭国,继绝世"等皆是。值得注意的是,日常语言中常用的"兴"概念一旦用来指称诗的功用,就多少具有了诗学术语的性质。《论语》中除了上引《阳货》篇"诗可以兴"一例外,《泰伯》篇中还有类似的用例。孔子说:

> 兴于诗,立于礼,成于乐。

包咸注云:"兴,起也。言修身当先学诗。礼者,所以立身。乐所以成性。"这种注释按照"兴"字的本义来解释"兴于诗",似乎并未突出潜在的术语性质。不过,由于孔子论诗两次使用了"兴"的概念,这就使它从日常语汇中超升出来,奠定了后人以"兴"论诗解诗的悠久传统。战国后期成书的《周礼》把"兴"列为官方诗歌教学的纲领,与风、赋、比、雅、颂并称"六诗",从而正式确定了作为专门术语的"兴"。汉代的儒者毛亨为《诗经》作传,特别注意用这一术语来区分出诗艺修辞的一种专用模式。毛传在三百零五首诗中注明"兴也"的有一百一十六首,占《诗经》总篇数的百分之三十八。《毛诗序》中还沿用《周礼》"六诗"说,改称为"诗六义",但在解诗实际中只标明"兴"体而不及其他"五义",这就使源于孔子的以"兴"论诗的做法发展为儒家诗教的正统规范。

后儒还从毛诗反推孔子,认为《论语》中以"兴"言诗时已暗含了"赋"与"比"。刘宝楠《论语正义》云:"赋比之义,皆包于兴。故夫子止言兴。《毛诗传》言兴百十有六,而不及赋比,亦此意也。"[①]可见,自孔子至毛诗,"兴"的术语因其重要性超过其他术语而被奉为中国诗学的核心范畴。后代学者根据这一核心范畴而新创的诸多术语如"感兴"(《文镜秘府论》)、"兴象"(殷璠《河岳英灵集序》)、"兴寄"(同上文)、"兴会"(《颜氏家训·文章》)、"伫兴"(宋大樽《茗香诗论》)、"兴味"(蔡襄《漳州白莲僧宗要见遗纸扇诗》)、"兴致"(严羽《沧浪诗话》)、"兴托"(钟嵘《诗品》)等,都反过来说明了"兴"在古代文学理论和美学上的中心地位。陈世骧先生的《原兴——兼论中国文学特质》[②]一文的标题似也表明了"兴"范畴在当代文论家心目中的至上位置。

那么,这个代表着中国文学特质的"兴",究竟有什么样的意义和价值呢?为什么可以兴的诗被孔子奉为儒家人格修养的起点呢?对此,自古及今的中国学者都沿着一脉相承的思路不断加以阐释,评价则始终是高度肯定的。

孔安国注《论语·阳货》时将"兴"解说为"引譬连类",这可以说是具有权威性的精确解释,可惜后人对引譬连类的理解大致局限在修辞技巧方

---

① 刘宝楠:《论语正义》,上海书店1986年版。
② 英文题为 The Shih-Ching: Its Generic Significance in Chinese Literary History and Poetics,见台湾"中央研究院"《史语所集刊》第三十九本,1969年版。中译者王靖献,收入《陈世骧文存》,志文出版社1972年版;又见叶维廉主编:《中国现代文学批评选集》,联经出版公司1976年版,第9—48页。

面,未能从中挖掘潜隐的文化蕴含。《周礼》郑注引郑司农(众)云:"兴者,托事于物。"这正是"兴托""兴寄"概念的发端。孔颖达《毛诗正义》解郑司农语云:"兴者,托事于物,则兴者,起也。取譬引类,起发己心,《诗》文诸举草木鸟兽以见意者,皆兴辞也。"这一段论述综合了孔安国的"引譬连类"说和郑众的"托事于物"说,并照应了《论语》论诗可"多识于鸟兽草木之名"的看法。朱熹注《阳货篇》"兴"概念时所说的"感发志意"似也脱胎于孔氏的"起发己心"一语。

现代学者对"兴"的研究取得了很大进展,提出了许多有益见解。如顾颉刚从歌谣起兴角度去解释,以为"兴"的意义只在于协韵起头,与意义无关。① 钟敬文、朱自清等则对顾说提出了批评或补充,指出借物起兴有两种情况,一种是与诗意不相关的"纯兴诗",另一种是"兴而带有比意的诗"。② 钱穆先生从孔子仁学角度论兴,强调了诗歌对于修身养性的作用:

> 诗尚比兴,多就眼前事物,比类而相通,感发而兴起。故学于诗,对天地间鸟兽草木之名能多熟识,此小言之也。若大言之,则俯仰之间,万物一体,鸢飞鱼跃,道无不在……孔子教人多识于鸟兽草木之名者,乃所以广大其心,导达其仁,诗教本于性情,不徒务于多识也。③

黄振民着眼于兴与比的异同,对顾颉刚的说法做了进一步引申,确认兴为"篇首之比",并区分出"无意之兴"作为"有意之兴"的源头。④ 钱锺书更结合古今儿歌中的实例,认定古人李仲蒙"触物起情谓之兴"的说法

---

① 顾颉刚:《起兴》,载《歌谣周刊》第九十四号,1925年。又,"论兴诗",见《史林杂识》初编,中华书局1963年版,第257—261页。附和这一观点的还有何定生:"关于诗的起兴",载中山大学语言历史学研究所《周刊》第九集第九十七期,1929年。收入《古史辨》第三册。
② 钟敬文《谈谈兴诗》,朱自清《关于兴诗的意见》,均收入《古史辨》第三册,上海古籍出版社1982年版。
③ 钱穆:《论语新解》,巴蜀书社1989年版。
④ 黄振民:《诗经研究》,正中书局1982年版,第186页。

最切近歌诗之理。① 日本汉学家青木正儿以《关雎》篇为例，认为"像这样先举比喻然后叙说真意之法，叫做兴"。② 这同黄振民视"兴"为"篇首之比"的观点大致相同。松本雅明则用"气氛象征"来解说"兴"，他在《关于诗经诸篇形成的研究》二、三章"兴的研究"中写道："兴本来不外乎是在主文之前的气氛象征。它是由即兴、韵律、联想等引出主文的，不是繁杂的道理，而是直观性的、即兴性的、并且不外乎朴素自然的表现法。"③另一位以研究甲骨、金文著称的日本学者白川静试图从宗教背景出发确认"兴"的起源与本质，他根据《礼记·乐记》中"降兴上下之神"的说法，指出兴就是以酒灌祭地灵的礼仪。他还说：

> 我想对历来在《诗经》修辞学上称为"兴"的发想法加以民俗学的解释。我认为，具有预祝、预占等意义的事实和行为，由于作为发想加以表现，因而把被认为具有这种机能的修辞法称为兴是合适的。这不仅是修辞上的问题，而是更深地植根于古代人的自然观、原始宗教观之上；可以说一切民俗之源流均在这种发想形式之中。④

白川静的这种视野对于局限于文献训诂圈子的传统思路无疑具有启发意义，当代旅居海外的一些华裔学者也都尝试从宗教、民俗等角度重新解说"兴"的本义。曾任教于加州大学的陈世骧教授针对甲骨文"兴"字中残留的原始表象，把这个概念解释为"初民合群举物旋游时所发出的声音"。他说，商承祚《殷契佚存考释》和郭沫若《卜辞通纂考释》对"兴"字的解说可以互相发明和补充，作为探索《诗经》之诗作由来的有效途径。

---

① 钱锺书：《管锥编》第一册，中华书局1979年版，第62—65页。
② 青木正儿：《中国文学概说》，隋树森译，重庆出版社1985年版，第64页。
③ 松本雅明：《关于诗经诸篇形成的研究》，东洋文库本，昭和三十三年（1958）年版，第944页。
④ 白川静：《兴的研究》，昭和三十七年（1962）油印本；《中国古代民俗》，何乃英译，陕西人民美术出版社1988年版，第49页。

商氏指出,群众举物发声,但我们以为这不仅因为所举之物沉重。郭氏强调的"旋转"现象,教我们设想到群众不仅平举一物,尚能旋游,此即舞蹈。举物旋游者所发之声表示他们的欢快情绪,实则合力劳作者最不乏邪许之声。① 陈氏为旁证这一推测,举出西方学者对欧洲歌谣起源研究中类似的语源学分析。如察恩伯爵士(Sir Edmund K. Chambers)以为,"歌谣"(carol)在西方字源中有两种含义可以互相补充。在希腊拉丁语源里 cho-rus 有"圆舞"之义;corrolla 一词则表示小冠冕、小花环之类的东西,舞者环绕这冠冕花环而跳动,且其形状也暗示这种环旋的舞蹈。② 这种情形同代表旋转舞蹈的"兴"似乎很接近,陈氏据此认为,诗歌起源于原始的群体活动,源自人们情感配合的"上举"的冲动。群体舞蹈中总有一人脱颖而出,成为领唱人,把"呼声"引向有节奏感的章句歌唱,此即古代诗歌里的"兴"。从原始步入文明,诗的咏唱进入肃穆的宫廷和宗庙,成为仪式的构成要素。直至毛公传诗的时代,对兴的原始记忆和尊崇依然存在,"兴"遂成为中国诗学理论的基石。③

与陈氏的这种见解较为接近的还有任教于威斯康辛大学的周策纵教授。他在《古巫医与六诗考——中国浪漫文学探源》一书中专章考论"兴"的由来,认为殷商甲骨文中的"兴"都是祭仪名称,与祈求或欢庆生产丰饶的宗教活动有关。④ 从角度和方法上看,周氏与白川静、陈世骧等人较为近似,但从具体结论上看则有所不同。他认为甲骨文"兴"字像四只手拿着一个盘子。盘与般相通。般既有盘旋之义,又是乐舞之名,《周颂》中便有诗篇名《般》,即指那种持盘而旋舞的情况。"兴"所指代的祭仪,便可能是一种歌乐舞合一的活动,或持盘而舞,或围绕盛物的承盘而乐舞,或是敲着盘而歌舞。⑤ 较广义地看,不必都要用承盘,大凡执持或陈列某种器物

---

① 陈世骧:《原兴:兼论中国文学的特质》,见《中国现代文学批评选集》,联经出版公司 1976 年版,第 21 页。
② 察恩伯:《中世纪英语文学》,牛津大学出版社 1974 年版,第 66—68 页。
③ 陈世骧:《原兴:兼论中国文学的特质》,见《中国现代文学批评选集》,联经出版公司 1976 年版,第 24—25 页。
④ 周策纵:《古巫医与六诗考——中国浪漫文学探源》,联经出版公司 1986 年版,第 217 页。
⑤ 周策纵:《古巫医与六诗孝——中国浪漫文学探源》,联经出版公司 1986 年版,第 216 页。

以作展览的乐舞礼仪,都可认为有类似"兴"的性质。《诗经》颂诗以一字为题的有七篇,周氏以为都表现陈器物而乐歌的特征:《酌》《般》《赉》《桓》四诗题目已显示表演时是持勺、盘、贝、方板而舞。《武》应指持干戈而舞;《雝》诗言"于荐广牡,相予肆祀",《潜》诗言"潜有多鱼"和"以享以祀",均表明陈荐实物于祭祀的意思。早期的"兴"即是陈器物而歌舞,相伴的颂赞祝诛之词当然会从这些实物说起,此种习惯自然演变成"即物起兴"的作诗法。甚至也可先说些不相干的事物来引起主题。汉代注家所谓"兴者,托事于物",正说明了诗歌起兴与陈物而赞诛的关系。① 周策纵的这一解释不仅以较充足的证据显示了"兴"的祭仪根源,而且也附带说明了歌诗、民谣因物起兴的表现模式的发生过程,可以说是当代对"兴"的研究较为引人注目的新成果。

此外,香港中文大学的周英雄先生借助于结构主义的诗学理论构架来考察赋、比、兴的语言结构,先后著有《赋比兴的语言结构:兼论早期乐府以鸟起兴之象征意义》和《兴作为组合模式:语言与神话结构》(原文为英文 The Linguistic and Mythological Structure of Hising as a Combinational Model)两篇专论。他在文中按照语言构成的两大模式——横组合关系与纵聚合关系来判断"比"与"兴",把"比"解释为出自纵聚合关系的隐喻,把"兴"解释为出于横组合关系的换喻。他写到赋、比、兴的区别时有如下一段:

> 赋仅就日常语言加以浓缩与放大;比、兴则牵涉到意义的转移,也就是言非所指;至于比、兴的区分,比是明指一物,实言他物,是语义的选择与替代,属于一种"类似的联想";兴循另一方向,言此物以引起彼物,是语义的合并与连接,属于一种"接近的联想"。②

---

① 周策纵:《古巫医与六诗考——中国浪漫文学探源》,联经出版公司1986年版,第228页。
② 周英雄:《赋比兴的语言结构——兼论早期乐府以鸟起兴的象征意义》,见《结构主义与中国文学》,东大图书公司1983年版,第142—143页。

这样的划分突出了比、兴在语言构成方面的特点,但同把"兴"视为隐喻的流行看法有很大出入,这似乎涉及中西文中"隐喻"与"换喻"两个修辞术语的不同性质。不过,按照西方文论中的结构主义诗学的术语意义来解析中国古文论的范畴,这种沟通和规范化的尝试毕竟是可取的。周先生这些见解启发我在下文中对孔子诗教作跨文化的观照,发掘其中的人类学含义。

二、引譬连类与神话思维传统

在《符号:语言与艺术》一书中,我曾经从历史发生的动态考察中说明比、兴的起源,认为这是人类神话思维的类比方式发展到文明社会时期的自然遗留物。比、兴用于诗歌创作,最初并非出于修辞学上的动机,而是由比、兴所代表的诗的思维方式所决定的,这种引譬连类的思维方式正是神话思维的产物,是神话时代随着理性的崛起而告终结以后所传承下来的一种类比联想的宝贵遗产。[①] 从文化比较的意义上看,每一种文明的建立和生长都伴随着思维方式上的变革和逻辑理性的成熟,但由于在不同的文明中这种变革在方向上和程度上有所差异,所以由此铸塑成不同民族文化特有的思维习惯和理性传统。在古希腊,逻辑理性的成熟伴随着神话的衰落和贬值。早期的哲学家们在怀疑和指责神话的非理性特质时,同时也对诗人发起了攻击。像荷马这样横跨神话与诗两大领域的远古传说中的诗人,竟一时间成为哲人们争相批评和责备的靶子。柏拉图著名的《理想国》卷十竟以"诗人的罪状"作为副标题,这就很有代表性地说明了当时诗(神话)与哲学之争的引人瞩目的局面。

有迹象表明,在这场对西方文化史的发展具有划时代意义的历史性争端的初始阶段,占有数量上优势的诗人们并未被少数智者——哲人所击败;相反,他们倒是给那些以理性代言人自居的先知先觉者戴上了种种滑稽的帽子,如柏拉图所例举的:

[①] 俞建章、叶舒宪:《符号:语言与艺术》,上海人民出版社1988年版,第154—158页。

> 哲学和诗的官司已打得很久了。像"恶犬吠主","蠢人队伍里昂首称霸","一批把自己抬得比宙斯还高的圣贤","思想习巧的人们毕竟是些穷乞丐",以及许多类似的谩骂都可以证明这场老官司的存在。①

从希腊诗人讥嘲哲学家的这许多流行语的背后,我们可以推想最早的哲人们是处在怎样一种鹤立鸡群、孤掌难鸣的孤苦境地。神话传统所遗给文明初期的巨大惰性力绝非几个先知先觉的哲人所能抗衡,而诗的思维和表达方式也在相当长的时期里在意识形态中占据着统治地位。柯克教授指出:神话传统在青铜时代后期和红铜时代的古希腊确立了自身的牢固地位,又经过荷马和赫西俄德二人的进一步强化,当时不可能有人超越这种传统。如果说公元前7至5世纪的人们依旧用神话的方式表达自己,那并非因为他们的现实情感与这种方式相吻合,而是因为他们尚不能同其无所不在性(ommipresence)相抗争。传统因素的延续制约了新的表达方式的发展,例如散文体。令人难以置信的还有,自阿尔基洛科斯至品达,希腊诗人们和剧作家们大量运用神话素材,只是由于无法从这些传统素材中超脱出来,他们的创作想象依然深深地沉浸在往昔的神话世界之中。② 然而,以公元前4世纪的柏拉图为标志,诗与哲学之争的局面发生了根本性的逆转:诗人们为神话而辩护的声音日趋衰减,哲人们为逻辑理性和道德性而争取地位的要求成为思想史发展的必然之势。传统的以神话史诗为内容的教育方式开始解体,如朱光潜先生在《理想国》卷二、卷三的中译题解中说:柏拉图把文学看作音乐的一部分,因为文学在古代及原始社会中主要是诗歌,和音乐本分不开。希腊儿童和青年人的教育内容主要是荷马史诗,教育方式主要是演唱或口述。柏拉图对当时流行的这种文学教育极不满意,在本篇对话中他对荷马的严厉批评是具有革命性的。③

---

① 柏拉图:《柏拉图文艺对话集》,朱光潜译,人民文学出版社1959年版,第81—82页。
② 柯克:《神话:在古典文化和其他文化中的意义与功能》,剑桥大学出版社1971年版,第249页。
③ 柏拉图:《柏拉图文艺对话集》,朱光潜译,人民文学出版社1959年版,第60页。

哲学的逻辑理性思维方式最终压倒并取代神话诗的思维方式,这的确是一场具有革命性的思想史大变革。尽管每一个文明大都或迟或早地、以这样或那样的方式经历了类似的变革,但其具体过程以及变革的激烈程度却有很大差别。这些差别充分体现了每一文明的社会历史条件的特异性,因而也是造成后世思想文化差异的重要契机之一。著名的法国古典学家维尔南特在一项中国、希腊思想史的比较研究报告中指出:"与古代中国相比较而言,在古希腊,社会发展与思想的进化具有一种更激烈的和辩证的特点。对立、冲突和矛盾扮演着更为重要的角色。与新变革相对应,思维朝向一种不变的和同一的层面发展,而推理的模式则旨在激进地排除任何矛盾的命题。"[1]这种激进的思想变革的直接结果,哲学与科学成为超越一切之上的思想结晶,神话被当作理性和道德的对立面而加以否定,承袭神话思维方式的诗人们也不再占据往昔的神圣地位,屈居于作为时代精英的异己之物,除了尚存一些修辞学价值外,连同神话一起被爱智者所不齿。

尽管对于这样一种思想史革命的评价在当代西方哲学中引发了根本性的争议,以海德格尔为代表的现象学派重新标举诗的大旗,并把柏拉图以后的哲学发展视为理性异化的历史,但是这场革命奠定了西方文明的逻辑理性思维传统这一事实却是毋庸置疑的。以此为参照背景,反观中国先秦思想史上的同样进程,将会提供一些有益的启示。

在有"中国的柏拉图"之称的孔子那里,我们确实可以看到与柏拉图十分近似的那种以政治、伦理为本位的理性精神。尤其是对待神话、宗教一类超自然现象的强烈怀疑和批判态度,孔子同样为儒家思想的发展奠定了"不语怪力乱神"的理性信条。然而,具有重大文化价值的差异在于,孔子并没有像柏拉图那样把诗同神话并列为一体,作为理性的对立面。恰恰相反,孔子一方面拒绝神话,如把"黄帝四面"的神话意象加以纯然理性化的解释,[2]另一方面却极度推崇神话时代的精神产物——音乐与诗歌,把它们看作是人格教育的根本和基础。这种对诗的截然相反的理性态度绝

---

[1] 维尔南特:《古希腊的神话与社会》,洛伊德英译本,收获出版公司1980年版,第90页。
[2] 参看拙著《中国神话哲学》第六章"黄帝四面",中国社会科学出版社1992年版。

不是个人爱好和趣味的问题，它恰恰暗示了孔子所代表的儒家理性不同于希腊的逻辑理性的特异之处。从这一意义上看，孔子关于"诗可以兴"的理论命题的价值和意义就不是单纯的文学或修辞学范围内所能理解的，它实际上成了一个人类学即比较文化的课题。

孔子在拒斥神话的同时推崇诗歌，这无异于拒绝接受神话的非理性内容而接受了神话思维的非逻辑形式，而这种神话思维的非逻辑形式对于奠定中国哲学思维的传统、塑造中国特殊的理性人格形态均有不可估量的潜在作用。就此而言，孔子在拒斥"怪力乱神"之类非理性的思维内容的同时，却倡导以诗的比、兴为代表的非逻辑的思维方式，这正是由神话到哲学的思想史变革在中国文化中特有的渐变过程的表现，不同于古希腊的激进的哲学革命。与此相应，以《易》之"象"和《诗》之"比、兴"所揭示于人的中国式哲理从一开始就具有了"诗性智慧"的特点，因而也始终未能向纯形而上的（西方意义上的）方向去构建逻辑的理论体系。诗与哲学之争也从来没有像在希腊那样构成思想史上的重要课题。由于诗歌在孔子的推崇之下已经确立它在正统意识形态中牢不可破的地位，周代的三百篇诗经孔子编定后又被尊奉为神圣经典，列入"五经"之内，所以后世也不会发生像西方思想史上不绝如缕的"为诗辩护"之类的翻案壮举。从《周礼》中规定的大师教六诗的官方教学法则到后代统治者以诗赋取士的科举考试制度，使我们这个名副其实的"诗国"自古以来一直崇诗如崇哲。可以称得上为哲人的历代学者没有不会作诗的，但要找出在逻辑理性方面足以同亚里士多德三段论相匹敌的个人建树，也许并不容易。这一切，实已由孔子"诗可以兴"的命题所预示出来了。

"兴"的思维方式既然是以"引譬连类"为特质的，它的渊源显然在于神话思维的类比联想。神话类比有别于科学的类比逻辑的主要之点有二：

第一，神话思维的类比只能在现象事物的表面上进行，或者说仅仅是一种外在特征的类比。只要两种事物之间在某一个别方面具有相似性（如求鱼的关雎与求淑女的君子），便可将它们同化为同类现象，这样所类推出的往往不是客观性的知识，而是主观性的附会的"虚假的"知识。科学思维中的类比必须依据能在一定程度上反映事物本质属性的相似特征，还要依据被比现象中相似属性的数量,力求得出客观的认识。

第二,科学思维中的类比尽管考虑到对象相似特征的质的方面和量的方面,所得结论仍是或然性的,有待于进一步验证。神话思维的类比却是自我中心性的,它毫无例外地要把类比结果固定化、绝对化,无须提供实际的证明。① 一旦引譬连类的联想方式从诗歌创作本身扩展开来,形成某种非逻辑性的认知推理方式,"兴"就不仅仅是一种诗歌技巧,同时也成了一种时髦的论说和证明方式。"兴"的这种扩展和推广,最明确地表现在先秦时代的引诗用诗现象中。在这种为我所用的引诗推理的普遍现象之中,可以清楚地看到先秦理性所具有的神话思维特征是怎样有别于古希腊的逻辑理性,也是理解孔子"诗可以兴"命题的最佳场合。法国学者唐纳德·霍尔兹曼依据孔安国"引譬连类"说来理解"兴",将它译为"隐喻性暗指"(metaphorical allusions),并认为《论语》一书中引诗说理的实例本身就是这种隐喻性暗指的应用。如果仅仅把"兴"理解为作诗之法,那就无法洞悉孔子的类比推理其实正是兴的实际运用。

例如,孔子说"绘事后素"时,实际上是把诗用作"兴"即隐喻性暗指,所说之物与所指之物其实并不同类。这种在当时外交礼节上屡见不鲜的暗指及其解说其实就是"兴"。难道孔子在展开他的推理时会忽视对《诗》的这种用法吗?况且,"兴"这个词指涉诗歌并且具有"类比"(analogy)或"暗指"(allusion)的相关意义,是来源很古的。在我看来,无视这个词的特有意义,把它译为"激发人的情感"(waley)或"启发心志"(legge),将是危险的。②

霍尔兹曼对"兴"的这种看法已经超出了修辞和诗法的窠臼,把人们的注意引向孔子的类比推理方式。《论语·学而》篇中有一个常被人引用的以《诗》推理的例子:

---

① 俞建章、叶舒宪:《符号:语言与艺术》,上海人民出版社1988年版,第129—130页。
② 霍尔兹曼:《孔子与古代中国的文学批评》,见瑞克特编:《中国的文学批评法:从孔子到梁启超》,普林斯顿大学出版社1978年版,第36页。

子贡曰:"贫而无谄,富而无骄,何如?"子曰:"可也;未若贫而乐,富而好礼者也。"子贡曰:"诗云:如切如磋,如琢如磨,其斯之谓与?"子曰:"赐也始可与言《诗》也矣,告诸往而知来者。"

子贡在此引用了《卫风·淇澳》中的诗句,切磋与琢磨原本是加工玉器的方式,《诗经》中引申来形容君子学道修身的功夫。毛传云:"道其学而成也,听其规谏以自修,如玉石之见琢磨也。"鲁、齐说曰:"如切如磋,道学也;如琢如磨,自修也。"①可见用治玉器的方式来比拟君子修养功夫,这已经构成了一种类比。到了子贡那里,又从类比中引出新的类比,附会到孔子说的"贫而乐,富而好礼"上面去了,这可真是引譬连类的叠床架屋式应用了。孔安国曰:"子贡知引《诗》以成孔子义,善取类,故然之。往,告之以贫而乐道;来,答以切磋琢磨。"②子贡之所以能举一反三,靠的正是"善取类"的本领。不过他的这种类比由诗之比兴直接发展而来,显然仍停留在神话思维层面,与注重事物本质的科学类比相距甚远。正是这种"善取类"的联想受到孔子的高度赞赏,由此也可看出他的"兴于诗"或"诗可以兴"的真正所指了。中国式的"诗性智慧"就是这样在神话时代结束以后成为理性的主要形式的。顾颉刚先生《诗经在春秋战国间的地位》一文指出,子贡、子夏不过会用类推的方法,用诗句做近似的推测,孔子已不胜其称赞,似乎他最喜欢这样用诗。用一个题目来概括这种用诗法,就是"触类旁通"。春秋时人的赋诗已经会触类旁通了,经过孔子的提倡,后来的儒家更加精于此道。如《中庸》中说:

《诗》云:"潜虽伏矣,亦孔之昭。"故君子内省不疚,无恶于志。君子之所不可及者,其唯人之所不见乎!

这里所引《小雅·正月》的上下文是:"鱼在于沼,亦匪克乐。潜虽伏

---

① 王先谦:《诗三家义集疏》卷三下,中华书局1987年版,第267页。
② 刘宝楠:《论语正义》卷一引,上海书店1986年版。

矣,亦孔之。忧心惨惨,念国之为虐!"这是一片愁苦之声,意思是说:鱼潜伏水底,也会给敌人看清楚,没法逃遁,甚言国家苛政的受不了。《中庸》却断章取义,类推出"莫见乎隐,莫显乎微"的哲学意味。这种用诗说理似比春秋时人深了一层,但走的仍是春秋时人的原路。① 记载春秋时历史的《左传》与《国语》二书之中即可找到大量的断章引诗之例。《左传·襄公二十八年》:

> 癸臣之子,有宠,妻之。庆舍之士谓卢蒲癸曰:"男女辨姓,子不辟宗何也?"卢蒲癸曰:"宗不余辟,余独焉辟之? 赋诗断章,余取所求焉,恶识宗?"

由此可知春秋时赋诗断章,目的是"取所求",而所赋之诗也是作为类比依据而存在的。《国语·鲁语》中也有师亥关于"诗所以合意,歌所以咏诗"的见解,正可与《左传》的断章取义说相互发明,足证"引譬连类"在先秦时期已不仅是作诗之法,同时也发展成为理性思维的流行模式。难怪孔子要对儿子孔鲤语重心长地教导说:"不学诗,无以言。"原来不从诗歌学习引譬连类的联想方式,就不能具备在正式场合中论说发言的权力。"善取类"成为当时衡量个人理性教养程度的基本尺度,这同柏拉图视诗为非理性的观点形成鲜明的对比。霍尔兹曼说:《诗经》在孔子教育学生的过程中,肯定占据十分重要的位置。但是,他主张,研读《诗经》的原因,却有点令人惊讶:无以言,听起来好像是主张从古诗中拣一些装点门面的话来修饰点缀日常语言。然而事实也许并非如此。在古代外交场合中,《诗经》被用作重要的交际工具。外交家们引用适当的诗句,虽然脱离了上下文并附以主观附会的解释(就像我们从孔子及其弟子们那里所看到的那样),仍然可以谨慎而不失礼节地表达自己的立场观点。如果不能引用合适的套语,国与国之间就会有大祸降临。孔子在此一方面向人们表明了他

---

① 顾颉刚:《诗经在春秋战国间的地位》,见《古史辨》第三册,上海古籍出版社1982年版,第347页。

对《诗经》的高度重视,另一方面也表明他的重诗还是纯然为了实用,是超出文学之外的。① 需要强调的是,孔子不是把《诗》当作艺术品来看待的,而是当作类比思维的符号典范,希望人们能够从中学到主观联想式的推理方式和表达方式。由此看来,"诗可以兴"的命题绝不是什么文学批评的命题,它表明了孔子作为中国的诗性智慧的理论奠基者,对于"诗·语言·思想"这一本体论关系的深刻洞见,对于类比联想的思维方式的特别推崇。

三、诗教、谣占与盲诗人传统

从"兴"的类比作用着眼,我们已经看到中国先秦理性思维的一个特异之处。引诗用诗的时代偏好在本质上不是修辞技巧问题,而是思维传统问题。古代流传下来的诗歌之所以被广泛引用,在当时与其说是附庸风雅,不如说是为类比推理寻找令人信服的根据。换言之,诗是被当作一种具有伦理或法律的规范效用的"公理"而被称引的,引诗者的动机不过是为了说明自己观点的合理性或论证自己要求的正当性。在这种情形下的引诗连类的做法,同原始社会中引用神话作为法典的普遍倾向实在是一脉相承的,它们都有一种取法于古昔时代的保守立场和一种效仿祖先智慧的"稽古"式思想偏向。对此,从人类学的立场出发也许能得到透彻的宏观观照。

研究东方民族思维特征的日本学者中村元精辟地指出:中国人的思维方法中有一种偏重依恋过去事实的倾向。中国人重视先例而不强调抽象原则,他们善于从过去的惯例和周期发生的事实中建立一套基准法则,即以先例作为先决模式。换言之,古人昔日经验的成果在中国人的心理上唤起一种确实感,而由抽象思维中得出的逻辑规范却没有这种心理作用。因此可以说,中国人的基本心理是力图在先例中发现统领生活的法则,而中

---

① 霍尔兹曼:《孔子与古代中国的文学批评》,见瑞克特编:《中国的文学批评法:从孔子到梁启超》,普林斯顿大学出版社1978年版,第34页。

国式的学问也就是熟知已逝岁月中的诸多先例。① 人类学家马林诺夫斯基在原始部落社会中所发现的神话的法典(charter)作用,实已为中国乃至一切国度中的崇古思维找到了最初源头。原始人视古代传下来的神话为神圣的法典,它不仅为现存社会结构提供了权威的证明,也为社会生活中的一切言行提供了祖先的范本。因此最高的智慧不外乎熟知神话,并能在特定的场合引述神话。②

宗教史学家艾利亚德也指出,在原始社会中,重述神话的做法本身就是"回归初始"(return to origin)的努力,因为只有神话中讲述的神灵和祖先的所作所为才具有神圣性,为后人永远效法之源。神话总是同"起源"有关,它讲述事物的由来,或某种行为、制度、劳作方式的产生,通过这种溯源为人类所有的重要行为提供范式。认识神话,就是认识事物的根源,从而得以掌握和控制它们。这种知识不是"外在的"或"抽象的"知识,而是从仪式中体验的知识。③ 神话的讲述往往有特定的场合,如新年礼或成年仪式;讲述者绝非凡夫俗子,而总是祭司、巫师一类神职人员,他们才是当时社会中善用类比联想的典范,因而也是知识和教育权力的占有者。随着由原始到文明的社会演进过程,神话的法典作用逐渐转移到神话的遗留形式——诗歌,而原来以神话为核心的知识和教育体系也向诗的方向转化。据美国学者理查德·考德威尔的研究报告,古希腊社会中的盲诗人传统与原始社会中的巫医传统一脉相承,作为神话诗之传授者的盲人既是能占卜的先知和巫师,又是能治病的医生。他们的先天生理缺陷——双目失明,正是他们独自占有神圣知识(the forbidden knowledge)传授权的前提条件,因为正是与现实世界的视觉隔绝保证了盲诗人能够生活在神话诗的超验世界之中,体验到与神灵交往的迷狂状态。④ 无独有偶,在古代中国也存

---

① 中村元:《东方民族的思维方法》,林太、马小鹤译,浙江人民出版社1989年版,第126—127页。
② 马林诺夫斯基:《原始心理中的神话》,伦敦,1936年版,第24—26页。
③ 艾利亚德:《神话与现实》,特拉斯克英译本,哈波出版公司1963年版,第34页。
④ 考德威尔:《希腊神话中的占卜术心理学》,见埃考克编:《20世纪思想和文学中的古典神话》,德克萨斯理工大学出版社1980年版,第45—65页。

在同样的盲诗人传统。《左传·襄公十四年》就有"史为书,瞽为诗,工诵箴谏"的说法;《国语·周语》更提到了一系列职掌诗歌音乐的盲官名称:

> 故天子听政,使公卿至于列士献诗,瞽献曲,史献书。师箴,瞍赋,诵……瞽史教诲,耆艾修之;而后王斟酌焉,是以事行而不悖。

这里所说的作为国王智囊人物的瞽、瞍,其实都是双目失明者。闻一多先生说,瞎子记忆超人,故古代为人君诵诗者为瞽。[①] 参照人类学关于史前社会盲诗人传统的跨文化观照,闻一多的这种解释毕竟过于浅显了些。他没有看到盲人先知作为神圣知识传授人的深远宗教背景。至于古代训诂家对于《周礼·春官·大司乐》所说的祭祀已死教师于"瞽宗"的种种解说,就更只能在字面意义中兜圈子了。其实,这些与盲诗人传统密切相关的字和词只有从文化比较的角度才能得到透彻理解。上古统治者之所以让这些盲人担任传授诗乐知识的官职,完全是因袭自史前传承下来的宗教知识传统,而盲乐官以诗乐参政的智囊作用也无非是原始的盲先知和巫师们直接主宰社会意识形态这一现象在文明社会中的遗留形式。以柏拉图攻击盲诗人荷马为标志,史前流传下来的以诗为教的知识传授制度在古希腊遭到了全面解体的命运,而逻辑理性则在神话诗的废墟上建立起自身的独尊地位。相形之下,盲诗人传统在中国文明中却伴随着神话思维方式的延续和扩展而得到发扬光大,与"兴于诗,立于礼,成于乐"的儒家信念相适应,盲目的瞽、瞍等生理缺陷的人依然有幸进入官方统治集团。所谓"祭于瞽宗"的制度更表明史前的盲诗人教育体制如何在文明国家获得进一步的神化。

从神话的法典功能和盲诗人传诗制度可以看出,春秋时人的赋诗言志、献诗陈志和教诗明志,都体现出神话时代之后替代神话而行使法典作用的诗歌的重要价值。在古代诗句中所蕴含着的祖先时代的经验已经成

---

① 闻一多:《歌与诗》,见《闻一多全集》第一卷,生活·读书·新知三联书店1982年版,第192页注五。

为后代引诗者所信奉不移的人生准则和处世公理。事实上，取代神话而行使古昔智慧之法典功用的不只是诗歌，还包括民谣、俗谚、成语和故事等。后人利用这些具有无须求证的公理性质的往古遗产，也同利用诗一样，能够收到举一反三、引譬连类的逻辑效果，大大加强"言志"的说服力。如《左传·隐公元年》祭仲谏郑伯一段：

姜氏何厌之有？不如早为之所，无使滋蔓。蔓，难图也。蔓草犹不可除，况君之宠弟乎？

谏者用关于蔓草的谚语来类比推及"君之宠弟"，说明防止滋蔓的重要性，这种比喻说理的逻辑同取法于诗的做法显然别无二致。

再如《周易》之中的"谣占"，即引用民谣进行占卜的类比推理。《明夷卦》云：

初九，"明夷于飞，垂其翼。君子于行，三日不食"。有攸往，主人有言。

爻辞前四句是一首民谣，它同《诗经》中许多以鸟起兴的诗一样，头两句用明夷（水鸟）起兴，由明夷要淘干水才有鱼吃这一现象类比君子在旅途中找食不易、三天没饭吃的状况。谣占的主旨在于说明行旅之难，所引的民谣同上例中《左传》所引俗谚一样，都是作为推论的依据和类比的出发点，因而行使着类似神话与诗的法典作用。如果按照希腊哲学家亚里士多德所规定的形式逻辑原则，由谣占、诗证、歌谏等方式而展开的类比推理都不能算是科学的类比，其主观性和随机性使这些自我中心的联想结果无法得到逻辑的或事实的验证。雅各·热奈特曾提出是语言方面的障碍阻滞了哲学和逻辑思维在中国的发展进程，乃至到了大一统的秦王朝建立之际，非理性的类比观念仍然构成统治思想的基础：皇帝本人的才与德能给整个世界带来秩序。① 然而,值得深思的问题似乎应该是:语言因素究竟在多大程度上能够制约中国文化的构成,使之选择了谣占和诗证的类比联想方式,而没有选择严格的逻辑思维呢?

人类学家们在非洲尼日利亚东南部的阿朗人(Anang)社会中看到,同诗在中国古代的情形相似,谚语在这里几乎完全主宰了人们的理性思维。谚语的数量之大、使用频率之高,使它足以凌驾于歌谣、故事和谜语之上,成为口头艺术中最重要的一种。谚语既用作法典,用来检验习俗化的行为,又用于教育、培养青少年人的智慧,还用于推理、论说、娱乐等方面。相邻的伊博人给阿朗人的命名,其含义是:"在任何情况下均能机智且完整地表达思想。"看来这一善用谚语的民族文化可以作为"诗性智慧"的另一种表现了。尤其值得注意的是,以谚语为依据的推理竟能在当地的传统法庭判决中起到决定性的作用。②

在一个偷窃罪的案例中,原告深思熟虑地提出了针对被告以前行为的谚语:"如果一只狗从树簇中采到了棕榈果,它就不会怕豪猪。"棕榈树中尖刺很多,狗若能从中采得棕榈果,就一定不会怕豪猪的刺了。这一谚语用来类比被告是个惯偷,许多听众认为判决只是一个手续。谁知被告说出一句论证他无罪的谚语:"一只孤身的鹧鸪飞过灌木丛,不会留下路。"鹧鸪紧靠地面行走,离开后会留下踩倒的草。他用这谚语把自己比作一只孤鸟,没有同情者支持,要求法庭不要受众人感情的影响,原谅他过去的行为。③ 由此不难看出,尼日利亚谚语的理性作用正好同诗歌在中国先秦时代一样。"被告误用谚语有助于对他的定罪"④,这也同误用诗证会招来国家的危难完全相似。

---

① 热奈特:《中国的社会史与思想进化:从公元前6世纪到公元前2世纪》,见维尔南特:《古希腊的神话与社会》,洛伊德英译本,收获出版公司1980年版,第77页。
② 梅辛杰:《谚语在尼日利亚人判案中的作用》,载《西南人类学杂志》第十五卷,1959年,第64—73页。
③ 梅辛杰:《谚语在尼日利亚人判案中的作用》,载《西南人类学杂志》第十五卷,1959年,第64—73页。
④ 梅辛杰:《谚语在尼日利亚人判案中的作用》,载《西南人类学杂志》第十五卷,1959年,第64—73页。

看来,不论是谚语还是诗歌,乃至寓言和故事等,作为理性思维的一种初级形式,都是神话类比联想的派生物,因而有别于以形式逻辑为准则的抽象理性思维。至于选择诗还是其他形式作为全民族性的论证推理工具,则完全是文化因素所注定的。中国式的"兴于诗"和尼日利亚的"兴于谚语",乃至印度的"兴于寓言"、阿拉伯的"兴于故事",就其人类学意义上看,其实都是殊途同归的。

四、作为问题的结语

从人类学立场上对"诗可以兴"的命题作跨文化(原始与文明、中国与外国)考察,不仅使我们看到了中国传统思维特质的渊源及其形成过程,认识到作为类比联想符号典范的古诗在从原始向文明的理性转变进程中异常重要的承上启下作用,深入理解儒家诗教对于培养中国式推理和论说能力的文化范式作用,而且还将从一个侧面启发人们思考与诗性智慧和诗国文化相关的一系列问题:

诗之比兴作为神话类比的遗留物同中国哲学思维的关系如何?

在古代文学史上为什么是诗始终占据着中心地位?

为什么中国文学史上叙事性作品直到在佛教影响之下才较晚地发达起来?

为什么连后起的小说等体裁之中也会出现与西方小说迥然不同的"引诗为证"的情形?

从文化互补的意义上看,引譬连类的诗性智慧与西方的逻辑理性之间有没有沟通和整合的可能?

既然现代西方哲学家已经重新看待自柏拉图以来的形而上思维方式所造成的理性异化,既然海德格尔已在《诗·语言·思维》中重新确认了诗对于人类认知、思想和语言的本体论地位,那么源远流长的中国诗国文化将对人类思维的未来发展提供怎样的有效参照呢?

文学与人类学相遇:《马桥词典》的认知价值

一、从寻根小说到小说寻根

　　学院式的教育使人们习惯于分门别类地看待事物、思考问题。久而久之,类别的界限就被误认成天经地义的、具有真理性的东西。其实,类别之分完全是人为的产物,事物之间的界限也是相对的。小说不是从来就有、自古皆然的文学样式。我们今天当作文学体裁的小说概念是西方的 fiction(虚构、小说)概念汉译后的结果,各种文学教科书对这一体裁的特征、规范之界定已被误读为万古不变的铁标尺。《马桥词典》的出现,使惯于分类思维、对号入座的书生们碰到麻烦:它究竟还是不是小说,是不是文学?只因为它当初在《小说界》面世,后来又由作家出版社出版,作者以前确实以小说家知名天下,现今仍在海南作协领工资,所以人们尽管心存疑虑,可还是把它当作小说来讨论和批评。让我们从既定的套路中跳出来,换一个角度做一假设:《马桥词典》不署作者的真名,也不在专出文学作品的出版社出版,而换成某家纯学术的出版社,情况又会怎样呢?恐怕心浮气躁、肝火旺盛的文人圈子不会像现在这样热闹,某些居心叵测的传媒也就无由坐收渔人之利,从中生发出足以"轰动"俗民视听的"娱乐"题材了。

从写作动机看,把小说乃至文学的观念相对化,正是《马桥词典》的一大初衷。不是小说又怎样?这会不会减损了它作为精神产品的价值?这样的发问也许会有"退一步海阔天空"的启悟效应。先看另一个例子:波兰出身的物理学博士马林诺夫斯基因第一次世界大战爆发而无法归国,滞留在南太平洋的特罗布里安德岛民社会中,一住就是两年半。他用日记的形式把他所观察到的原住民生活、语言、习俗尽可能详尽地写下来。后来在英国根据这些材料发表了一系列人类学著作,开创了参与观察法和功能主义人类学学派,成为对20世纪社会科学贡献卓著的大师。既然《马桥词典》的作者以一个外来知识分子的身份在马桥村落社会居住了六年多,书中词语百分之九十九都直接取自当地村民的日常生活,我们有何理由硬要用本义为"虚构"的西方式小说概念来套这本书呢?

既然物理学界从未有人指责马林诺夫斯基背叛本行,那么把《马桥词典》当作类似于田野作业的方言札记来看,又何必引发小说界文学界同人的惊慌呢?文体的界限可以打破,职业的界限也不是不可逾越的。汉代屈指可数的大文学家扬雄不也是中国第一部方言词典的著者吗?歪打正着往往是引发认知革命的契机。

从文学还原到本土文化之根的意义上说,《马桥词典》又恰恰是不折不扣的中国小说,因为其取材和表达方式在很大程度上回归到汉语"小说"一词的本来意义,那就是《庄子·外物》中的"饰小说以干县令"和《汉书·艺文志》所云:小说家者流,盖出于稗官,街谈巷语,道听途说者之所造也。从这个命名上就可看出,汉文化中的小说本不是文学,而是相对于官方的、庄重堂皇的话语而言的民间小道话语,属于下里巴人的范围,在价值上自然低人一等。正因为如此,中国文学传统从来都以诗赋为正宗,在近代西学东渐以前,小说始终未登大雅之堂,被蔑视为"子不语"一类游戏笔墨。而在梁启超等人借来西洋的文学观掀起小说界革命之后,作为重要的文学体裁的小说才彻底恢复了名誉,并构成现当代创作的主流形式,在不断的交流和借鉴之下日益和西方小说相接轨。

《马桥词典》的作者当初也在这条接轨的道路上行走,并且取得了世人瞩目的成就,可是在本书中却明确表示不愿再向这个方向走下去了。经过多年自觉的"寻根文学"探索,《马桥词典》的作者似乎终于在后殖民意识的觉醒年代找到了本土文学的非文学之根——活生生地存在于下里巴人口耳之间的日常话语。这种从"寻根小说"到"小说寻根"的写作转变,表面上看来是作者个人兴趣的变化,但从其背面却分明可以透析出处在当代急剧的文化变迁之中的知识分子所做的重要价值选择。

二、文化多元时代的认识相对化

经院哲学时代以来最大的思想副产品就是知识在权力的作用下定于一尊,形成后人难以逾越的认识屏障。无论是上帝发出真理的信条还是独尊儒术的政策,都会使一元化的知识结构长久统治知识分子的头脑,把某种外在的因素所夸大、变形的东西绝对化,貌似万古不变之真理。生活在这种氛围之下的人们是很难跳出一元论之窠臼,形成自由思考和多元价值观的。

20世纪是世界上传统的文化屏障以空前的速度和广度被打破、消解的世纪,迎来地球村时代的人们很难再固守单一文化封闭不变的价值观念,在碰撞、播化、交流与互动的加剧中形成的多元文化格局必然在认识论方面引发重大变革,知识与价值的相对化就这样在文化相对化的基础上日益深入人心。人类认识的盲点、死角不断得到新的开发和探索,昔日的真理不得不让位于更加精细、具体的认知需要。正如英式英语和美式英语、港式英语之间并无正误之分别一样,在爱斯基摩文化描绘雪的二十多种名称的对照之下,《辞海》中有关"雪"字释义的权威性自然受到质疑。"地方性知识"(local knowledge)这个概念的提出将对人文社会科学产生极深远的影响,消解和修正我们在经院哲学时代所形成的绝对化知识观和真理观,使具体问题具体对待的认知策略成为研究成效的保证。人类学家吉尔兹在20世纪80年代初这样写道:

> 关于文化现象应被视为能提出阐述性问题的分类甄别意指系统的主张,令十年前的社会科学家极感惊恐,因为当时社会科

学家往往会对任何文学上的或不精确的东西产生过敏性的厌恶反应,而这种主张已不可能令当下的社会科学家感到惊恐了。在某种程度上讲,这乃是下述日益发展的认识的一个结果,这种认识指出,业已确立的那种对诸如规律和因果性社会物理等现象进行研究的路径,并没有能在预测、控制和可检验性方面取得成功,而采取这些路径的论者原本却一直允诺能在这些方面获致成功。再者,从某种程度上讲,它也是知识去偏狭化(deprovincialization)的一个结果。更为开放且宽宏的现代思想潮流已然开始冲击过去那种隐晦、偏狭的知识,尽管这些知识在某些方面依然如故。①

对于习惯了"放之四海而皆准"一类独断论思维方式的人来说,所谓地方性知识也就是那种只在一时一地才"准"的知识,其在人类思想文化中的地位和价值是根本不足道的。科学理性的任务绝不在于纠缠这些琐碎具体的常识,而在于寻找具有广泛概括力的、普遍性的法则或原理。然而,在吉尔兹等人看来,过去相当一段时间里人们对普遍原理的过分偏执恰恰阻碍了人文社会科学领域的发展,曾被信奉为规律、因果性关系法则的许多教条并不能在预测未来方面给人如愿以偿的实际结果,也经不起在不同时空范围内的应用性验证,日益暴露出"大而不当""往而不返"的虚假性和空洞性,不但无助于进一步认识新事物,反而成了束缚人们眼界和手脚的障碍,无形中使我们的知识"偏狭化",与丰富多样的文化现象相互脱节。吉尔兹说:"尽管我们当中仍有一些人委身于一个被他们视作单一的大理念,但对涵括社会之一切的'一般性理论'的倡导毕竟已日益空洞无力,对拥有这种'一般性理论'的主张也显得妄自尊大","一个民族志学者,通过对远古思想布局的爬梳厘定,会发现知识形态的建构必然总是地方性的,亦即同他们的工具及包装总是不可分离的。人们或能以普遍式的修辞掩盖此一事实,或能以某种大而无当的理论使之变得模糊不清,但事

---

① 吉尔兹:《地方性知识》,邓正来译,载《国外社会学》1996 年第 1—2 期。

实上人们并不能真正使之消失掉"。①也可把这种知识的"去偏狭化"——对地方性知识的广泛关注看成是文化多元时代所唤醒的认识论上的一种民主化倾向,因为它主要针对的就是权力借助意识形态而塑成的独断性知识和文化霸权主义。人类学家通过展示文化的多样性存在之事实就已在客观上构成了对独断与霸权的潜在挑战。

与人类学中以解释人类学派为代表的知识去偏狭化倾向相对应,在社会学中也出现了转向个体研究的新潮流,并由此引发出李凯尔特式的方法论悖论:"研究个体的"(ideographic)方法能同"研究普遍规律的"(nomothetic)方法一样合法吗?知识社会学家里克曼解释说:"社会学为什么趋向于个体研究,基本上有两个原因。一是社会科学中引起我们兴趣的独特现象要比自然科学的多得多。一旦作出或证实某个普遍法则,如果没有进一步考虑的话,化学家就把化学制品遗弃在工作台上;而社会学家们却仍然对'中等城市'(Middletown)的经历或西方资本主义的起源保持着兴趣。二是社会学的规则并不是支配社会中个体之间相互关系的规则。例如,我们能够按照生物学的、心理学和经济学的规则来解释家庭生活的全部事实,但是,社会学感兴趣的婚姻和家庭生活的特征,在特定社会里只有依照其独特的社会文化背景才能解释清楚。这些思考已经使得通过批判地检验、合理地证明和系统地使用,来使研究个体的方法合法化这一点变得十分重要。"②在发展研究个体的方法方面,与文学批评和美学相近的阐释学方法自然受到社会科学家的关注。吉尔兹在20世纪70年代给自己的文集命名为《文化阐释》时,就有意识地同怀特等人的"文化科学"划开了界线:"研究文化并不是探求法则(in search of law)的实验性科学的一种,而应该归为探索意义(in search of meaning)的解释性的学科。"③

进入20世纪90年代,伴随着西方知识界对传统的欧洲中心主义世界观和白人优越论的批判性反思不断深入,对文化殖民主义现象的广泛自

---

① 吉尔兹:《地方性知识》,邓正来译,载《国外社会学》1996年第1—2期。
② H. P. 里克曼:《理性的探险》,姚休等译,商务印书馆1996年版,第144—145页。
③ C. Geertz, *The Interpretation of Culture*, New York: Basic Books, Inc., p. 5.

觉,跨学科的全方位文化研究的展开,已有人文学者正面提出"新的文化差异性策略",作为批评家和艺术家在多元文化时代立身行事的价值基础。科内尔·韦斯特便是这一新策略的理论倡导者,他对此一策略的特征做出如下描述:

> 新的文化差异性策略的明显特征在于用多样性、多元和异质(heterogeneity)去取代一元和同质(homogeneous)。拒斥抽象、一般和普遍,而代之以具体、特殊和个别。通过强调偶然、暂时、无常、不确定性、转换和变化而实现历史化、情境化和多元化。[①]

于此不难看出,在文化批评家和艺术家们这里,比在认识相对化的进程家那里来得更加迅猛和激进。在后者那里,对个体和差异的关注是为了纠正由知识的绝对化和偏狭化所造成的认知误差,填补知识全景图中的空白和盲点。"同文学评论家一样,社会学家必须关心主观意义,人们把这些主观意义归属于他们所在的情景,是因为他们的主观意义给他们提供了行动的动机。所以,为建立因果关系和普遍规律而限定自身的科学方法需要解释学作为补充。"[②]而在趋近于后现代立场的批评家这里,"补充"的要求已被"取代"的呼声所淹没,对偶然、暂时、异质和个别的过分推崇一旦走到极端,也就难免把相对变成了虚物。那种在文学欣赏中流行的说法"有一千个读者就有一千个莎士比亚",若完全照搬到人文学科的其他领域中来,那就无异于从根本上取消了学科存在的理由。

三、边缘性弱势话语中的"地方性知识"

从文化多元时代认识相对化的大背景上看《马桥词典》的出现,或许

[①] C. West, "The New Cultural Politics of Difference," *The Cultural Studies Reader*, ed. Simon During, London and New York: Routledge, 1993, pp. 203–204.
[②] H. P. 里克曼:《理性的探险》,姚休等译,商务印书馆1996年版,第145—146页。

能从一般的文学阅读之外领悟到更深层的认识论意义。对我国方言的研究,从扬雄的时代算起,足有两千多年的历史了。但是为了一个村寨的日常用语编集词典,总难免让庄重的学者感到有些匪夷所思。我们不是早有了《辞海》《现代汉语词典》一类体现规范和统一的标准工具书吗?有什么必要将不登大雅的村夫野老之言提升到"典"的高度呢?若以研究方言俗语而言,我们不也早有了《俚言解》《雅俗稽言》《常谈考误》《通俗编》《恒言录》《土风录》《证俗文》《吴下方言考》《新方言》《俚语证古》等一大批前贤名作,有谁曾听说一村一乡也有编词典的必要呢?如果放在几十年前的经院哲学时代,《马桥词典》的作者恐怕难免被视为异端或狂人了。且看其编撰者序中的头一段说明:

> 为一个村寨编辑出版一本词典,对于我来说是一个尝试。如果我们承认,认识人类总是从具体的人或者具体的人群开始;如果我们明白,任何特定的人生总会有特定的语言表现,那么这样一本词典也许就不是没有意义的。①

这种对"具体的人"和"特定的人生"的浓厚兴趣是否足以成为编"典"的理由,对照前述人类学、社会学领域的新趋势,已经是不言自明的。从编例上看,《马桥词典》只选取了马桥人生活中部分有特色的语词,再将这些语词还原到马桥村的历史文化脉络之中加以诠释,或引发出具体的人物、事件,或联系特定的故事、传说和习俗。这种写法与其说像词典类工具书,不如说更像人类学、民俗学家的田野调查作业笔记,且随处流露出文化比较的研究旨趣,似乎要将语言学史上从未有人开掘过的一座宝藏以其自身特有的魅力展现于世人面前。

马桥人的"赶肉"即围猎;"做鞋"即下铁套;"请客"即下毒药;"打轿子"即挖陷阱;"天叫子"即粉枪火铳,等等。他们疑心

---

① 韩少功:《马桥词典》,作家出版社1996年版,第1页。

动物也通人语,说猎事的时候即使坐在屋里,也必用暗语,防止走露风声让猎物窃听了去。

尤其是指示方向的词必须重新约定:"北"实际上是指南,"东"实际上是指西。反之亦然。这是因为围赶黑相公的时候,人们敲锣呐喊,人多嘴杂,为了隐藏陷阱或枪手的方向,只有约定暗语,声东击西,虚虚实实,才可能迷惑畜生。①

我们在古汉语课堂早知有"反训"之例,如"乱"训治,"故"训今之类。可谁会料到马桥村民将反训语词运用得如此得心应手、无师自通呢?我们知道语言的意义是约定俗成的,却不曾想在极有限的范围里经过重新约定,日常语言也能当密码一样使用。我们常识中最古的诗歌是相传黄帝时的《弹歌》,它以天然质朴的口吻把打猎叫"逐肉"。谁料这一说法在几千年后的马桥人口中仍然是鲜活鲜活的。《马桥词典》对"地方性知识"的发掘就这样把空间上的"边缘"同时变成时间上的拓展,让人们在生动风趣的言语展览中领略到俚语何以能"证古"的化石效应。"在这块神奇的土地上,不经意一脚就会踩到汉朝以前",看来不是作者信口开河的夸张。倘若把"飞土逐肉"的生活方式看成史前狩猎采集社会的真实写照,那么我们在马桥人的"赶肉"说中又何止回到了汉朝以前,那简直就是文明史以前了。② 雅各布逊所说的"诗歌是人类的母语",于此亦可得到验证。

在书同文、车同轨的大一统时代,与边缘相对的是官方意识形态所构成的文化中心。绝对化的认识要求把中心话语确认为正宗和标准,让所有的边缘话语效法中心,向中心看齐。这种向心性的文化模式有利于民族的统一和国家的安定,却不利于思想的解放和认识的民主化。由权力构成的

---

① 韩少功:《马桥词典》,作家出版社1996年版,第288页。
② 文明人对动物和动物肉的区分鲜明地体现在英语词汇中。利奇指出:"人类羞于杀死体格较大的动物,这是个非常奇妙的现象。当这些动物被杀死之后,阉牛(bullock)就变成牛肉(beef),猪(pig)就变成猪肉(pork),羊(sheep)变成羊肉(mutton)。但是较小的动物却不可改其称,诸如羔羊、兔子等。"见史宗主编:《20世纪西方宗教人类学文选》,金泽、宋立道、徐大建等译,上海三联书店1995年版,第350—351页。

知识未免偏执、狭隘和专断,它的权威存在同时压制、牺牲了大量"地方性知识",使之成为沉默的死角,被剥夺了其应有的价值。《马桥词典》下面一个词例便很能说明这种价值的相对性道理:

> **渠** 直到现在,我说到盐早或其他人的时候,都是用"他"。在马桥,与"他"近义的词还有"渠"。区别仅仅在于,"他"是远处的人,相当于那个他;"渠"是眼前的人,近处的人,相当于这个他。马桥人对于外来人说普通话"渠"与"他"不分,觉得不可思议委实可笑。①

从古书中的用例看,至少在三国时期就有了"渠"指他的现象,但二者间的微妙差别却并不明了。现在从马桥人的特指用法中,我们看到的不只是"他"可分远近彼此的人称现象,更为耐人寻味是在这一言语现象背后潜在的那种更加具体、精确的感知方式和思维密度。可惜从权威的、代表大一统文化中心的工具书(如《辞海》《辞源》《现代汉语词典》)中根本看不到这方面的细微区分。究竟是马桥人多此一举、画蛇添足呢,还是我们的感觉变得粗糙麻木,丧失了对事物细微差别的直观分辨能力呢?语言发展从具体趋于抽象的必然过程会不会使人日益脱离丰富多彩的现实关系,形成所谓"语言牢房""词的暴力"以及"理性异化"呢?20世纪的语言哲学家们对此已发出了预警信号。有鉴于此,作为文学人类学文本的《马桥词典》,其特有的文化批判意义也就绝非文艺学和方言学所能限定了。套用吉尔兹的说法"从土著的观点看"(From the Native's Point of View),我们就不会以高等文明人的自满去猎奇式地打量马桥人的奇谈怪论,而完全有理由认同马桥人的具体思维,对外来人说普通话"渠"与"他"不分的迟钝做批判性反思。

人类学家的研究动机往往是了解他种文化和生活方式,但随着认识的展开,对"异"和"他者"的观照常常引起反观自身和大破文化自满的连带

---

① 韩少功:《马桥词典》,作家出版社1996年版,第157页。

效果。一方面是以新奇、怪异为直感印象的他文化,另一方面是习焉而不察、熟知非真知的己文化,客观形成的文化对比效果"具有使读者重新定向和改变感知方式(altering perception)的作用"。① 基于这种认识,晚近的人类学界提出了"作为文化批判的人类学"之新定向口号,并且迅即在文化研究中获得较为广泛的共鸣。《马桥词典》的作者虽不属于职业人类学家,但他以知识青年的身份深入湖南乡村生活,入乎其内出乎其外,积累了丰富的第一手资料。后来入大学深造,尤关注语言、文化方面的理论,这就使他的创作始终贯穿着批判性思考和学术探索的精神,并非灵感式的即兴而发,更不是消遣自娱的"玩文学"。《马桥词典》在训释一百五十个词的过程中,引经据典的功夫似不亚于一般的学位论文,甚至一些非常见书如方志等也不时出现在行文中。作者有意识地通过语言现象的古与今、雅与俗、文与野、中心与边缘、庄重与诙谐,加以多方位的比照,从中发微索隐,寻根讨源。许多启人深思的议论,确实具有"使读者重新定向和改变感知方式的作用"。在"打车子"这个道地的粗话条目下,作者有一段关于"边际人"的议论,可看作他与人类学家的跨文化作业相认同的表白:

> 社会学研究过一种"边际人",大多指从一种文化进入另一种文化的人,比如进入城市的乡下人,比如远离母土进入他国的移民。语言是这些人遇到的首要问题。不管他们是否有钱,不管他们是否有权势,只要他们还没有完全掌握新的语言,还不能对新的环境获得一种得心应手的把握,他们就永远摆脱不了无根之感,无靠之感,无安全之感。②

人类学家认为,能否进入当地语言,是能否"从土著的观点看"其文化的前提。"边际人"(又作"边缘人")身份的获得主要靠研究者在己文化

---

① G. E. Marcus, M. M. J. Fisher, *Anthropology as Cultural Critique*, Chicago: the University of Chicago Press, 1986, p. 111.
② 韩少功:《马桥词典》,作家出版社 1996 年版,第 237 页。

与异文化之间、雅文化与俗文化之间出入自如的能力训练。

昔日的文学家和文学批评家更多地关注文化大传统方面,受到以人文知识精英面目出现的哲学家或思想家的很大影响;而文化人类学的研究侧重于所谓"小传统",其对文学家的影响大有后来居上、与日俱增的趋势。对此,可以引用台湾著名人类学家李亦园先生的一段访谈作为说明,为《马桥词典》的认知价值取向提供某种学理上的大背景。

> 问:您(指李亦园——笔者注)主张文化人类学主要是研究文化的,那么它与哲学和思想史对文化的研究有什么不同?
>
> 答:人类学是从日常生活中,主要是从民间,当然也可以从精英的日常生活中去看文化。它不像哲学和思想史着重诠释古人和知识精英说什么、怎么说,而是着重观察现实生活中的人做什么、怎么做,并透过去发现文化深层的"文法"或"逻辑"。这种文化深层结构是相当稳定的,但它活在普通人生活中,而不是活在学者头脑里和书本上。然而,人类学研究文化的视角并未得到充分理解和重视,甚至经常被蔑称为"小儿科"。[①]

后现代文化研究的一个重要倾向就是:批判权力话语对边缘文化的压制,让各种闻所未闻的弱势话语发出自己的声音,让"地方性知识"从"小儿科"变为"大人科",研究者也在这种视野和心态、价值观的转换中完成"边际人"身份的建构。《马桥词典》的出现在这方面提供了可资借鉴的个案。

[①] 王俊敏:《人类学研究与文化沟通——访费孝通等五位东亚人类学家》,载《北京大学学报》(哲学社会科学版)1996年第1期。